アジアのヴィーナス

澤田展人 小説集

アジアのヴィーナス——目　次

アジアのヴィーナス

1

ミサキはだぶだぶのねずみ色のスウェットで寝ていた。ピンクの掛け布団とぬいぐるみを腕と両股で抱き、ときどきもがくように転がった。藻岩山の肩に沈む夕日が、雲の切れ目から急にまぶしい光になって溢れ出てきた。西向きの窓から差し込んできた光にいやいやをするように、ミサキは顔を布団に埋めた。

今日もなにもすることはない。父の伊三夫《いさお》にいきなり「ミサキ、家移りするぞ。一緒に東京に来い」と言われて、一瞬ぽかんとしたのち、「行きたくない」と返事をしたが、散々叩かれ脅されて何も言えなくなった。たいした勉強は好きでもないが、定時制高校の三年生になるまで通ってきた。コンビニでバイトしてから学校へ行って、ヒカリだとかミホだとか気の合う仲間とぺちゃくちゃおしゃべりするのが楽しかった。それが、もう学校に行けないと決まってしまい、全部がばからしくなってしまった。服を着替えて外に行く気もしない。バイトもすっぽかして、電話もメールも無視、ただ部屋でごろごろしている。

ドアをどんどん打つ音が下から聞こえてきた。どうせ、集金か、伊三夫を訪ねてきたあやしげな男だろう、どちらにしても出ることはない。ミサキは、迷惑な訪問者が早く立ち去ることを願って、布団の中にもぐった。だが、ドアをたたく音はしつこく、下駄ばきアパートの二階まで床伝いに響いてくる。そのうちノブをガチャガチャ回し、乱暴にドアを引き開けようとする音になった。

「こんにちは。米倉さんですよね。ミサキさんはいませんか」

ミサキは息をひそめじっと耳をそばだてた。あの声は誰なのか。いったい誰が、自分のところにやってくるというのか。

「おうい、米倉ミサキさんの家だよね。誰かいませんか」

ミサキは布団から頭を出し、家の外から漏れ聞こえてくる声の主が誰か考えた。

「あの、いいですか。ミサキさんの担任の行橋《ゆきはし》なんですけど、開けてもらえませんか」

「えっ、行橋」

ミサキは布団から這い出し、起き上がった。スウェットの裾を踏みながらのろのろ歩き、裏の入り口に続く狭い階段を下りた。一階は父がやっている居酒屋の他は家族が出入りする裏口があるだけ、家族が暮らしているのは二階だ。ただ二階も、この四、五日は、伊三夫が東京で仕事の段取りをしてくると言って出かけたままで、ミサキ一人だった。

ドアのロックを外して開けると、革ジャンパーを着た行橋がバイクのヘルメットをかぶったまま突っ立ち、髯面の奥で細い目をぱちぱちさせていた。

「おう、ミサキ。いたのか」

「いて悪かったね。もう、どんどんうるさくして。安眠妨害だよ」

「お前なあ、せっかく様子見に来てやったのに、安眠妨害って言うか。だいたいが、もう起きて、学校に行く支度する時間だろうが」

行橋はヘルメットをはずし、寝起きの顔のまま下りてきたミサキを見つめた。

「学校、もう行かないから、いいんだ」

ミサキは、これまで行きつ戻りつずっと考えてきたことを行橋に説明するのが面倒で、行橋のメガネ顔の真ん中に思い切りことばを吐きつけた。面倒見のいい教員であることを自負している行橋は、困ったような苦笑いを浮かべた。

「いいか、ここんとこ、ずっと無断で休んでたから、気になって来たんだ。会うなり、もう学校行かないなんて言うなよ。俺にもわかるように、どんな事情があるのか教えてくれ」

ミサキはしばらく小首を傾げて黙っていた。フィリピン人の母と日本人の父をもつミサキは、小づくりな口と鼻に、くっきりと開かれた目をしていた。黒い瞳は、日本の女の子にはまず見られない強い輝きを放っていて、ミサキと目を合わせた誰もが、ぎゅっと胸を掴まえられるような思いをした。

ミサキの沈黙に、行橋もじっと待った。

「いいよ、入って。部屋、ぐちゃぐちゃだから、店の方に入って」

ミサキは、居酒屋に通じるドアを開けた。入り口のシャッターが下ろされたままで、店の中は薄暗かった。行橋はどこをどう歩いていいものやら戸惑い、カウンターの前の通路をゆっくり手探りで中に進んだ。ミサキは電灯をつけ、

「行橋、そこすわれば」

とカウンターの前のスツールを示した。自らは、カウンターの中に入り、冷蔵庫からウーロン茶のペットボトルを取り出し、コップに注いだ。行橋はぐるっと首を回し、初めて入った居酒屋「くなしり」の中を見た。カウンターのほかに安物のテーブルが壁沿いに三つ並んだだけの殺風景な空間で、「生ビール」「枝豆」「焼き鳥」「おでん盛り合わせ」などと筆で殴り書きされたメニューの短冊が、壁からはがれ落ちそうになっていた。ビニール貼りのスツールの表面が破れ、中のスポンジがのぞいている。床にもカウンターにも綿ぼこりが降り積もっていた。

「へえ、ここが父さんの店か。だけど、ここんとこ営業してないみたいだな」

「父さん気まぐれだから。もう、ずっと店開けてないさ」

「そっか。今、父さんは」

「東京行くって出てって、帰ってこない」

「そうか。母さんは」

ミサキは行橋の目をじっと睨み、行橋が探るような表情をしたのに反応して、小さな口を尖らせた。母のシンシアのことを説明するのは、やくざの伊三夫のことを話すより、もっとめんどくさい。伊三夫の話によれば、シンシアはマニラ一の美少女で、行き場に困っているところを救ってやるために結婚してやった。日本に連れてきて、宇都宮、鹿島、いわき、秋田、札幌と流れてきたが、フィリピン人のくせにホステスは嫌だという。もちろん風俗もだめ。ミサキを産んでただうちにいるだけの女。

居酒屋を手伝わしても気が利かない。ちょっと愛想をふりまけば、フィリピン人のきれいなママさんのいる店って人気が出そうなものを、すみっこで皿洗ってるくらいしか能がない。こんな役立たずをフィリピンから連れてきたとは、この米倉伊三夫もヘタ打ったものよ。酔うとそんなふうにシンシアに腹を立て、シンシアが悲しそうな笑いを返すと、その陰気くさい顔を見てられんと言って殴りつける。

シンシアは、ミサキを妊娠してから日本に渡ってきて十八年たつのに、いまだにたどたどしい日本語しか話せなかった。伊三夫は、フィリピンの女は男をハッピーにするってのは嘘だ、シンシアのおかげでおれの運はすっかり落ちた、とことごとにシンシアに当たり散らし、しまいには家から追い出してしまった。ミサキは、

「この家出されたら、母さん死んじゃうよ」

と、伊三夫に泣いて頼んだが、とりあう父ではなかった。もう母がいなくなって半年以上になる。住み込みで老人施設の下働きをしていると聞かされたが、どこの施設なのか教えてもくれない。

「母さん、どっか働きに行った」

「どこに」

「わかんない」

「あのよう、ミサキの母さん、フィリピンから来たんだろ」

「ああ」

「フィリピンにちょっと帰ったとかじゃないのか」

「いいや。日本にいる」

「ふうん。でも、困ったな。父さんも母さんもいない、ミサキは学校に来ない、ときた」

「学校に行きたくないわけじゃない」

行橋はミサキが小さく呟いたのを逃さなかった。

「なんで、来ないんだ。ちょっと俺に話してみろよ」

「父さんが、うちを連れて東京に行くって言ってた。だから、学校はもうやめれって」

「いったい、なんだって、高校三年まで通った娘をいきなりやめさせるんだ。そんなおかしな親がいるか」

「うちの父さんは普通じゃない。世間の常識ってやつを全然気にしてないから」

「常識を気にしなくてもいいさ。だけどよ、ミサキが三年間も通ってきて、あと一年で立派に高校卒業というところまで来たのを、お前の父さんはどう思ってるんだ」

「なんも思ってないって。父さんね、ヘタ打って二千万円だか穴開けたんだって。それで、半年のうちに返さないと命とられる。どんなことしても金つくんないとならない崖っぷち。行橋、知ってるよね、うちの父さん、やくざだって」

行橋は、ミサキの父親はやくざだから気をつけた方がいいと、何人かの生徒に聞いたのを思い出していた。ミサキの親父を怒らしたらとんでもないことになる、先生だって半殺しにされるよ、と元暴走族のコウジが言っていた。そんな話は定時制の教員をしていると往々にして耳にすることなので聞き流していたが、今、現実のものとなってやくざの親父がぬっと自分の前に現れてきそうな気がしている。

「ああ、聞いたことあるさ。だけど、借金つくったのは父さんで、ミサキには関係ない話だろ。父さんだけ東京に行って、ミサキには学校続けさせるようにできないのか」

「できるわけないよ。父さんに逆らったら殺されるよ。嘘じゃない。人殺すのなんとも思ってないから」

さらりと言うミサキのことばに、行橋は顔をしかめ身震いした。

「えっ、父さん、ほんとに」

「ほんと。殺してミンチにしてやったとか、コンクリート詰めにして湖に沈めたとか、平気で言ってる」

「冗談だろ」

「冗談ほとんど言わない父さんだから」

行橋は、ミサキの濡れたように黒い瞳をじっと見つめ、「うーん」と溜息を洩らした。

「うち、あんなこわい男、ほかに見たことがない。だから、学校、やめるしかないんだ」

「そんな無茶苦茶な話あるか。ミサキ、これまでずっと学校に通ってきたの、もったいなくないか」

行橋は、ミサキの気持を変える手がかりがどこかにないものかと、ミサキをじっとうかがう目つきになった。ぶっきらぼうなことばの裏に、ミサキの思いが隠されているような気がしてならなかった。

「ミサキよう、まだすぐ東京に行かなくてもいいなら、それまでの間、学校に来いよ。ヒカリたちもミサキがいないとつまんないって言ってるぜ」

「どうせやめるんだったら、学校行っても意味ないしょ。いろいろ聞かれるのも面倒だし」

「うーん」

行橋はことばに詰まって、眉をしかめた。

「お、そうだ」

行橋は、いきなり大きな声をあげた。

「来月の修学旅行どうすんだ。ミサキ、行くって言ってたろ」

「うるさいな。やめるんだから、修学旅行だってカンケイないし」

「ほんとか。修学旅行にいちばん行きたいのミサキだったろ」

ミサキは何も言わず、肩にかかった髪を何度もかきあげた。艶々と光を放つ真黒な髪が、行橋の前で揺れた。修学旅行の行き先は沖縄だ、お前たちみんな行くよなと行橋がクラスに投げかけたのは、去年の終わりごろだった。

「沖縄ってどこにあるの」

そう聞くヒカリに行橋は、黒板の前にアジアの地図をかけた。沖縄はここだと指で示すと、ミサキが大声で言った。

「沖縄って、フィリピンに近いんだ」

ミサキにフィリピンの血が入っていることを知っているクラスメートは、

「ミサキ、いいじゃん。里帰りかも」

などと歓声をあげた。

「なるほど。言われてみれば沖縄からフィリピンは近いな。ほらこうやって、台湾から島伝いに、フィリピンに行けそうに見えるぞ。日本人のルーツは南の島だっていう説もあるしな」

ふだん、地図にはほとんど関心のない生徒たちが、太平洋に弓のように張った日本列島と沖縄、さらにフィリピンへと伸びていく島々を目で追った。

「うち、修学旅行に行くわ」

ミサキが真っ先に手をあげて修学旅行に行く意思を示した。それがきっかけでクラスは盛り上がり、定時制では珍しくクラス全員が修学旅行に行くことになったのだった。

ミサキは、母の国フィリピンに一度も行ったことがなかった。父の伊三夫の気まぐれで家族は北に流れ、フィリピンから遠ざかる一方だった。おまけに、伊三夫がシンシアを目障りにし始めてからは、ミサキがフィリピンのことを話題にするだけで不機嫌になった。

「フィリピンなんぞ二度と行くか。あんな腐った国ないわ。シンシアみたいなババ引かされてくるだけだ」

伊三夫がフィリピンを悪しざまに言うたび、シンシアは悲しい顔をして俯いた。ミサキは、母の故郷がフィリピンだといっても、写真一枚見たことがない。ただ、母がクレヨンで画用紙に描いてくれた絵だけが、ミサキの想像の手がかりだった。一面のサトウキビ畑を下っていく赤茶けた一本道。道の向こうには海があり、とても大きな太陽が水平線にどっしりとすわり、海面を赤く染めていた。

「かあさん、これ、朝日、夕日。どっち」

そう聞く幼いミサキに、シンシアは、両手を大きく広げ、ゆっくり下りていくしぐさをした。そして、

「夕日だよ、夕日」

とふだんになく声をはりあげた。

シンシアは、故郷のことをミサキに聞かれると目を輝かせ、身振り手振りで語って止まらなくなることがあった。生まれたところは、バコロドというにぎやかな町の近くにある小さな村で、あたり一面サトウキビ畑だった。大人たちはみな、背丈を越える高さのサトウキビ畑に埋もれて働いていた。子どもたちは一本道を駆け抜け、崖を転がるように下って海まで行った。浜に着くと、魚と遊び波に揺られ時間を忘れた。サトウキビが収穫されると、天まで届きそうなほどサトウキビを満載したトラックがぐらぐら揺れながら村を走った。もっとすごいのはサトウキビの荷台を連結した列車で、地の果てまで続いているかと思う長さだった。

あるとき、一本道の近くで遊び疲れたシンシアが、畑に止まっている列車の荷台に乗って、青い空を見上げているうち眠りこけてしまった。動き出した列車は製糖工場まで行ってしまい、大騒ぎした

両親が見つけてくれなかったら、シンシアは砂糖に加工されてしまうところであった。

大好きな村だったけれど、砂糖の値段がとんでもなく安くなった年、農場で働いていた大人たちはみな首になり、飢えて死にそうになる人がたくさん出た。それで、シンシアの両親は村を捨てマニラに出てくることになった。こんな話を、シンシアはたどたどしい日本語でミサキに聞かせた。砂糖にされるところだったとおどけて話すと、幼いミサキがけらけら笑うので、伊三夫がくそも面白くないと言う顔をする横で、サトウキビ列車の話を何度も繰り返した。

それから、ミサキは母の生まれたところというと、きまってサトウキビ畑の一本道を思い浮かべるのだった。沖縄にもそんな道があるだろうか。想像と記憶の中にいすわったその道は、海や空を越え、ミサキのいる北の街まで続いているような気がした。その道を歩いて南の島に辿り着く自分の姿を、もう何回も見た。


「おい、ミサキ、どうした」

ミサキは行橋の声で、宙をさまよっていた視線を行橋の顔に戻した。

「やっぱ、沖縄行きたいだろ。学校やめるやめないは、ちょっと置いといて、まずは学校に来て、みんなと一緒に修学旅行に行こう」

「無理だよ。うち、金ないもん」

「あー、それだよな。父さん、前は今よりずっと羽振りよかったんだろ。おっきな借金あるにしても、修学旅行代くらい工面できないのかな。ああ、それからミサキ、コンビニでバイトしてたろ。自分で稼いだ金も少しはあるんじゃないか」

「無理ったら、無理。父さんは一円も出してくれない。それに、最近生活費もらえないから、バイトでもらった金は使っちゃった」

「そうか、どうしても無理か」

行橋は話が行き詰まってしまったので、さかんに頭をかき、首を回して店の壁と天井を眺めてはミサキに視線を戻し、ふーと溜息をついた。

「行橋、もういいよ。やっぱ、へんに学校行ったら、気分がおかしくなっちゃうし、うちのことはほっといて。みんなには、ミサキは家の都合で学校やめるってはっきり言ってくれればいいよ」

渋い表情で腕組みをした行橋は、ミサキがもう自分に出ていけと促しているのがわかっても、席を動こうとしなかった。

「あのな、ミサキ、修学旅行代、俺が貸す。あるとき払いの催促なしってやつにしよう。ミサキがいつかしっかり稼げるようになったら返してもらえばいいから」

行橋はそう言うとミサキの目の奥をじっと覗き込んだ。

「まさか、行橋から借りれるわけない」

「なんで」

ミサキは何も言わずに、コップを片付けカウンターの上を布巾で拭いた。

「さんざん俺に反抗して言うことをきかないことがあったからか」

ミサキは小さな口を尖らせ肩をすぼめた。

「いいんだって、遠慮すんな。俺はクラスのやつ全員が修学旅行に行ければ、それでオッケーなのさ」

「ほんと？」

聞き返すミサキの声にはじめて力がこもった。

「ほんとさ。みんなで沖縄に行くのが俺の夢なのさ。いいか、ミサキ。いくら父さんがおっかないからって、やけになるなよ。どんなに金に困ってても、娘が泣く泣く学校やめるのをかわいそうと思わない親はいないと思うぞ。父さんの機嫌のいいときに、やっぱり学校続けたいって話してみろよ」

「行橋は甘いね。うちの父さんのこと、何もわかってない。けど、東京に行くの、修学旅行の後にできないか話してみるわ」

「そうだな、話してみな」

ミサキは、ヘルメットをかぶりバイクにまたがる身支度をした行橋を裏口へ送った。そして、沖縄はなんとしても行きたいと思った。

2

ミサキが夜中、コンビニのスパゲティとサンドイッチを二階の炬燵で食べていると、階下で裏口が開き、居酒屋に人が入っていく物音が聞こえた。伊三夫が帰ってきたようだ。伊三夫は外から帰ってきてもすぐは二階に上がらない。居酒屋のカウンターにまず腰を下ろし、そこらにある商売用の酒を片っ端から飲み出す。ミサキは、店にある酒は客用なのか伊三夫用なのかわからない、といつも思っていた。

伊三夫の酒は、機嫌のいいのははじめだけで、飲むほどに顔が険しくなる。なにか癪にさわることがあると、ふだんは目尻が下がりやさ男の印象を与える顔つきが一変する。目尻がピリピリ震えながら吊り上がり、口をへの字に曲げて歯を剥きだす。ミサキは、「あれは、人に噛みつく直前の犬の顔だ」と内心思っていた。

あるとき、近くの大学の学生が三人で酔っ払って店に入ってきて、「ろくなつまみがない」だの「チューハイのメニューが少ない」と言い、「なんか入る店間違った」と伊三夫に聞こえるように騒ぎ出した。伊三夫はカウンターの中で椅子に腰かけ、ほとんど接客もせずにウィスキーを黙々と喉に流し込んでいた。

「おじさん、なんかもっとつまみないの」

学生に言われたのをしおに、伊三夫は立ち上がり、

「もう、閉店。勘定払ってくれ」

とメモ用紙に「五万円」と書き、カウンター越しに学生たちの前に置いた。

「え、なにこれ。おかしくない？ 俺たち、こんなに飲み食いしてないよ」

一人が不満をあからさまにして伊三夫の顔を見上げた。流しで洗いものをしていたミサキがあっと思う間もなく、伊三夫は椅子を蹴って立ち上がり、カウンターの外に出て行った。

文句を言った学生の襟首をいきなりねじあげると、ひきずるように席から立たせ、向かい側の壁に押し付けた。

「なんか、文句があるのか、おい」

押さえつけられた学生は、顔面を蒼白にして手足をぶるぶる震わせた。

「俺は、ちゃんとお前たちの飲んだ酒を数えてんだよ。見ろ、カウンターの中の酒がどれだけ減ってるか」

ミサキは、「ああいつもの伊三夫のセリフだ」と思いながら、俯いて聞いている。カウンターの酒が減ってるのはほとんど伊三夫が飲んだものだが、黙って成り行きを見守るしかない。

「で、でも、高くないすか、これ」

カウンター席であっけにとられて様子を見ていたほかの学生が、横から言った。伊三夫は壁に押し付けていた学生の腹を左の拳で思い切り殴りつけ、学生がよろよろとくず折れるのを見てから、カウンターの学生に向かった。首に腕を巻きつけると、スツールごと学生をひねり倒し、そのまま床を引きずった。トイレのドアの前までゆくと腕を放し、学生の腹部を思い切り踏みつけた。声にならないうめき声をあげて、学生はのたうち回った。

「だから言ったろ、俺はてめえらの飲んだ分をきちんと数えて計算してんだ。わかったか」

学生たちは、とうてい五万円には足りなかったが、三人全員の財布の中身をすべて出した。

「いいか、お前たち、飲んだ分全部と言いたいところだが、少しまけてやる。文句あるか」

誰も返事をしないことに伊三夫は腹を立て、歯を剥き出して学生たち一人一人に顔を突きつけた。獲物に今すぐでも噛みつきたい獰猛な犬が全身をもがくのと同じように、伊三夫は上体を前へ後ろへ揺らした。

「いいえ、文句ありません」

一人が蚊の鳴くような声で返事をすると、伊三夫はようやく動きをやめた。

「文句があるんなら、警察でもなんでも行ってこい。俺は、お前らみてえな、ちゃらちゃらした学生がでえきれえなんだ。文句がねえって言っておいて、垂れこむような真似したら、お前ら一人ずつ見つけてなぶり殺してやる。必ずやる。いいか」

「いいえ、ほんと、文句ありません。信じてください」

そう言って学生たちは出て行った。ミサキは、切れてしまうと狂犬のようになってしまう父を見て、ただ、いまわしく怖ろしかった。しかし、高校に入ってからのミサキは、父があんな姿になるのは、自分をおそろしく見せようとする計算ずくの行動ではないか、とふと思うことがあった。伊三夫のことを、根がずる賢くできている男だと感じ始めたのである。

ミサキは、階段を下りて、カウンターの中に入った。伊三夫がワークブーツをはいた足を隣のスツールにあげて横座りになり、肘をカウンターの上に載せていた。すでに、焼酎の瓶が半分くらい空になっている。


「おう、ミサキか。元気だったか」

「全然、連絡ないし、金もなくなってきて困ってた」

「ああ、そうか、悪かったな。けど、東京で金稼ぐめどつけてきたから、もう困ることはない。ミサキは俺の言う通りにしてれば何の心配もいらん」

「あの、父さん。東京、いつ行くの」

「おお、お前さえよければ、明日でもいいぞ。もう住むとこも決めてきた。すぐ、行くか」

「あのさ、うち、修学旅行に行くって先生に前から言ってたんだ。来月、修学旅行。だから」

伊三夫はミサキが話し始めるとすぐに、しかめ面で両腕を何度も交差させた。

「お前、ふざけんな。来月まで待てるわけないだろ。今すぐにでも、稼ぎにいかんきゃならんのだ」

「でも、友だちにも行くって言っちゃったし、どうしても行きたいんだ。だから、東京に行くのは一か月待ってよ」

「だめだな。それに、今は俺とお前が東京に行くための金でカツカツ。財布ひっくり返しても、修学旅行に行く金なんか出やしねえ」

「それがさあ、うちの学校の担任が貸してくれるって言うんだ」

「え、なんだと。修学旅行代を貸すってか」

「うん。期限なしで。いつか返せるときに返せばいいって。クラス全員が行くから、ミサキも来いって」

伊三夫の顔が見る間に険しくなり、いきなり焼酎の入ったグラスをミサキに投げつけた。流し台の下のコンクリートの上でグラスが砕け、氷入りの焼酎がガラスの破片の間を流れていった。伊三夫は焼酎のボトルを握り、今にもカウンターに叩きつけんばかりの素振りをした。ミサキが身を屈めて伊三夫の爆発を避けようとすると、伊三夫はフンと鼻を鳴らしてボトルをカウンターに転がした。

「おめえ、もうセンコーから金を借りたのか」

「いいや。貸してもいいぞ、って言うのを聞いただけ」

「本当だろうな。嘘ついたら、てめえぶち殺すぞ」

「借りてないって」

「本当だな」

「父さん、しつこい。おととい、ここに担任が来て、修学旅行代、貸してもいいぞって言っただけだから。それから、うち、家一歩も出てない」

「ああ、それならいい。いいか、ミサキ、センコーからは絶対に金を借りるな」

「なんで、先生から借りちゃいけないの」

「おまえ、センコーっちゅうのは、ニッキョーソだぞ。ニッキョーソは、チョーセンの手先。バイコクドだ。バイコクドから金を借りたら、この米倉伊三夫、任侠の道からはずれることになる。わかったか」

「ニッキョーソも、バイコクドも全然わからない」

「情けないことを言いやがる。ミサキ、お前はたとえフィリピンの血が半分入っていたとしても、もっと日本の大事なことを勉強しなければだめだ。いいか、もしお前がほんとにセンコーから金を借りてたんなら、おれはそのセンコーに金をつっ返して、半殺しの目にあわせていただろう。俺の娘の気持をいい具合に操って、チョーセンの手先にしようとたくらんだやつだからな。ついでに、お前もずたぼろになるまで殴りつけなければならんところだった」

ミサキは、わけのわからないことばを次々と吐く伊三夫を目の前にして、自分が中学一年生になった頃、伊三夫の羽振りが急によくなったのを思い出した。あの頃から、突然ニッキョーソだとかバイコクドだとか言い始めたのだ。母のシンシアに店番をさせて出かけていた伊三夫が、入道のような大男を店に連れてきた。毛の一本もない頭をピカピカ光らせたその男は、撫でたらしゅっしゅっしゅっと音が出そうな高級なダブルのスーツを着ていた。カウンターにどっかりすわった男は、おしぼりで顔を拭いた後、店の隅でこわごわ様子を見ていたミサキを呼び寄せ、

「おお、なんともかわいいお嬢ちゃんだ。現代の志士、米倉君の一粒種ですな」

と言いながら、大きな手でミサキの背から肩を抱いた。

「どうだ、このおじさんの膝に乗らんかね」

と言われて、ミサキは慌てて店の奥に引っ込んだ。

菊坂というその入道は、半月に一度くらいの割合で店に来るようになった。伊三夫は菊坂のことを「先生、先生」と呼んで、まるで小間使いのように店の中を動き回った。誰に対しても横柄な口のきき方をする伊三夫が、菊坂に対してはたえず下手に出て、くどいくらいの敬語を使うのが妙だった。

そうするうちに、店の隣の空き地に黒い化け物のような車が現れた。黒い車体が小山のようにそびえ立ち、ミサキが首が痛くなるほど見上げたはるか上方に、日の丸や日章旗がペイントされていた。運転席の屋根には、巨大なスピーカーが四方に向けて据えつけられ、まるで動く要塞のようだった。

「どうだ、このガイセンシャ、すげえだろ」

と伊三夫が自慢げに言うので、ミサキはこの車の化け物をガイセンシャと呼ぶことを知った。ガイセンシャを運転してきたのは伊三夫だった。伊三夫は、菊坂にガイセンシャの運用を任されたらしく意気揚々としていた。暇さえあれば車をなでさすり、車体に型紙を当てて桜や富士山をスプレーで描いたりした。たまにミサキを運転台の隣に乗せて、市街を走ってみせた。戯れにスピーカーを鳴らす

と、音というより、車全体が地響きを起こして街に渦巻きを起こしているように感じられた。「海ゆかばあ」という歌声が野獣の咆え声となって街路を満たし、車体も街の中の空気もビリビリ震えた。ガイセンシャは道行く人と車をすさまじい力で渦に取り込み、そして、街路にばら撒いた。

伊三夫は、居酒屋とやくざの稼業に加えて「ガイセン行動」に熱をあげ、「くなしり」は、迷彩色の特攻服を着た男たちで賑わうようになった。懐具合のよくなった伊三夫は、まだ中学生のミサキにブランド物の衣服や靴、バッグに装飾品を惜しげもなく買ってきた。

ミサキがブランドのバッグをもって学校に行ったら、不良の上級生に帰り道、呼び出され、「何、カッコつけてんだよ」と因縁をつけられ、バッグをひったくられた。伊三夫にこのことを話すと、不良グループが溜まり場にしている家をすぐ見つけ出し、ガイセンシャを運転して乗り込んだ。「ガキでも俺は容赦しねえ」と怒鳴り、一人残らず足腰の立たなくなるまで殴り、蹴った。それ以来、「ミサキのおやじ、めっちゃヤバイ」というのが近隣の評判で、不良たちの誰一人としてミサキに手を出さなくなった。

ミサキの体は、中学三年になると急に、若い女の豊満な肉体に変わりはじめた。もともと均整のとれた肢体に、胸や腰のくっきりとした盛り上がりが現れてきた。身にまとうものは伊三夫がいいだけ買ってくれた。胸が半分あらわになるようなボディコンのスーツを着、ブランド品のバッグや装飾品を身に着けて大通を歩くと、ほとんどの男が、スタイルブックから突然抜け出てきた女が目の前にいるかのように、歩を止めミサキの胸や腰に目をやった。

だが、伊三夫の絶頂期はあっけなく終わった。ミサキが高三に上るころ、伊三夫が菊坂の機嫌を損ねるしくじりをしたせいで、ガイセンシャはどこかへ行ってしまい、「ニッキョーソぼくめつ」などとマイクを握って絶叫する機会も奪われた。やくざの稼業も、ヤクの密売などでうまい汁を吸うポジションを狙っているのだが、いつまでも流れ者と思われているのか、いい金づるを掴むことができない。居酒屋を開いても、当てにしていたシンシアは客あしらいの一つもできないし、伊三夫には酒のつまみを要領よくつくる腕もない、だから利益のあがるはずもなかった。なにもかもうまくいかないことに腹を立てた伊三夫はシンシアに八つ当たりするしかなかった。酔いに任せてシンシアの髪をつかんで引きずり倒し、客の残したコップのビールを顔に浴びせたり、わけもなくシンシアの服を引きちぎり裸にさせた上で店の外に突き飛ばしたり、ミサキには伊三夫は何をするかわからないけだものだった。


「父さん」

「なんだ」

「やっぱ、うちも東京に行かなきゃだめ?」

ミサキは、動悸が喉の奥まで押し寄せてくるのを必死に抑えながら、声を絞り出した。

「なに、もういっぺん言ってみろ」

「あのさ、うち、どうしても東京に行かないとならないの? ほんとは、高校卒業するまで、札幌にいたいんだ」

伊三夫は、頬杖の支えにしていた右手で拳をつくり小刻みにカウンターを叩いた。横座りにしていた足を下ろし、苛立つ気持のままにカウンターの下の壁板を蹴った。唇を歪ませ、眉を吊り上げた。

ミサキは、伊三夫が立ち上がって自分を殴ってくると思い、身構えた。

「ミサキ、てめえ、誰のおかげでここまで育ったんだ。言ってみろ」

ミサキは黙って伊三夫の目を見た。これまで見たどんなときよりも怖ろしく冷たい光を放って自分を見据えていた。

「ミサキ、答えろ。ほしいものなんでも買ってやって、いい思いをさせてやったのは誰なんだ。ほら、早く答えろよ」

伊三夫は、カウンターをどんどん叩き、ミサキを睨みつづけた。

「と、と、とうさん」

ミサキがかすれた声をようやく出すと、伊三夫は気味の悪い薄笑いを浮かべた。

「そうだろうが。お前をここまで育てたおやじが、二千万の借金背負って困ってるんだ。それを見て見ぬふりするのが、てめえ、娘のすることか」

「うちが、東京行ったたって、なんも稼げないし」

ミサキのことばを聞いて、伊三夫は立ち上がった。カウンターに乗り上がったかと思うと、ミサキのそばに飛び降りてきた。いきなりミサキを後ろから羽交い絞めにし、力任せに引きずって行こうとした。

「いやあ。やめて」

ミサキが身をよじって抵抗するのにお構いなく、

「いいから、こっちに来いってんだよ」

と怒鳴り声を発しながら引きずり、仕切り戸を通ってミサキをカウンターの外に連れ出した。客用のテーブル席に向けて、ミサキの体を押し倒した。泣きながら「やめて」と言うミサキに伊三夫は襲いかかった。スウェットの両袖をつかんで、引っ張ると、いやいやと身をよじるミサキの上半身があらわになった。ブラジャーもしていないミサキの胸が伊三夫の目の前に現れた。乳房はしっかり盛り上がり、薄茶色の乳首は逞しく突き出ていた。

「もう、やめて。言うこときくからもうやめて」

ミサキが哀願するのにかまわず、伊三夫は、ミサキのスウェットのズボンに手をかけた。腰の部分からむしり取るようにズボンを引っ張ると、ミサキはパンティひとつになって椅子から床に転げ落ちた。

「狂ってる。父さん、狂ってる。もうやめて」

伊三夫は、ミサキの叫び声に唇を歪め、薄笑いを浮かべた。カウンターの中に手をのばして出刃包丁を掴むと、手で胸を隠し背を丸めているミサキに言った。

「ほら、立てよ。立って俺の方を向け。俺に逆らうやつは娘も他人もない。誰でも、ぶち殺す。いいか、立て」

ミサキが泣きながら立ちあがると、伊三夫は出刃包丁でミサキのパンティを切り裂き、むしり取った。出刃包丁の刃先を乳首の真下に当て、さっと横に引くしぐさをした。ミサキは全身をがたがた震わせ、か細い声を洩らした。

「もうやめて」

伊三夫はスツールをミサキの前に置き、腰を下ろした。体をかがめ前を隠すミサキに言った。

「ほら背筋を伸ばして立て。手を横に広げろ」

言われるままに、ミサキは手を広げ、伊三夫の視線に体をさらした。張りのある小麦色の肌が彼女の全身を覆い、肩、乳房、腰がつくるなめらかな屈曲が光を放っていた。伊三夫はミサキの肌の上に視線を這わせるようにじっとみつめた。

「ミサキ、お前は自分のことがわからんだろう。だから、俺が教えてやる。お前は完璧だ。フィリピンの娘はな、花が咲くみたいに急にきれいになるんだ。男ならどいつもこいつも、抱きつきたくなる女になるのさ。今のお前が、それだ。シンシアもそうだった。こんないい女、世界中どこにもいねえ、そう思って、すぐ結婚した。だけどな、最高の時期は、はかない幻みてえにすぐ過ぎる。今のシンシアを見ろ。体の線は崩れ、髪はばさばさ、おまけに顔は陰気くさい、誰があんな女をかまうか。いや、どっかへ消えろ、しっし、と追い払うだけだ」

ミサキは、伊三夫がしゃべっている間に涙をぬぐい、床に投げ出されたスウェットを拾って胸にかき抱いた。

「いいか、ミサキ、よく聞け。マニラの街で、その日の食い物にも困るどん底生活をしてたシンシアを助けてやったのは俺だ。命の恩人だぜ。それがよ、日本に連れてきてもまったく役立たず。ただのお荷物だ。いいか、ミサキ、おめえは、おっかあの分まで俺に恩返しするんだ。恩返しできるのは、今しかねえのよ。おめえは、今、女として最高の売り時なんだよ。この時を逃す手はねえ。俺の言う通りに東京に出れば、なんぼでも稼げる。いいか、どでかい借金返すにゃ、おめえが一緒に行かなきゃならんのさ、わかったか」

ミサキは泣くのをやめた。伊三夫は、人を利用して金を儲ける腹黒い男だと、日頃の口ぶりからわかってはいた。だがそれは、店の外で伊三夫がやっているヤバイ仕事の話であり、自分には関係のないことだと思っていた。多少殴ったり蹴ったりしようとも、娘の自分に対しては一線を越えることはない、滅茶苦茶はしない、と心のうちで思っていた。だが、今、伊三夫はミサキに牙を向けていた。悪だくみのホコ先をミサキに向け、娘の体でうまい汁を吸おうとしていた。

「父さん、うちを東京に連れてって、やらしい仕事させるつもりなんだ」

伊三夫はにっと笑い、出刃包丁をカウンターの上に放り投げた。

「どうとも、好きなように想像しろ。ただな、俺とお前がペアを組んだら、なんぼでも稼げることは間違いない。それだけは覚えとけ」

ミサキはスウェットを身に着け、テーブル席に腰を下ろした。カウンターで酒を飲み始めた伊三夫の背中を見つめ、どうしたら東京行きを逃れられるだろうかと思った。テーブルの上の重たいガラスの灰皿を掴んで、伊三夫の頭を殴りつける自分を思い浮かべた。だが、伊三夫はおそろしい。この店から逃げても、伊三夫は執念深く追いかけてきて、必ずつかまえるだろう。伊三夫よりおそろしいものはこの世に存在しないと思った。伊三夫は、体のほとんどを底なしの闇に浸して生きている男だ。そこはけがらわしい泥沼で、切り刻まれた人間の肉や赤黒い血糊がべっとり足にからみついてくるところだ。そんな世界を平気で渡り歩いていることを武器にして、伊三夫は人を脅し、娘まで利用しようとしている。

「おう、ミサキ。俺の話、わかったんだな」

ミサキは黙っていた。

「わかったんなら、東京行き、修学旅行が終わるまで待ってやってもいいぞ」

伊三夫は焼酎の瓶を逆さにしてコップに注ぎ、ぐいと飲み干した。ミサキが顎をわずかに下に振るのを見ると、唇をひん曲げて笑った。

「ただ、費用は出さねえ。センコーから借りるのもだめ。自分でなんとかしろ」

3

翌日の夕方、ミサキは思い切りめかしこんで学校に向かった。胸のふくらみと体のラインがくっきりあらわれるレモン・イエローのワンピースを着、透けて艶のあるストッキングをはいて、太ももを目立たせた。ファー付きの短いコートを羽織ったが、豊平川を吹きすぎる十月半ばの風はとても冷たかった。ミサキはバッグを振り回し、橋の上をシルバー・グレーのハイヒールで駆けた。

「ミサキい。今まで何してた」

生徒玄関で出くわしたヒカリがいきなり抱きついてきた。

「あんたさあ、学校やめるって噂聞いたけど。ほんとお」

「たぶん」

「やっぱ、ほんとなんだ。でも、どうして？　三年生まできて、もったいないじゃん」

思いついたことをほとんど反射的にしゃべりまくるヒカリが、玄関ホールにわんわん声を反響させながら話しかけてくる。

「ミサキい、今日授業終わったら遊びに行こう。ミホとかサキとかも誘ったら来ると思うよ」

「うーん、悪い。今日ちょっと駄目なんだ」

ミサキはヒカリと並んで階段を上り、教室に入った。久しぶりに学校に出てきたミサキを見て、クラスメートが授業中やたらと話しかけてきた。国語の教員上杉が、

「こら、うるさい。米倉、お前のせいだ」

と怒鳴った。ミサキがなんのことかという顔で上杉を見返すと、

「いいか、米倉、お前が休んでる間、他のやつら、ミサキはどうしたって、ひどく心配してたぞ。ちゃんと学校、来いよな」

と一喝してから授業に戻った。

給食時間、ミサキは調理場の窓口からアルミの盆に載った定食を受け取ると、いつもの自分の席を通り越して、食堂の隅に向かった。扇形をした食堂の左奥は、電灯の光が十分届かないため薄暗く、暖房の効きも悪かった。あまり人の寄りつかないこの場所で、いつも一人で食事をとっている男がいる。ミサキと同じ三年生の野口鉄弥である。

野口は二十八歳。はたち前がほとんどの生徒集団の中でとびぬけて年上なので、「ノグチのおっさん」とか「おっさん」と呼ばれていた。長く太いもみあげが渦を巻き、彫りの深い目鼻立ちに濃い眉毛の風貌から、「長老」と呼ぶ者もいた。内装関係の仕事に就いている野口は、いつも、会社のネームの入った紺色の制服のまま、授業開始ぎりぎりに自分の車を運転してやってきた。

温厚で口下手な野口は、若い生徒たちの会話に加われず、ひっそり静かにしていることが多かった。身のこなしが不器用で、何をやらせてもワンテンポずれるようなところがあった。年下から自分の鈍

さをからかわれても、野口は静かに笑みを浮かべて返すだけで、いきりたつことは一度もなかった。

あるとき、ヒカリやサキたち女生徒がクラスの男子の品定めを始めたことがあった。

「ねえねえ、なんか野口ってきもくない。いっつもニタニタ笑って、女ばっか見てるって、みんな知ってる？」

サキが口火を切ると、ひとしきり野口のことを気味悪がる話で盛り上がった。

「野口さあ、女ほしくてたまんないんだよ。だから、うちの高校に来たんじゃないの」

「そうそう、あいつ、車、運転して来てんじゃない。車に乗ってる男子あんまりいないからさあ、女にもてると思って、うちの学校選んだんだよ」

「当たり。うち、見たよ。野口がニカニカして二年の女、車に乗せて帰るとこ。あいつ、女子だったらだれでも、車に乗りませんかって、声かけてるらしいじゃん」

「うわ、ヤッバー。車に乗ったら終わりだよ。あのもみあげの顔でチューされたらどうすんの」

「えー、それはだめ。うちは野口にチューされるくらいなら、死んだ方がまし」

「それとさあ、野口ってアイヌっぽくない？」

サキがそう言って、ヒカリやミホがふうんという顔をしたとき、それまで野口の話を上の空で聞き流していたミサキが口をはさんだ。

「何言ってんの。うちだって、フィリピンぽいけど」

いつもなら話に加わって大声ではしゃぐミサキの目が妙に真剣だったので、男子の品定めはぷつんと途切れ、話はバイト先の店主の悪口に移っていった。

「おっさん、ここ座っていい？」

ミサキは野口の返事を聞く間もなく、隣りに腰を下ろした。ワンピースの短い裾から太ももがむき出しになり、ストッキングにくるまれた肌が滑らかな光を放った。プラスチックの皿に盛られたシチューを黙々と食べていた野口は、ミサキから距離を取るように席をずらし、遠慮がちな笑いを浮かべた。

「米倉さん、ずっと休んでたね。やめるのかと思って心配した」

「うん、いろいろあってね。でも、すぐはやめない」

「ああ、それならよかった」

野口は目尻を下げて喜びの表情を示そうとした。だが、心の動きを押しとどめるのが癖になっているのか、野口が奥深い瞼をぱちぱちさせると、ミサキには、笑っているのか泣いているのかのかわからない、妙な顔になった。

ミサキは野口の耳に口を近づけた。

「あのね、おっさん。頼みたいことがあるんだ」

野口は、驚いた表情を浮かべ、ミサキの方に少し体を寄せた。

「おっさんにしか頼めないの」

「えっ、何ですか」

野口は目を見開き、少し上気した声で聞き返した。

「うち、お金、借りたいの」

ミサキは、野口がぐっと深く息を吸い、自分の胸から太ももを見ていると思った。

「いくらぐらいあればいいの」

「十万くらい」

「えっ、そんなに」

野口は叱られた子のように消沈した顔になった。

「ごめん。やっぱ、無理だよね」

席を立とうとするミサキの右腕を野口は両手でつかみ、

「米倉さん、ちょっと考えさせてもらっていいですか。放課後、また話せる？」

と言った。

「うん、いいよ。うちさ、今日、放課後、空いてるんだ。おっさん、ドライブ行く？」

野口はミサキのことばを本気で受け取っていいものかと首をかしげながらも、目の奥に喜びの色を浮かべ、教室に戻るミサキを見送った。

九時過ぎに授業が終わり、廊下に出たミサキは担任の行橋に呼び止められた。

「ミサキ、よく来たな。この前の話だけど、どうなんだ。やっぱ、修学旅行、行くだろ」

行橋の背後から野口が現れ、ミサキの様子を気にする様子で階段に向かっていった。

「行橋、ごめん。今、時間ないんだ。その話、また後で」

そう言って走り出し、階段の途中で野口に並んだ。

「ああ、米倉さん。学校前の道を左に行ったコンビニの駐車場で待ってて下さい」

ミサキは野口から声をかけてきたのに安心し、ゆっくりと階段を下りた。これから遊びに行くというヒカリやミホが、ミサキの肩をたたき、

「こらミサキ、明日も休むなよ」

と声をかけ、追い越して行った。

コンビニまでの道を、肩をすぼめ、ヒールの音がしないようにゆっくり歩く。年上の野口とまともに一対一で話したのは、今日が始めてだった。野口に十万なんて金があるだろうか、だいたい定時制の生徒に金のあるヤツなんてほとんどいないし、仕事で金が入ってもたいていぱっと使ってしまう。でも、野口が貸してくれるって言ったらどうしよう。今までドライブにつきあった男たちみたいにいきなりのしかかってきたり、ラブホに直行したりするだろうか。それとも、あのもぞもぞしたしゃべりかたで「やらしてください」って言ってくるだろうか。うまくかわせればいいけど、そうでなければ、言うこと聞くしかないかも。ああ、それにしても、野口の車に乗ったのが口の軽いサキだとかにばれたら、言いふらされるにきまってる。言い訳できるかな。そんなことをぐるぐる考えるうち、電車通りに面するコンビニに着いた。幸い、定時制の生徒の姿はどこにも見えなかった。

ミサキが、店の横の暗がりに立っていると、車のライトが自分に向かってきた。運転席の窓から手を振っているのは野口に違いなかった。

「米倉さん、乗って下さい」

野口が中から助手席のドアを開けたので、ミサキは黙って乗った。男友だちの乗っている改造車とちがい、ごくふつうのファミリーカーだと思った。

「あのう」

と、車の方向転換をした野口がミサキの横顔をうかがいながら言った。

「なに」

ミサキがすこし上ずった声で返事をすると、野口はもみ上げを撫でながら口をもぐもぐさせた。

「米倉さん、十万円貸します。だから、俺のアパートに来てください。もしよかったら、その後ドライブにつきあってください」

「もちろん、オッケーよ」

ミサキは、もう今晩はどうにでもなれというつもりでシートに深く腰掛けた。車は石山通を南下し藻岩山の裾野の住宅地に入って行った。カー用品店やカラオケボックスなど見たことのある看板を通り過ぎ、曲がりくねった小路の突き当たりで野口は車をとめた。

「ちょっと待っててください」

野口はそう言って、エンジンをかけ放しにして車を下りた。右手にあるアパートの入り口に向かう作業服の後ろ姿をミサキは見送った。街灯の薄暗い光の下でも、古ぼけた安アパートだとすぐわかった。煤と埃がこびりついた窓、雨だれの跡が黒い筋になり、あちこち剥がれ落ちている壁、部屋の中は湿っぽくかび臭いだろうとミサキは思った。野口に部屋の中に上がるように言われたらどうしよう、ミサキは下半身から気味悪さがぞくぞく這い上がって来るような気がした。野口はなかなか、戻ってこなかった。

野口なんて得体のしれない男の車に乗り、こんな暗闇にずっと一人でいるなんてばからしい、ミサキがそんな気持になって、「もう車を下りて、歩いて帰ろうか」と思った頃、野口が現れた。運転席にすわった野口は、角封筒をミサキに差し出した。

「米倉さん、遅くなってすみません。この中に十万円入ってます。確認してください」

ミサキが封筒の中をのぞくと、ほとんど千円札と思われる札が乱雑に詰め込まれていた。

「おっさんがもう数えたんだったら、うちはいい。でも、おっさん、このお金、だいじょぶなの。ほんとにうちが借りてもいいの」

「いいんです。心配しないで使ってください」

ミサキは受け取った封筒を自分のバッグにしまい、

「ありがと。この金、必ず返すからね。約束する」

と、野口の左手の甲に自分の右手を重ねて言った。

「そんなすぐ返さなくても俺は大丈夫だから」

野口はミサキに顔を向け、軽くうなずくような素振りで言った。ミサキは、野口の目の奥がかすかに笑っているような気がして、胸にたまっていた重苦しい気分が少し消えた。

「じゃあ、ちょっと、車で出かけますよ」

野口は小路を抜け出し、藻岩山の観光道路に車を進めた。街灯のない真っ暗な道の急カーブをいくつも越えた。野口は退避用に車幅を広くとったところに車を止め、ミサキに言った。

「ちょっと、下りてみませんか」

展望台まで上がるのだろうと思い込み、ライトに次々と照らしだされる森をぼんやり眺めていたミサキは、野口が急に車を止めたのに驚いた。エンジンを切りライトを消すと、足もともはっきり見えない暗闇で、頭上から風が樹木を揺らす音が降ってきた。

「真っ暗で、こわいよ」

立ちすくんでしまったミサキの手を引き、野口は坂道をぐいぐい登っていった。闇に目が慣れると、道の右も左も頭上も、生い茂る樹木に覆われているのがわかった。森の中にぽっかりできたトンネルを進んでいるようだった。左に大きく曲がったのち一登りすると、野口がミサキから手を離して前方を示した。

「前を見て下さい」

無数の樹木が妖怪のような黒い影を浮かべている空の底に、小さな白い粒が泡立っていた。歩くにつれて、白い粒は一面の光の広がりになり、たがいをギシギシ押したり、反射しあったりする光の散乱になった。白い粒のひしめき合いが、あっという間に地の底の大半を占めるほどの大きさになったことに、ミサキは魔法にでもかけられた気がした。

気がつくと二人は真下に急斜面を見下ろす場所に立っていた。野口がガードレールをまたぎ越し、急斜面に足を踏み入れた。ミサキも野口に従った。草地の中の踏み跡を辿ると、腰を下ろすのにちょうどよい突堤のような場所があった。野口がジャケットを脱ぎ草の上に広げ、ミサキをすわらせた。

「ドライブって言ったのに、こんなとこでごめん」

野口は自分も腰を下しながら言った。

「ううん。ここ、すごくいいよ」

「頂上の展望台もいいけど、人が多すぎて。ここから見る夜景も、けっこういいと思うんです」

「そうだね」

そう言いながら、ミサキは札幌の夜景をしっかり目の前にするのは初めてだと思った。地上にまき散らされた光をずっと視界に入れていると、目の中がだんだんうるんでくる。街の姿がぼんやり滲んできて、いろいろな線が突然現れては光の粉を飛ばしながら伸びていく。その線の絡まりあいがぐるぐる回り出し、自分もその中に吸い込まれそうになる。しぜんと涙が流れてきた。

「きれい、って言うより、おそろしい」

「あれ、気に入らなかった？」

「いや、そんなことないよ」

「それなら、いいんだけど。俺さあ、夜景、好きなんだ。見かけだけのきれいさかもしれないけど、昼間、嫌なことばっかだったら、頭を切り替えたくなるでしょ。だから、ときどき、ふらっとここに来て、すわってる」

「へーえ。でも、夜景ってさあ、光がみんな一人ぼっちで、寂しそうに見えない？　おたがいにつながりあうこともできない、一つになることもできない、まわりにあんなに光があるのにずうっと一人ぼっちで、地面の底でいつか消えていく日を待たなきゃいけない」

「米倉さんて、なんか感覚鋭いですね」

「なに言ってんの。うちは、ほんと頭悪いし、できそこないだよ」

「そんなことない」

「無理しなくてもいいよ。だけど、おっさんは、なんでうちの学校に来たの」

「なんでって？」

「そう。みんな言ってるよ。野口のおっさんは、女あさりに学校来てるんだって。帰るときしょっちゅう女の子に声かけて、車に乗せてるって」

「うわー、ほんと？　急に雨降ったときとか、乗せてやったらいいかな、と思って声かけてるよ。だって、車もってる生徒は少ないんだから、親切にするのはかまわないでしょ。ああ、えーと、質問に答えてないね。学校来たのは、やっぱ、高校も出てないと職場でバカにされるから。それから、家族もいないし、話し相手がほとんどいない生活なんだ。だから、高校行ったら、話し相手が見つかるかなって思った」

「話し相手、見つかった？」

　ミサキは野口の表情をうかがおうと横を向いた。野口のもみあげがぴくぴく動き、彫りの深い顔の中で目が悲しげにしばたたいた。瞼の下にふとあらわれる小さな光は、遠い街の光を映し出しているのだろうか、とミサキは思った。

「やっぱ、俺のこと、〝おっさん、きもい〟って思われてるのかな」

「思いたいやつには勝手に思わせとけばいい。うちは、おっさんも他の男子もべつに変わらないよ」

「そうか、ありがとう。あのね、米倉さん。俺さあ、高校に入って、人からものを頼まれたの初めてなんだ」

「え、うちが金貸してって言ったこと」

「そう。だから、ああ、俺でも役に立つことがあるんだなって、すごい嬉しかった。今まで、みんな俺のこと遠ざけてたでしょ。にやにや笑って見てるだけで、誰も本気で相手してくれない。だから、今日はとても嬉しい日」

　ミサキは野口が話すのを聞きながら、そんな感激してしゃべってるより、自分にのしかかってきてくれと思った。自分は、野口を本気で相手にしていない、ただ利用しているだけだ。手っ取り早く金を得るために、野口を誘い出しただけだ。いつ返せる当てのない金を借りてしまったのだから、野口が自分の体でいい思いをしてくれなくては、五分じゃない、そう思って、足もとに広がる光の粒に目をやった。ギシギシと音を立てそうなくらいに輝いている光は、やはり、どれもみな寂しそうで、小さな悲しい叫びを暗闇の中に放っていた。

4

「ほら、寝てるやつはさっさと起きろ。これから、今回の旅行でいちばん大事な場所を見学する」

行橋が、バスガイドから借りたマイクで怒鳴った。小さな丘を上ったり下りたりするバスの中で、ミサキは、風に揺れているサトウキビの波に視線をやるうちにすっかり眠ってしまっていた。

「行橋、見学、もういいよ。うちらをゆっくり寝かしてちょうだい」

ヒカリが不機嫌な声で行橋にまぜっかえした。

「お前らなあ、夜中まで、騒いでるからそういうことになるんだ。さっさと起きろ。隣に寝てるやつがいたら、たたき起こせ」

「いーだ、夜中までじゃないよ、朝までですよー」

ヒカリが言い返すと、車内がキャハハという笑い声に満たされた。定時制高校三年生二十五人の沖縄旅行も四日目。生徒たちは、巨大な水族館見物にシュノーケリング、亜熱帯の森の散策など連日時間に追われて動いていた。おまけに、昨晩は、クラスの人気者ゴンちゃんの誕生祝いだと盛り上がり、行橋の目を盗んで買い込んだ酒を飲み、ホテルの部屋で大騒ぎだった。ミサキも、へろへろになったゴンちゃんと肩を組んで歌ったり、踊ったりして、ずっと沈みっぱなしだった気分がようやく晴れた晩になった。ふだんなかなか輪に入れない野口も、部屋の隅でずっとビールを飲み穏やかな表情をしていた。

「てめえら、ばか言ってんじゃないよ。今回の旅行のメインは、これから先の洞窟だ。旅行に来る前に沖縄戦のことを勉強しただろ、覚えてるか」

行橋が真剣な目つきになってマイクに向かって怒鳴り声をあげた。耳が張り裂けそうな大音響を浴びせられた生徒たちが次々と目を覚ました。

「そうだお前たち、行橋センセの言う通りしっかり見学して来い。俺がバスの留守番、しっかりやっちゃるから」

ゴンちゃんの声にブーイングが巻き起こり、

「ばかやろ。お前だけは、けつ蹴っ飛ばしてでも俺が連れていく」

という行橋のことばに、みな笑い声をあげ、席を立って歩き始めた。

壕に入る前に、生徒たちは添乗員からヘルメットと懐中電灯を受け取る。ミサキたちは、見上げる高さからタコの脚のように気根をびっしり垂らしている木々の間を抜けて行った。「頭上注意」とペンキで殴り書きされた入口が現れた。一人ずつ順に尻滑りで狭い通路をくぐり抜けた。硬い岩盤に足が着いたかと思うと、地面の裏側にぽっかりできた空洞に自分がいるのに気づいて、誰もが「おおー」と声をあげた。

　地表からの光がどこかから洩れていて、空洞の壁が仄明るく眼前に浮かび上がっていた。石で固められた急階段をさらに下りると、もう地表の光は届かなかった。生徒たちは懐中電灯の光を思い思いの方向に投げかけた。

「きゃあー、何あれ」

　ミホが叫ぶ声が壕の蒸し暑い空気をかき混ぜた。懐中電灯の光に、蠟を塗り固め太らせたような石が照らし出されていた。ぬらぬらとした表面が波打ち、つららになった石がこの洞窟のいたるところに垂れ下がり、またそれに向き合うように地面から生え出ていた。

「いいか、この石を鍾乳石と言うんだ。何千年、何万年かかって、石灰岩が水に溶けては、固まっていくと、こんなふうになるんだ」

　行橋が鍾乳石の一つに懐中電灯を当てて説明をした。バサバサと音を立てて行橋の頭上を飛んでいくものがあった。

「おっ、コウモリだ。この壕の守り番みたいだな。いいか、お前ら、ここでいったん腰を下ろせ。この先三百メートルくらい歩いてもらうが、その前に、かつて戦争中この壕で過ごした経験をもつ金城《かねしろ》さんを紹介する。ところどころで金城さんの話を聞きながら進んでいくことにする」

　腰をおろした生徒たちの前に、鍾乳石の奥からいきなり抜け出てきたかのように、小柄な女性が現れた。行橋が金城さんの顔を横から照らし出した。

「ちぇっ、婆あかよ。婆あは話がなげえんだよ」

ゴンちゃんとはっきりわかる声が響いた。つられて男子の何人かがゲヘヘと押し殺した笑い声をあげた。

「ばかやろ」

行橋が怒鳴り、ゴンちゃんを探しに動き出そうとするのを制して、金城さんが一歩前に出た。

「あらー、札幌の高校生のみなさん、せっかくの修学旅行にこんなお婆ちゃんが出てきて、ごめんなさいねー。まあ、ちょっとの間だから、私の話につきあってくださいよ」

金城さんは、ゆっくりみなを見回しながら話し出した。額にも目じりにも深い皺が刻まれていたが、落ちくぼんだ目はしっかり見開かれ、行橋の懐中電灯の光をキラキラと反射した。男子の声も静まり、金城さんの次のことばを待っていると、

「うわー、やだー。あたし、ここ、駄目」

とヒカリが半分泣きながら叫んだ。

「おい、どうした。何が駄目なんだ」

行橋がヒカリの声の方に懐中電灯を向けた。

「先生、ここやばいよ。見えないの、みんな。ここにも、あそこにも、死んだ人の霊がめちゃめちゃ出てる」

ヒカリが震える声をようやく絞り出した。金城さんはヒカリの方に手を差し伸べ、いたわるような表情をした。

「そうですか、見えますか。たくさんの人が、ここに来ると霊が見えると言います。私には、そういう方がほんとに羨ましい。私にも、霊でもいいから、会いたい人がおります。でも、見えません。ほんとに残念なことでございます」

「おばさん、霊に出会ったら、あっちの世界にさらわれるんだよ」

クラスでいちばん知ったかぶりのヨウヘイが、懐中電灯をぐるぐる回して壕の壁を照らした。

「なるほど、お兄さん、物知りですね。ほんとのこと申しまして、私は死にぞこないのろくでなしでございます。私の女学校の仲間がたくさん、この前の戦争で死にました。この壕の暗闇の中で、傷の痛さにのたうち回り、おかあさん助けてと言って死んでいった友だちもおります。みんな、私よりずっと立派な、生きていればどんなに尊敬され慕われたかわからない人ばかりでした。そんな人たちに一目会いたいと思って、私はいつもこの壕に来るのですが、まだ一度も死んだ人の霊は出てきてくれません。よほど私は友だちに嫌われているのでしょうかね。ほっほっほっ」

金城さんの笑いは低く穏やかな声で発されたが、洞窟の不気味さを冗談で紛らそうとして上っ調子になっていた生徒たちの気持を鎮め、深い沈黙をもたらした。

「ここは、沖縄のことばでガマと言います。この前の戦争のとき、沖縄は、兵隊さんも住民も最後の一人まで戦ってお国のために尽くせと言われて、地獄というものが本当にあるのだとしたら、ここそが地獄だというようないくさになりました。このガマは、地獄の中でもいちばんおそろしいことが起こった場所でございます。生き残った者として、そのときあったことをお知らせしなければ、この世に命をながらえたかいがない、とこの婆さんは思って、来させていただきました」

金城さんは、ところどころで立ち止まって説明をするので、できるだけ彼女の近くに集まって耳を傾けてほしいと言って、ガマの先へ歩きだした。

「沖縄戦で、アメリカ軍は中部海岸から上陸してまいりました。どんどん南へ進軍して首里を陥落させました。日本軍、沖縄の私たちは友軍と呼んでおりましたが、友軍は住民を巻き添えにして南へ退却していきました。それは、本土での戦争を一日でも遅らせるため、沖縄を捨て石にする作戦だったのです。海上の戦艦から雨あられと爆弾が飛んでくるので、友軍はたくさんのガマにこもっていくさを続けました。私は、当時、女学校の生徒でしたが、兵隊さんの手当をするために軍の病院に派遣されました。本部がもうもたなくなって、病院の一部がこのガマに移転してきました。一部と言っても、五百人、六百人の負傷兵がこのガマに押し込められたのです。爆弾でやられた兵隊さんが次から次へと担ぎ込まれて、もうどうにもなりません。腕や脚をもぎ取られた兵隊さん、顎を吹き飛ばされて気管や食道がむき出しになっている兵隊さん、みんな血みどろですよ。包帯をしていても血は流れるし膿も滴り落ちてくる。排便、排尿をうまくできない兵隊さんの糞尿が流れ落ちてくる。足もとを流れる水は、ぐちゃぐちゃぬらぬらして臭気も漂っておりました」

「金城さんはそのとき、いくつだったの」

ミサキは、自分の目の前にいた金城さんに聞いた。

「はい。満で十七歳ですね。みなさんと同じくらいでしょうか。はらわたの飛び出た兵隊さんの手当てなど、見るだけでさえ体が震えることがたくさんありましたが、そんなことで任務から逃げるわけにはいきません。板の上に横たわっている兵隊さんが口々に、〝学生さん、包帯を替えてください〟と頼んできます。でも、新しい包帯もガーゼもありません。仕方なく、今している包帯とガーゼを剥がします。膿の匂いがプーンと立ち昇ってきます。傷口からウジ虫が盛り上がるように湧き出てきます。ウジ虫が白い塊になってたえずうごめいているのです。ガーゼと包帯を振るとばらばらとウジ虫が落ちてきます。私たちは、ピンセットでウジ虫を一つ一つ取ってやり、剥がしたばかりの汚れたガーゼと包帯で傷口を巻いてやりました。そんな手当しかできなかったのですが、〝学生さん、ありがとう。とても気持よくなった〟と感謝され、次から次へと呼ばれるのです。それでも、どうすることもできなかったのが脳症患者と言って、頭のおかしくなった兵隊さんでした。真っ裸になって壕の中を大声を出して動き回り、ほかの患者を踏んだりしますので、私たちでは手に負えません。中には患者さんの上に糞尿を垂れ流す人もいて、〝あいつを何とかしてくれ〟と負傷兵が怒鳴ります。そんなときにですね、衛生兵が脳症患者を無理やり引っ立てていくんです。壕の陰の方に見えなくなったと思ったらパアンと銃の音がしました。あのときですね、わたしたち看護の端くれも〝ああ、厄介ものがいなくなってよかった〟と思ったのです。そのことを、今思うと、なんと自分は罪深かったのだろうと苦しくてなりません。脳症患者の方も、故郷では父親だったり、息子だったりしたでしょう。帰りを待ちわびていた家族もいたことでしょう。いくら地獄のような戦地であったとはいえ、誰があのような最期であったと家族に伝えられるでしょうか」

金城さんが語りかける声が、沈黙の底に沈んでしまった生徒たちの耳の中に静かに響いた。金城さんの手招きで、壕のさらに奥に進んだ。「手術室」という札が懐中電灯の光に照らし出された。

「えー、こんな洞窟の中で手術もしたの」

ミホが呟いた。

「あれが、手術と言えるものだったでしょうか。腕や脚のけががひどい負傷兵は切断した方がいいと、ここへ連れてこられました。麻酔もなしで、軍医が兵隊の腕や脚を切り落としました。衛生兵が馬乗りになって、患者が暴れるのを押さえつけました。軍医が鋸で骨を切っていきます。獣のようなすごい叫び声が、壕の中に渦巻いて、はじめのうちは耳をふさいでこらえていましたが、なにもたもたしてるんだと軍医に怒られますから、切られた腕や脚をおそるおそる処理するようになりました。切断されたものを籠に入れて、捨てに行くのは私たち学徒の仕事でした。血みどろのものをもって歩くだけで、吐き気やめまいがしましたが、そのうち慣れました。ただの物みたいにして運び、処理場所にポンと投げてくるんです。ほんと、人間とはなんとおそろしいものでしょう。あんなおそろしいことにも慣れてしまい、切断された手足が増えていっても、〝ああ、山ができてきた〟としか思わなくなっていったのです。そんなときにですね、ずっしり重い太ももを籠に入れて負傷兵の前を通りました。寝ていた兵隊さんが急に起きて、私に待てと言うんです。〝なぜ、捨てに行く。それは食える〟と私の足をつかむので、こわくなって大急ぎで処理場へ行きました。食糧が少なくなって、ピンポン玉くらいのおにぎりが一日に一つ負傷兵に渡ればいい方でした。みんな腹が減ってたまらなかったのです。どんな状態になっても人間の中には生きたいという欲望があるんです。ガマの中に何百人という負傷兵が血みどろで横たわり、ウジを取ってくれ、水をくれ、糞尿の始末をしてくれ、腹が減ったとうなり声をあげています。もうそれこそ、この世の地獄です。でも、今になって考えてみますと、あのうめき声は最後の場面に追いやられた人間が命の底から絞り出した〝生きたい〟〝生きたい〟という叫びだったのだと思います」

「えー、もう、助けてよ。早くここから出してよ」

カズキが泣きそうな声で、懐中電灯を足もとの岩に何度も打ちつけた。

「大丈夫だって。俺の腕をしっかりつかんでな。こわいことがあったのは、ずっと昔のことだから」

カズキが緊張に耐えられないのを知っているゴンちゃんが、なだめる声を発した。

「はい、お兄ちゃん、ごめんなさいねえ。こわくて嫌な話ですが、みんなこのガマで昔あったことなんです。人が命を粗末にする世の中が二度と来ないように、みなさん、しっかり聞いてください。ガマの中で、命を落とした負傷兵は数知れません。さっきまでうめき声出してた兵隊さんが静かになったなと思ったら、もう息をしてないことがよくありました。死んだ兵隊さんを片づけるのは衛生兵の仕事でしたが、私たち女学生も手伝いました。台車に乗せた死体を押して、ガマの中で大きく窪んだ場所に運んで行くんです。その重いこと。下がぬかるんでるもんで、よく滑っては転び、衛生兵に怒鳴られました。死体置き場には鉄の扉がついていて、衛生兵が扉を開け、二人一組で死体を持ち上げると、えいっと投げるんです。あるときですね、はらわたがむき出しになったひどい体を衛生兵が持ち上げたとき、〝おい、俺は死んでないぞ〟って声がするんです。私は心の中で〝わっ〟と叫びましたが、衛生兵は何も聞こえなかったみたいにその体を遺体の山の中に投げ捨ててしまいました」

「えー、もうやめて、耐えられない」

ヒカリが懐中電灯を振り上げ、上ずった口調で懇願した。金城さんはヒカリの方にかすかに笑みを浮かべてうなずいた。金城さんの目は、たくさんの皺に取り巻かれ穏やかな光を浮かべていた。

「ごめんなさいねえ。私もこの話をすると、体中がキリキリと締めあげられるような怖ろしい気持になるんです。なんで、〝この兵隊さんは生きてます、助けてください〟と自分は言わなかったのでしょう。あのとき、どうせ助からない命をかまってるより、私には世話しなければならないたくさんの負傷兵がいるんだと自分に言い訳したのですが、戦争が終わって何年たっても、あのときのことが蘇ってくるのです。忘れようにも忘れられません。〝どうせ助からない命だ〟と思われて、どれだけ多くの命が見捨てられたことでしょう。もっとひどい話をいたしましょう。南方へ撤退するとき、ガマに残された負傷兵には青酸カリが渡されました。アメリカの捕虜になる前に自分で死ねということでしょう。いったいどれほどの人がこのガマで人知れず命を落としたことか、今も発掘されないままの遺骨がたくさんあるはずです」

「ええ、おかしいよ。なんで捕虜になっちゃいけないの。戦争に負けたら、白旗あげて降参するんじゃないの」

　ミホが、ふだん本気で文句を言うときの口調で話した。

「ほんとにいいことを言っていただいてありがとうございます。命より大切なものはありません。負けたら降参すればいいんです。でも、私たちの受けた教育は違いました。生きて捕虜になるのは最も恥ずかしいこと。逆に、お国のために死んだら美しいミタマになってヤスクニに帰る、と教育されました。アメリカ兵につかまったら、男は鼻も耳もそがれ八つ裂きにされる、女はぼろきれになるまで強姦されるとみんな言ってました。兵隊、学生、住民が一体になって最後の一人まで戦うのだ。そうやってお国を守るいくさで死ぬことはとても美しいことだと、私も思っておりました。でも、そのときの私に言えなかったことを、今言わせてください。戦争に美しい死はありません。こんなことを言ったら、死んだ仲間が化けて出てくるかもしれません。それでも言います。私が戦場で見た死は、ぜんぶ惨たらしく悲しいものでした。爆弾で肉片になって飛び散った友だち。お母さんにタオルを口に詰められ窒息した赤ちゃん。それは、ガマで泣き声をたてさせるな、敵に知られる、と軍人に怒鳴られたからです。降参しようとガマから出たところを友軍に背中から撃たれたおばあ。追い詰められて断崖絶壁から飛び降りた友だち……」

「こわい、こわいよ。俺は、まだ死にたくない」

　カズキがガマの空気を切り裂くかん高い声で叫んだ。

「先生、カズキがもう限界。なんとかした方がいいすよ」

ゴンちゃんのあげた声に行橋が反応した。

「そうか。おまえらも、戦争中のことを、自分がその場にいたらどう感じただろう、って具体的に想像できたんじゃないか。さあ、金城さんにもうひとこと話してもらって、先へ進むか」

「こんなお婆さんの話で、戦争の時代をちょっとでも感じてくれたら、こんなありがたいことはないですね。私たちは、ガマを捨てて南方へ向かいました。夜の闇の中、丘を登っていきましたが、火の粉が降るように爆弾が落ちてきます。来るぞと気配を感じたら、道路や畑に身を伏せるのですが、ぱっとあたりが明るくなったと思ったら、轟音とともに土やら草の根やらが降ってきます。しばらく音がしなくなったら、また歩き出します。そんな繰り返しのうちに、撃たれた人、はぐれた人が相次ぎ、いつのまにか半分、三分の一と仲間が減っていきました。とうとう海岸間近まで来たときに、私たちはたったの九人になっていました。海にはアメリカの軍艦がたくさん浮かんでいます。銃をもったアメリカ兵が陸上を歩き回っているのを見て、私たちにはもう逃げる先がないことがわかりました。アダンの茂みに隠れてアメリカ兵の様子を見ていましたが、いつしか、もう自決するしかないと話が決まりました。自決は戦死だから、ミタマになってヤスクニでまた会える、と熱心に説く人がおりました」

「なんで、そんなことが言えるの。おかしいよ」

ミホが黙って聞いていられないというように口をはさんだ。

「たしかに。でも、そのとき私たちは、国のためにいさぎよく死ぬこと以外は考えてはならない、と教えられていたのです」

「金城さんもほんとにそう思ってた?」

ミサキは思わずことばが出た。金城さんは何も答えず、ミサキをじっと見返した。

「ほんとにミタマになりたいと思ってた?」

金城さんは何度も目をしばたたいて、ようやく口を開いた。

「いいえ、私は生きて家に帰りたかったのです。お母さんに会いたかったのです」

「じゃあ、みんなに言ったの。お母さんに会いたいって」

ミサキは金城さんの手をつかみ、答えを促そうとした。

「いいえ。言えればどんなによかったことでしょう」

金城さんが目を閉じて沈黙の底に沈んだ。生徒たちはじっと次のことばを待った。

「〝おかあさん〟と言ってはならない、言ったら決意が鈍ってしまうという暗黙の思いがあって、誰も口に出せなかったのです。だから、みんな、本当は生きることと死ぬことの二つに気持が引き裂かれていたのです。死ぬことばっかり考えていたわけでなかったのです。そのときはあっけなくやってきました。みんなが身を寄せあって手榴弾を破裂させれば、一瞬で全員死ねると話がまとまり、アダンの茂みから海岸に出て行きました。他の人たちがぐっと体を寄せたとき、私の体は足もとの加減で反対側に傾いたのです。手榴弾が破裂しました。私の体がみんなからちょっと離れていたために、私は生き残りました。ほんのちょっとした場所の違いで、私は死んでいった人たちの仲間になれなかったのです。その後の私は何を考えていたのか自分でもよくわかりません。ただ、もっと南に行こうと岩伝いに海辺をのろのろ歩いて行きました。海にいくつも死体が浮かんでいました。それは後で知ったのですが、降参するためアメリカの船に向かっていった兵士を、友軍が撃ったのだそうです。もう歩くのに疲れ果て、岩陰に横になると気を失ってしまいました。はっと目を覚ますと、赤い顔の若いアメリカ兵が私に話しかけています。さかんに首から下げた十字架を振っていました。その後は、テントに運ばれ、水と食料を与えられて体力を回復しました。人より要領が悪く、何をやってもちょっと遅れてしまう私がこんなふうに生き残ってしまうなんて、ほんとに申し訳ないことでございます」

金城さんは話をやめて、深い皺に囲まれた目をじっとガマの奥の暗闇に向けた。声をあげる者は一人もいなかった。

「最後まで聞いてもらって、ほんとにありがとうね。私は、あの戦争を経験してからずっと、自分がなんのために生きてるのか、考えない日はありませんでした。なんで爆弾で吹っ飛ばされなかったのか、なんでガマの中で生き埋めにならなかったのか、なんで破傷風にかからなかったのか、それはみんな偶然です。私の心がけのよかったことは一つもありません。もっと立派に看護の仕事をしたのに死んだ仲間がたくさんいます。私のような者が生き残った意味があるんだろうか、そう思うと心がかきむしられるようでした。こんなことなら、生き残るんじゃなかった、美しく死んだと惜しまれる方がよかったとさえ思いました。戦争が終わり二十年たってもこのガマに来られませんでした。死んだ人たちに顔向けできる自分がいなかったからです」

「じゃあ、どうして今、来れるようになったの、教えて」

ミサキが、小柄な金城さんの顔をのぞきこむようにして尋ねた。

「そうですね、頭の悪い私が私なりに一生懸命考え思ったことは、死んだ人にできなくて生き残った私にできることが一つだけある。それは、戦争でどんなことが起きたのか、きちんと思い出して後の時代の人に伝えることだ。ずいぶん年月をかけてやっと思い至りました。このガマでどれほどおそろしいことが起きたのか、経験した私にしかわからないことを伝えるのが私の役割だと。戦後初めてガマに来たときは、体が金縛りにあったみたいに動かなくなりました。たくさんの命が尽きていくのをただただ見過ごすしかなかったあの時の自分を思い出して、一つのことばも出ませんでした。何回か足を運ぶうちに、死んだ人を思い浮かべて、〝痛かったろうね、つらかったろうね〟と口を開くことができるようになりました。それから私は、少しずつ、少しずつ、こうやってみなさんに自分が体験したことを話せるようになったんです。こんな説明でよろしいですか」

ミサキは金城さんに小さくうなずくと、出口に向かって歩き始めた列を追った。

足もとを懐中電灯で照らしながらゆっくり歩く。壁に取り付けられた小さな照明が進行方向を示しているが、大きな窪みには深い暗闇がたたえられ、道を誤れば闇の中にどこまでも吸い込まれていきそうな気がする。

5

と、「オー、オー」という得体のしれない叫び声が、壕の蒸し暑い空気を震わせ響いてきた。長く引きずる声は、壕のあちこちではねかえり、ミサキの耳の中で渦巻いた。人が苦しがっているのか、怯えているのか、泣いているのか、どのようにも聞こえるその声は、まるで壕の岩そのものが身をよじって生み出しているかのようだった。繰り返し発される声は壕の中に充満し、いったいどの方向から来ているのかもわからなかった。壕で命を落とした人々が蘇り、自分に呼びかけているのではないかという気がして、ミサキの心臓は高鳴った。

ミサキは気味の悪い声から一刻も早く逃れようと先を急いだ。岩壁の横を急傾斜で昇っていく石の階段を見つけ上を覗くと、外の光がほのかに差し込んでいた。その光のおかげで声の正体がわかった。階段の横に突き立った太い鍾乳石に抱きついて、身をよじりながら肩を上下させている男がいた。ヘルメットからはみ出たもみあげ、黒の綿パンにジーンズのジャケットの着衣から、ミサキは野口だとわかった。

野口は激しく身震いしながら「オー、オー」と腹の底から太い声を絞り出し、堅く握った拳で自分の太ももや鍾乳石をめった打ちしていた。顔は熱気を帯び、もみあげの先から汗が滴った。野口の声は、体の奥深くから発され、喉を突き破って現れ出たうねりであった。猛獣の雄叫びに似たその声は、壕の空気を底から震わせ、洞窟の奥へ奥へと響き渡った。

クラスの生徒たちが野口を懐中電灯で照らし出し、気味悪そうに眉をしかめたり、薄笑いを浮かべていた。

「先生、やばいよ。おっさん、おかしくなっちまった」

ゴンちゃんがそう言うより前に、行橋が生徒の輪を割って野口の後ろに進んだ。背中から野口に抱きつき、両腕をしっかり押さえて肩の震えを止めた。しばらくの間、行橋は何も言わずただ野口の体を抱きしめていた。野口の声はやみ、肩の上下もおさまった。行橋が野口のヘルメットを取ると、顔は汗だらけで、ぐっしょり濡れたもみあげの中で汗の粒が光った。

「おーい、お前ら、早く行け。壕を出たらヘルメットと懐中電灯を添乗員さんに返すんだぞ」

野口の回りに集まっていた生徒たちが動き出すと、行橋は、鍾乳石から体を離した野口に懐中電灯を当て、全身をよく見た。

「野口、大丈夫か。気分がおかしくなったのか」

「先生、すみません。なんともないです」

「この先階段だから、肩貸すか」

「いいえ、なんともないです。ご迷惑かけてすみません」

野口は手を取ろうとする行橋を退け、一人で階段をのぼりはじめた。野口と行橋の後を追って、ミサキは最後尾で壕を出た。外はうす曇りの空の下だったが、暗闇をずっと歩いてきた者にとっては光が限りなく溢れる世界で、ミサキは目の前が真っ白になった。白い世界を行橋と野口が肩を並べて歩いて行くのが影絵のように目に映る。野口は添乗員にヘルメットと懐中電灯を渡したのち、さかんに行橋に頭を下げ、自分にもう気づかう必要はないというように手を上げ、大股で集合場所に向かっていった。


バスは沖縄本島最南端をめざし、喜屋武《きゃん》岬に着いた。戦没者を悼む記念碑の先は断崖で、岩礁を洗う白波が海岸線を縁どっていた。午後の薄日の下、海は穏やかで、淡い青緑の水を通して浅瀬の底が手に取るように見えた。ミサキは水平線の彼方に目を凝らしたが、島影一つ見つけることができなかった。左手に目をやると、クラスの一団から離れて野口が断崖の下をのぞき込んでいるのが見えた。ミサキは野口の横に歩み寄り海を見た。左に続く断崖が幾重にも折り重なり、視界の果てで海と一つになって霞んでいた。

「おっさん」

「なに」

「さっき、泣いてたの？」

「いいや」

「でも、凄い声出してた」

野口は海を向いたまま唇を固く結び、しばらく何も言わなかった。ミサキが立ち去るそぶりをしたのを横目で見て、ようやく呟いた。

「あんなとこ見られたら、頭おかしいヤツだとみんなに思われるよね。米倉さんもキモいとか思ったでしょ」

「いや、ただびっくりした。汗びっしょりかいていたし」

「俺さ、狭くて暗いとこに閉じ込められると、苦しくてたまんなくなるんだ。なんでそうなったか、話したら聞いてくれる？」

「うん。いいよ」

野口はミサキよりも海に向かって語るかのように、鉄柵に肘をのせ、ぼそぼそと話し始めた。ミサキは風の音にかき消されそうな野口の声に耳を傾けた。

俺、五歳くらいまで炭鉱の町に住んでたんだ。だけど、おやじが炭鉱の事故で死に、おふくろは頭がおかしくなって病院に入っちまった。回りの大人があぁだこうだ言ってると思ううちに、俺と妹は他の町の養護施設に入れられてた。施設の人はけっこう優しかったから、そんなみじめな気はしなかった。おやじが死んだときのことを、くわしく教えようとする人もいなかった。でも、小学生になって炭鉱の事故のことを知って、どんな様子だったかよくわかったんだ。

大きな事故で、たくさんの鉱員が地下何百メートルの深さに閉じ込められた。それが、まだ生きてるか死んでるか確認できないうちに、災害が広がるのを防ぐために水が注入されたんだって。もう死んでるって決めつけられたんだね。俺さあ、自分がおやじで、炭鉱の中に入ってたらどうだったろうって、しなくてもいい想像するようになったんだ。もしも生きて意識があるのに、暗闇に閉じ込められたらどんな気分になるだろうって。

助けてっていう声をだれに届かすこともできない、どこにも行けない。そのことを一刻一刻意識して、暗闇で息してるってどんなことなんだろう。俺と血のつながったおやじがほんとうにそんな場所にいたのか、おやじは何を感じていたんだ？　俺は想像するのをやめたかった。でも、気持が勝手に先に走って行くんだ。そして、息が詰まって苦しくなり、今ここにいることに耐えられない、っていうすごく変な気分になってしまった。

死にたくなる気分かって？　似てるけどちょっと違う。宇宙のことが載った図鑑でブラックホールを見たんだ。あれに呑みこまれ擦りつぶされていく小石にもし心があったら、同じことを感じるんじゃないか、なんて思った。こんなおそろしい気分になるんだったら、死んだおやじのことはできるだけ考えないでおこうと思った。でも、狭い穴倉とか、細くて暗いトンネルとかに入ったりすると、ダメなんだ。あっと思った瞬間、気分が凍りついてしまう。ここにいること自体に耐えられなくなる。こわくてたまらない。なんか発作みたい。発作にならないようにするために、小学生のときから狭いところや暗いところはできるだけ避けるようになった。

施設から中学に通ってたんだけど、中学が終わるころ、施設にゴマ塩のすごい髭をはやしたじいちゃんがやって来た。太くてこわい声を出すじいちゃんだった。なんでも、俺のほんとのじいちゃんの弟だって言った。俺を田舎に連れてって畑の手伝いをさせたい、ってことだった。俺は勉強もたいした好きじゃなかったから、妹と別れてじいちゃんについて行った。

じいちゃんの畑は道南の山奥にあった。谷伝いに細い道を歩いていき、これが最後の家かと思う農家からさらにとことこ奥まで行って、やっとじいちゃんの家に着いた。沢水を管でひっぱってきて薪で風呂をわかし、暖房も薪ストーブっていう生活さ。俺は力仕事は嫌いじゃないから、畑耕したり、薪割ったりじいちゃんを助けた。じいちゃんはおっかない人だったけど、俺がなんぼ力仕事をしてもへこたれないので、さすが孝蔵の息子だって、ほめてくれた。あ、孝蔵って、俺の親父の名前だよ。孝蔵はアイヌの炭鉱マンで、疲れ知らずのいい男と評判だったと、話してくれた。

じいちゃんの畑は小さいけど、一通り何でもつくった。じゃがいもにかぼちゃ、キャベツに白菜、豆にとうきび、米以外はだいたいとれた。だから、下の村にたまに買い物に行くだけで暮らせた。じいちゃんは何も教えてくれない、俺はただ手伝いをするだけ。

じいちゃんはときどき俺を山に連れてってくれた。ちょこちょこ山菜とりするとか、きのこ採りするとかとはわけが違う。山に入ったら何日も歩き回るんだ。木の枝や笹とか蕗の葉で、クチャっていいう小屋をつくって泊まる。冬でも松の枝や葉っぱでつくったクチャで夜を過ごした。山にあんなに食べ物があるとは知らなかった。ヤマベを釣ったり、罠をしかけて兎をつかまえたり、わくわくすることがたくさんあった。俺には、得意なことって全然ないんだけど、今でも、山歩きだけは自信ある。道がなくても、テントがなくても、ずっと山にいられる。

二回目の冬、俺はじいちゃんと一緒に山に入り、俺のつくった罠で兎を捕まえたんだ。じいちゃんが初めてにっと笑って俺の肩を叩いてくれた。俺の人生にはほんとろくなことがなかったけど、あのときのことは今も忘れないな。

じいちゃんは、その晩、クチャの中でずっと呟いてた。いいか、兎が捕まったのはお前の実力じゃない。たまたまだ。アイヌの本物の猟師は獲物と心を通わせることができる。獲物がな、こんな立派なアイヌだったら捕まってやりたい、食われてやりたいと思って罠にはまりにくるんだ。わかるか、鉄弥。アイヌの男なら誰もが仕留めてみたいと思う熊だって、心が通うアイヌのところに、どうだ自分を倒してみろ、と言って現れるんだ。道具をうまくつくれる、獲物をうまく捕えるなんてことは、猟師の初歩の初歩にすぎん。獲物と心を通わせるところまでいって、本物の猟師だ。お前は、いつか、そういう本物の猟師になりたくないか？

俺は夢中で、なりたいと答えた。でも、じいちゃんは、無理だと言って首を振った。じいちゃんは、クチャの隙間から見える星を見ながらしゃべり続けた。熊だけのことじゃない。アイヌは、空や大地、風や雲、熊や鹿、鮭や鱒、およそこの世界にあるものすべてと自由に心を通わせてきたんだ。心が通ってるから、大地が産み出す恵みを受け取れたのよ。しかし、もう、大地は欲をもった人間にいいように分捕られ、切り刻まれた。心を通わす余地なんかなんぼもない。ひどい世界になったものよ。しかも、大地と心を通わす知恵を受け継ぐことも難しい。じいちゃんでも、もう十分な知恵をもってはいないのだ、残念ながら鉄弥に伝えられるのはほんのわずかなものだ、そう言った。

山を下りてきてから間もなく、じいちゃんはあっけなく死んだ。病院嫌いだったからね。痰がからんで苦しそうな咳をしていて、明日医者を呼びに行こうかと思ってるうちに、夜中に死んじまった。何もわからない俺を哀れに思った村の人が葬式をしてくれて助かった。

俺はそこでずっと畑を耕してもいいと思ったけど、この土地と家は借金の担保に入ってるとかで、ブルドーザーが来てあっという間に家を壊し、畑をつぶしていった。もう、なんにもなくなってしまったんだ。本物の猟師になる手がかりも消え去った。じいちゃんが死んで、俺は一人ぼっち。誰を頼ることもできない。せめて、仕事のあるところと思って札幌に出て来たんだけど、どこの職場でも、中卒だと言ってバカにされ、動作が鈍いと言ってからかわれ、給料をごまかされた。

じいちゃんと暮らしてるときは忘れてた、あの、暗いとこに閉じ込められるとおそろしい気分になる発作がまた襲ってきた。俺は、大きくなったら心が強くなって、こんな気分になることは消え去ってほしいと願ってたんだけど、心は弱っちいままだった。しかも、実際に暗いとことか狭いとこに行かなくても、自分の未来を想像して、俺は一生誰にも相手にされないし、どこに出ていくこともできないって思うだけで、閉じ込められた気分がわあっと出てくるようになった。

この歳になっても、夕方仕事の帰りとか、夜中寝る前とか、俺に人並の、いい未来なんか一生ありえないだろうとちらっと思っただけで、穴倉に閉じ込められたのと同じ気分になることがあるんだ。

野口はそれまで海に向けていた顔をミサキに向け、目をしばたたいた。ミサキは、彫りの深い野口の顔をのぞきこみ、目にかすかな笑みが浮かんでいるのを、不思議に感じた。

「いい歳こいて、このおっさん、なに言ってんのって思ったでしょう」

「べつに。いい未来がないのはうちもおんなじだよ」

「俺は、米倉さんのすばらしい未来を祈るよ」

「何言ってんの。うちのことはいいから、しっかりやんなよ、おっさん」

「うん、そうだよね。実は、俺はあのおそろしい気分から脱出する方法を編み出したんだ」

「え、ほんと」

「閉じ込められた気分になったとき、自分の心ん中ばっかりのぞいてるより、外に出られないかって声を出してみたんだ。アーとかオーとかね。声出してる間は、ここに居ることに耐えられない気分がちょっと落ち着いた。じゃあ、もっと長くもっとでかい声を出してみようと思ってやってみたら、胸とか腹が熱くなってさらに気分がよくなった。黙ってここに居るのがよくないんだったら体を動かしてみようとぐるぐる回り、拳でそこらにあるものを叩いてみた。すぐやめたら気分が元に戻ってしまうと思って、ずっと声を出し、ずっと体を動かし続けた。体がぽっぽ燃えるみたいな感じになって汗が噴き出してきた。そうしたらね、なんと、あのおそろしい気分がどっかに消えてたんだ。そんとき、閉じ込められてた俺は、外の世界につながる細い通路を見つけたんだと思う」

「ひょっとして、おっさん、さっき声出してたのは」

「そう。ガマの中歩いて、狭いし暗いし、もう限界だった。しかも、たくさんの人が助けを求めながら暗闇の中で死んでったと聞いて、発作がわっと出た。息ができない、苦しい、一瞬もここにはいられない、そういう状態でどこをどう歩いてるかもわからなくなった。もう限界だって思ったら、無我夢中で岩に抱きついて声を出してたんだ。助かるためにはああするしかなかった」

「で、発作はおさまった？」

「もう大丈夫。でも、あんな姿みんなに見せてしまって、ますます相手にされなくなる」

「気にすんなって、旅行終わったら、みんな忘れてるよ」

「そうかなあ。俺、声出したり体動かしてるのを他の人に気づかれたくないんだ。だから、はじめは自分の部屋でやってたけど、もうやらないことにした。あのぼろアパートじゃ誰に聞かれるかわかんないからね」

「おっさん、ひょっとして、藻岩山のあの場所でオー、オーって吠えてる？」

野口は、口もとに笑みを浮かべ顎を小さく引いた。

「やっぱ、そうなんだ」

「あ、俺やばい、と思ったときにあそこに行って、思い切り吠えてる。おかしいでしょ」

「うん、おかしい。暗闇で、オー、オーって太い声で吠えてるんだね。おっさん、まるで藻岩山の熊だわ」

熊と呼ばれた野口は顔をくしゃくしゃにして笑い、

「俺は熊だ」

と沖に向かって叫んだ。左右に伸ばした手で、錆びた鉄柵を強く握り、肩を震わせた。


ミサキは、沈黙に戻った野口と並んで立ち、しばらくの間、潮風が髪をなびかすのに任せていた。

「おっさん、なに見てんの」

「ああ、米倉さん。海の水がすごく澄んでると思わない」

「ほんとに」

「ここでもたくさんの人が血みどろになって死んだんだよね。けど、そんなことがあったなんて嘘みたいだ」

「うーん。戦争があったなんて信じられない景色。うちさあ、人間があんな簡単にたくさん死んでったって聞いて、すごいショックだった。生きてるか死んでるかは、ほんのちょっとした偶然で決まった。一歩前に行ったり、横に行ったりしたらそこは死の世界だったんだ。生きてることのすぐ隣に、死ぬってことが口を開けて待ってた。だけど考えてみたら、今だって、人間いつどういうふうにして死ぬかわかんないんだよね。どこに死の入口があるかわからないいんだよね。そう思って、こうやって今生きてることを考えたら、なんか胸がぎゅーってなって、泣きそうになった」

「うーん」

「うちさあ、沖縄に来てすごいよかった」

野口の横顔に向かってそう言うと、ミサキはさっと向きを変え、ミニスカートの腰を振ってバス乗り場へ歩き出した。

6

五時、六時と進んでいくテーブルの上の時計に、ミサキは胸を重く締めつけられ、足をばたばたさせてソファの端を蹴った。いやだ、いやだ、いやだ、どこかへ消えてしまいたい。そう思ってマンション入り口のドアを見やった。ちょっと出かけてくると言って伊三夫がいなくなってから、ミサキはドアを開けて外へ飛び出していく自分の姿を繰り返し想像した。「一人で絶対に外に出るな」という伊三夫の命令に逆らう恐怖よりも、八時に伊三夫の運転する車で営業に行くことの方がなお耐え難かった。昨夜のことを思い出すと、ミサキは猛烈な吐き気と震えがよみがえってきてひとときも耐えられなかった。

昨夜、伊三夫の運転する黒塗りの乗用車は繁華街を抜け、宏壮な屋敷が続く一帯に入っていった。

伊三夫は黒いスーツを着て白手袋をしていた。滑らかなハンドルさばきで、石垣の塀の角をいくつか曲がる。クリーム色の光沢のあるドレスを着たミサキは、後部座席に体を沈め、窓の外に現れては消える街灯に視線を泳がせていた。伊三夫に言わせれば、昨夜は東京に出てきたミサキの「営業初日」だった。

ミサキが沖縄旅行から帰るとすぐ、伊三夫は家に残されていたシンシアの衣装を目一杯スーツケースに詰め、嫌がるミサキを遮二無二引っ張って東京に出てきた。五反田駅から小さな路地をいくつも曲がった先にある賃貸マンションに二人で転がり込むと、ミサキに稼がせる準備を着々と進めた。美容室とエステに自らミサキの手を引いて連れて行き、「思い切りゴージャスな女にしてくれ」と店員に頼んだ。その筋から手に入れた実業界、政界の有力者の名簿をもとに、「エイジャン・ヴィーナス」ことミサキを売り込むことに余念がなかった。

「いいか、ミサキ。これから相手する男は、とんでもない金持だ。デリヘルの女を買ってる冴えない男とはわけが違う。お客様にはいっさい逆らうな。何を言われても、〝はい、ご主人様〟と言え。何をされても〝ありがとうございます、ご主人様〟と言え。わかったか。お前さえ、うまくやってくれたら、しこたまいい稼ぎになるんだ」

伊三夫は目当ての屋敷の門前に車を止め、ミサキの方に顔を向けて言った。

「もう一度言う、お客様にはいっさい逆らうな。ほら、行け」

ミサキは硬い表情のまま一言も答えずに車を下りた。門扉をそっと押して敷地の中に入ると、玄関まで長い敷石の道が延びていた。コツコツとヒールの音を立てて先へ進み、インターフォンを押した。ダブルの黒スーツを隙なく着こなし、髪をオールバックに撫でつけた男が現れ、ミサキの足もとから頭まで無言で見つめた。

「御用命を承りましたエイジャン・ヴィーナスでございます」

ミサキは伊三夫に言われた通りに名乗り、黒い地にAsian Venusと金色の飾り文字を記した名刺を男に渡した。小首を傾げ笑みを浮かべるつもりだったが、頬がひきつり、口がへの字になっただけだった。

「入りなさい」

黒服の男はミサキを中に入れ、一階の広間から二階に導いた。濃紺の絨毯が敷かれた長い通路を奥まで行き、黒い鋲で装飾された木製の重い扉をノックした。しばらくの間、室内からはなんの反応もなかった。ミサキは膝の震えがヒールに伝わり、音を立てて揺れ出しそうになるのを必死にこらえた。太ももを掌でぎゅっとつかみ震えをとめた。重くきしむ音が耳をつんざき、扉が手前に開いた。髪を肩まで垂らした肌の白い男が現れた。

「お坊ちゃま、お求めの女が来ました」

ミサキを案内してきた男が告げると、髪の長い男は無言でうなずいた。湿ったように白い顔の中で細く長い目が冷たい光を放ち、ミサキの首筋から胸もとをとらえて離さなかった。男は、ミサキに中に入れというように首を振った。ミサキが一歩足を踏み入れると、背中で扉が閉まった。

ミサキは髪の長い男の後について部屋の中に進んだ。奥行きの長い部屋には、パソコンのディスプレーが何台も並び、どれも場面転換の激しい動画を映し出していた。床のあちこちにコミックが山積みされ、気をつけなければ蹴飛ばしてしまいそうだった。左手の奥にベッドがあり、シーツと毛布で丁寧にベッドメーキングされていた。

「おい、女」

「はい、ご主人様」

ミサキは伊三夫に教えられたことばが反射的に出た。

「おい、女、何でも言うことをきくんだよな」

「はい、ご主人様」

「服を脱げ」

ミサキは練習してきたとおりドレスの背中のホックを自分ではずし、ドレスを下に落とした。震える指でブラジャーとパンティをはずし、男の前に立った。ミサキは性の経験は豊かではなかった。遊び仲間の男の子が「やらせろ」とうるさくせがむのに応じてセックスをしたことはあったが、男の子たちが乱暴に快楽を求め、たちまち自分の体の上で果てるようなことでしかなかった。男から何を求められたらどう対応するか、ミサキには何の考えもなかった。

男はいきなりミサキに抱きつくとベッドに押し倒し、ミサキの乳房を両手でつかんで乳首を噛んだ。ミサキが悲鳴を辛うじて抑えると、男は自分も服を脱ぎ捨てミサキの体に覆いかぶさった。硬くなったペニスをミサキの腹部に押しつけ、体を幾度もよじった。まだ十分潤っていないミサキのヴァギナにペニスを突き入れようとしたため、ミサキは痛みをこらえかね、ひーっと声を漏らさないわけにはいかなかった。

「すみません、もう少しゆっくり」

ミサキがか細い声をあげたが、男は構わず腰を動かし続けた。ミサキはシーツを握って痛みに耐え、男が早く終わってくれることを祈った。だが男は突然腰を動かすのをやめると、今度はミサキの体を起こし、自らはベッドに仰向けに寝た。すわっているミサキの手をペニスに導き、さらにミサキの後頭部に手をあてがうと、ミサキの顔を自分の陰部に押しつけた。ミサキはありったけの力で男の手に抗い上体を起こそうとした。

「なんだ、お前。俺の言うことをきけないのか。どういうことなんだ」

男は体を起こし、ミサキの喉首をつかまえて怒鳴った。男が両手にぐいぐい力を込めてきたので、ミサキは目の前が暗くなり、目尻から熱い涙が溢れ出てきた。

「ご主人様、お許しください」

ミサキは身もだえしながらようやく声を振り絞り、男の手首をつかんで懇願するように頭を下げた。

「俺の言う通りにすれば許してやる。わかったか」

ミサキは自分の小さな口ではオーラル・セックスがとても辛いことだと、男にわかるはずもないと心の中で呟き、男の股間に顔を埋めた。目をつぶり、何も考えずにやみくもに舌を動かしていると、男の息が荒くなり、口の中がますます苦しくなった。ぬめぬめとした液体が口の中に流れ出したのがわかったミサキは、男の股間から頭を上げた。

「おい、どうだ、うれしいか」

ミサキは口の端から垂れてくる粘液を手の甲で拭った。鼻をつく匂いに、今すぐにバスルームに駆けこんで口の中のものを吐き出し、シャワーを浴びたいと思った。

「おい、どうだ、ご主人様のものをいただいてうれしいか。黙ってちゃ、わからないんだよ」

男の怒鳴り声に、ミサキは嗚咽しながら男の膝頭をつかみ、ベッドの上で繰り返しお辞儀した。男が性の興奮から冷め、早く自分を帰してくれることしか頭になかった。


時計が七時を過ぎた。シンシアの赤いドレスを身に着け、メーキャップを始めるように伊三夫から指示されていた時間だった。ミサキはソファから立ち上がって玄関に行き、ドアをそっと開け、通路をうかがった。よし、と小さく呟くとサンダルを突っかけ、ドアの外へ飛び出した。エレベーターのボタンを押して待つ間、ミサキは全身の震えを足踏みしてこらえた。どこにでも、ミサキを監視する伊三夫の目があるような気がした。エレベーターのドアが開くと同時にミサキは反射的に中に飛び込んだ。ドアが閉まりほっと息をついてから、ミサキは、自分の背後に人がいる気配を感じた。

おそるおそる後ろを振り向くと、エレベーターの隅にラーメン屋の白い制服を着た若者が岡持を提げて立っていた。若者はミサキの顔を見て人懐こい笑みを浮かべた。ミサキも笑顔を返して、ドアの方に向き直った。十階で乗ったエレベーターが下りて行く間に、ミサキはもう一度若者の方に顔を向けた。

「あの、わたし逃げてるんです。下に着いたら駅までの道を教えてくれませんか。それと、千円でも二千円でもいいですから、貸してください。なにも持たないで逃げてきたんです」

若者は驚いた顔で、ミサキの姿をじろじろ見つめた。風呂からあがったときのままショートパンツに綿シャツの姿でいたミサキから、リンスの仄かに甘い匂いが立ち昇った。

「逃げる手伝いをすればいいんすね。やります。駅まで案内しますよ。けど、金はあんまりないっす」

「わー、ありがとう」

ミサキは若者の手を握り、泣き出しそうになるのをこらえた。エレベーターが一階に着くとラーメン屋の若者は左手に岡持をもち、右手でミサキの手を引いて駅への夜道を走った。たぶん近道なのだろう、住宅の軒をかすめるような細道や袋小路と思われた先の抜け道を、若者の導くままにミサキは走った。外れそうなサンダルのつま先に力を入れて地面を蹴った。どこかで伊三夫の視線にとらえられているかもしれないという怖れに心臓を握られ、ミサキはひたすら走り、駅周辺の人込みをかき分けた。駅の券売機の前まで来たとき、ミサキは初めて走るのを止め、腰を屈めて深呼吸した。折った千円札を若者がミサキの右手に握らせようとしたとき、別の手が後ろからにゅっと現れてミサキの手首をつかんだ。

「おい、誰がマンションを出ていいと言った。てめえ、俺の目を節穴だと思ってるのか」

まるで人込みの中から湧き出てきたかのように伊三夫が現れ、とらえたミサキの手首を捻りあげた。

ミサキは頭の芯まで届いてくる痛みに顔をしかめながら、若者にこの場を立ち去るように顎を振った。

「おい、兄ちゃん、てめえ、俺の娘に何しようとしたんだ。きちんと落とし前はつけさせてもらうぜ」

若者は伊三夫の凄みをきかせた脅しに顔色青ざめ、伊三夫がミサキを引きずり飲食街の奥に突き進んでいくのに黙ってついてきた。人通りの絶えたうす暗がりで、伊三夫は喉の奥から押し殺した雄叫びをあげながらミサキの腰を蹴った。下半身が砕けたような衝撃を受けたミサキは、目の前が真っ暗になり路上に崩れ落ちた。這いずって逃げようとするミサキの足首を伊三夫は革靴の踵で踏みつけた。

ミサキの悲鳴を聞いて伊三夫は薄ら笑いを浮かべ、ミサキの横腹に突きを入れるように繰り返し蹴った。

「ミサキ、てめえ、俺をコケにしやがって。いいか、俺から逃げることはできねえんだ」

「やめてください。暴力はやめてください」

若者が伊三夫の背後から両腕をつかみ、制止しようとしたのが伊三夫の衝動に油を注いだ。

「うるせえ。大事な商売道具に手を出しやがって。俺の仕事の邪魔をするやつはぶち殺す。いいか、二度とこいつに近づくな」

伊三夫は若者の顔に鼻先を擦りつけんばかりにして罵り、若者の腹部めがけ拳を捩り込むように腕を振った。若者はうめき声を発して石畳に倒れ、上体を丸め肩を震わせた。伊三夫は若者の腰を靴底で思い切り踏みつけてから、ミサキの手を引っ張って立たせた。

「まったく、手間とらせるじゃねえか。ミサキ、てめえ、俺の顔に泥を塗るつもりか。さっさと立ちやがれ」

ミサキはこうして、腰と足首の痛みを我慢して、二日目の営業に向かわなければならなかった。

ミサキは伊三夫の言うがままに、「上客」たちの欲望に応える夜々を過ごすようになった。逃げることが不可能なら、客たちの求めに応じ、できるだけトラブルなしに毎晩の「仕事」が終わるように振舞うしかなかった。

伊三夫は、客との一夜が終わると、ミサキに行為の詳細を話すことを執拗に求めた。ミサキが口ごもると、伊三夫は決まって言った。

「どんな商売も顧客のニーズをしっかりとらえるのが先決だろうが。えらいさんたちが、夜の女に何を求めてるのか、それを知って俺は作戦を立ててるのさ、どんな商売もここの勝負だよな」

伊三夫は得意げに自分の頭を指して見せた。それにしても、ミサキを買った男たちは、たいてい、AVや週刊誌に溢れているエロ情報で頭をいっぱいにし、ミサキにも同じことを要求するのだった。看護師や客室乗務員の衣装をミサキに着せ、奴隷のように奉仕させるのを散々楽しみ、後ろからスカートをめくり馬乗りになってきた若い政治家。ミサキの他に二人、ふるいつきたくなるほど裸体の美しい女を買い、三人の女に全身を舐めさせて悦楽に至った大手企業経営者。腰の上にミサキを抱き、首を絞めろ、ペニスを包丁で切ってくれとしつこく要求し、わずかに切れたペニスからたらりと流れた血を見て泣いて喜んだ放送作家。屈強な男を二人用意して、ミサキが前後から犯されるのを眺めて歓喜の声をあげた弁護士。全裸で横たわったミサキに刺身を盛り付け、乳首や陰部を箸で突いたりつまんだりしてはケケケと笑い声をあげた銀行重役。ミサキは、はじめ男たちの変態性欲に恐れおののき、夜の営業を思うだけで動悸や吐気に襲われていたが、ふと、男たちが見せかけの性をただなぞっているインチキで哀れな生きものに思われてきたとき、どうにでもなれという気持になった。みじめなのはうちだけじゃない、お前らもおんなじだと心で呟きながら客の相手をするようになった。

ミサキから顧客の振る舞いを聞くたびに、伊三夫は黒い手帳にちびた鉛筆でメモをした。下卑た笑みを隠さず手帳に向かう伊三夫の横顔を見て、ミサキは伊三夫こそ本物の変態だと思った。

「父さん、いつになったら札幌に帰れるの」

「帰りたいか」

「帰りたいよ。早く札幌で遊びたいよ」

「そうか。けどよ、俺の借金も半端な額じゃねえから、もう少し我慢してくれ。おめえのおかげでこんとこいい稼ぎになってるんだ。裏の業界じゃあ、エイジャン・ヴィーナスの評判はうなぎ登りだ。この調子で頼むぜ」

伊三夫に言いくるめられ、ミサキは伊三夫の連れ回すまま夜の営業をする他なかった。伊三夫は、ミサキの化粧がうまくなった、男だったら誰でも自分のものにしたくなる女だとおだてた。

それでも、ミサキは、「籠の鳥」はいやだ、コンビニくらいは一人で行かせてほしいと伊三夫にすがりついて頼んだが、「営業二日目で逃げ出した女の言うことを誰が信用するか」と、取りつく島もなかった。衣装その他の買い物は必ず伊三夫同伴、食べ物は伊三夫が料理をするか、忙しいときは弁当を買ってきた。

風呂からあがり居間のソファに転がっているミサキを背に、伊三夫は台所に立った。東京の魚は活きが悪い、煮付けくらいしかする気にならないなどと言いながら、イワシやカレイ、サバを大量に鍋で煮た。料理をするときの伊三夫はたいてい鼻歌まじりの上機嫌で、ミサキが返事をしようがしまいが絶えずしゃべり続けた。

ミサキ、おめえ、俺の料理はどうだ。なに、魚ばっかりで嫌になった？　ふざけたことをぬかすな。美容と健康には魚よ。肉なんか食ってた日にゃ、余計な脂肪は付く、肌はむくむはで、商売にならねえ。おめえの肌を見てみろ。こんなすべすべのきれいな肌は滅多に見られるもんじゃねえ。俺はこう見えてもちゃんと気い使って、飯つくってんだ、感謝しろよ。それに、大根だカブだゴボウだ、って野菜もずいぶん食わしてるぜ。ああ、ところでよ、ミサキ、おめえ、俺の嫌いなもの知ってるか。なに、知らないって？　じゃあ、聞け、俺は煮豆が食えねえのよ。おい、笑うな。俺は煮豆がこええんだ。見るのも嫌だ。今から、そのわけ話してやっから、よく聞け。

俺はな、漁師の村で生まれてよ、おやじは船に乗ってることが多かった。だいたいはおふくろと弟、妹との暮らしだ。おふくろがよ、兄貴は家の仕事をしろと、薪割りだの、風呂炊きだのなんでもやらせるんだ。たぶん、中学入ったばかりの頃だな。その日はよ、ストーブにでっかい鍋をのせて豆を煮てたのよ。いいか、ストーブからぜったい離れたら駄目だ、水がなくなってきたらやかんから継ぎ足せ、っておふくろに言われてな。俺は、おふくろにほめられたい一心で、じっと鍋をにらみ、豆がふっくらうまく煮えますように、って待ってたさ。

ところがどうも妙に喉がかわいてきてな、我慢できなくなった。今みてえに、蛇口ひねりゃ水が出る暮らしじゃねえ、外に出てポンプをカタカタ鳴らさなきゃ、水を汲めねえんだ。俺はよ、はだしで外に飛び出して、水を出そうとしたんだが、ポンプのやつなかなか言うことを聞いてくんねえ。ポンプってやつは一回水があがってくると、すいすい出てくるんだが、そこまでが大変だ。俺は、何回やっても水が出ねえもんだから、もう夢中になってカタカタ、カタカタってポンプ押してよ、やっとちょろちょろって出てきたんだ。柄杓に汲んでごくごく水飲んでから、家ん中戻ったさ。

おい、ミサキ、聞いてんのか、何が起きたと思う？　もうびっくりよ。家んなかが煙くさくて、鍋の中の豆が黒焦げだ。ああ、やべえ、と思ってるうちにおふくろが帰ってきた。鍋の蓋とって豆が焦げてんの見たら、頭にかあっと血が昇ったんだな。俺をいきなりばしばし叩くんだ。あんまり痛いんで逃げ出したら、思い切り土間に突き飛ばされた。俺はつぶれた蛙みてえに土間に這いつくばった。そこへ、おふくろのやつ、どうしたと思う？　熱いまんまの黒焦げの豆を投げつけてきたんだぜ。この役立たず、とか言ってな。たしかに目を離した俺が悪いんだけどよ、なんでここまで怒られなきゃなんねえんだ、俺は土間に顔をすりつけて泣いた。

なに、それは女のヒステリーだ、わけもなく感情が高まったんだ、許してやれって？　いいや、許せねえ。おふくろが俺に八つ当たりしたのを見て、弟と妹が、真似して豆を俺にぶつけてきたんだ。この役立たず、ってバカにしながらな。豆が背中や腰に当たって、どんどん土間に散らばっていった。俺は焦げた豆の中に転がってるようなもんだった。あんときほどみじめな気分はなかったぜ。

それからよ、俺は煮豆を見ると、まるで機関銃で撃たれるみてえに、豆が俺にボッボッボッてぶち当たってくるような気がして、こええんだ。土手っ腹にぶすぶす穴を開けられる感じがしてよ、ほんとにおそろしい。

おい、ミサキ、俺の気持わかるか。俺はな、それまでおふくろに逆らったことなんかなかったんだ。なんでいきなり無慈悲な仕打ちを受けなきゃなんねえんだ。そうだ、そんときによ、くそ、おふくろ、いつか仕返ししてやるって思いがむくむく湧いてきたんだ。

でな、おふくろがよそ行きの恰好してるときに、わざとバッグや靴を隠して邪魔してやったのよ。血相変えて探してるおふくろを見て、ざまあみろって思ったぜ。あんときのただごとでない顔から、おふくろはだれか男に会いに行くんだって俺は見抜いた。弟や妹には駄菓子で手なずけて、すました顔で出かけてたんだ。なに、バッグや靴を隠したのがバレなかったってか？　バレた、すぐバレた。おふくろはお前の仕業だろうって、めちゃくちゃ叩いてきたからな。しら切っても通じなかったぜ。

それからはよ、おふくろはいつも俺を目のかたきにしてきた。気に入らないことがあれば、全部俺のせいにした。やってもいないことを俺のせいにして、夜通し外に出したり、飯抜きにしたり、もう耐えられなかったぜ。人間、誰も信じられるもんじゃねえ。俺は中学の頃からそう思ってやってきたが、それは、いちばんそばにいたおふくろが仕向けたのよ。

おい、ミサキ。寝てんじゃねえよ。なんとか返事しろ。俺のおふくろに比べたら、俺がどんなにいい親か、わかるだろうが。ほしいものはなんでも買ってやる。おめえのために飯つくってよ、ここまでいい女に育ててやったのは俺だろうが。感謝しろよ。さあ、できた。飯だ、飯だ。


伊三夫は携帯であちこち連絡を取ったのち、昼前から急に出かけることがあった。そんなときには、ミサキに「絶対外出するな」と脅し口調で繰り返した。

「ね、たまには、出前をとってもいいでしょ」

ミサキは、外出しないこととの引き換えにピザや寿司の出前をとる許可を得た。ある日、「紅燈軒」という店が近くにあるのを、投げ込みチラシで知り、ラーメンの出前を頼んだ。電話は、伊三夫が業務用と称して何台ももっている携帯の一つを借りた。

「ちわす、ラーメン届けに来ました」

ノーブラで丈の長いTシャツを着ただけのミサキが玄関に出てラーメンを受け取ろうとすると、出前の男が
「あれえ、お客さん」

と驚きの声をあげた。ミサキがにっと笑いを返すと

「俺、まずくないすか」

声を落としてミサキの顔をうかがった。

「今、うち一人だから大丈夫。でも、あんたにまた会えてよかった。この前はほんとに迷惑をかけてごめん。うちのおやじ、これなのよ」

頬に傷あり、しかも頭がいかれている仕草をしてみせた。

「はあ。すげえ、恐ろしい人でした」

「ほんとにごめんね。会って謝りたかったのよ」

「でも、どうして店がわかったんすか」

「ほら、出前入れる箱に、店の名前、大きく書いてあったから」

「へえ、すごく、記憶いいんすね。でも、また会えて、すごい嬉しいす」

ミサキは、ラーメン屋の若者がお人好しで、面白そうなことには何でも頭を突っ込んでくる性格だと、玄関での振る舞いからすぐ判断がついた。また、若者の視線がミサキの胸と太ももに吸い寄せられ離れないのにも気づいていた。

「また、配達頼むわ」

「そうすか、ありがとうございます。うちのラーメン、けっこううまいって評判ですから、ごひいきにお願いします」

この日から、伊三夫が夕方まで帰ってこない日をねらってミサキは紅燈軒の出前を頼むことにした。

若者の名前は藤崎正平と言った。正平はリビングにあがって、ミサキに五分、十分と世間話をしていくようになった。学生だがほとんど大学にいっていない、どうせ三流大学なので卒業してもろくな仕事はない、友だちとサッカー・チームやってるが、自分は下手くそなのであまり出番がない、そんな愚痴をミサキにこぼすのがとても楽しいのだと言った。自分の失敗談ばかりを面白おかしく正平が話しているのを聞いていると、ミサキはすさんだ気持がいくらか和み、声をあげて笑うことさえあった。

正平は紅燈軒の主人の横暴ぶりと、へまをするたびに怒鳴りつけられる自分のみじめさを身振り手振りを交えて語り、「ラーメン屋はほんと、つらいすよ」と嘆いた。

「でも、うちのおやじよりだいぶましよ」

「え、ほんとすか。おたくのおやじさん、何やってるか教えてください」

ミサキは何も答えず、顎に手をあて目を閉じた。

「かなりヤバい仕事すか」

「ヤバいって」

「そう、覚醒剤の密売とか」

「惜しいな。ちょっとこっち、来て」

ミサキは正平の手を取り、リビングの隣の部屋に導いた。

「なんすか、これ。まるで女王様の部屋すね」

正平は部屋の奥に吸い寄せられるように入って行き、目をぱちぱちさせた。洋服掛けに吊り下げられたミサキの衣装が部屋の半分以上を占め、肩や胸元を強調するために極端にカットされたドレス、シルクのスリップ、色とりどりのブラジャーなどが、正平が歩を進めるたびに揺れ、漂う香水の匂いで正平をくらくらさせた。

「これ見て、わかる」

「さあ。クラブのママさんみたいすね」

「違うの。うちは、金持ち相手に売春してるの。おやじはうちを使って儲ける元締め」

ミサキがそこまで言うと、正平はミサキの右手を両手でつかみ、唇を押しあてた。ミサキを見つめる目は涙で潤んでいた。

「やっぱ、最初からただもんじゃないって思ったんす。こんなきれいな女性、俺は初めて見たって、電気が走ったんす」

「あんた、なに感心してるの。うちは、ただ体売ってるだけなんだよ」

「いや、売春べつに悪くないす。俺が金持ちだったら、百万円出してもいいからあなたを抱きます」

「ほんとう。じゃあ、うちのどこがいいの。言ってみて」

「違うんす。俺のまわりにいる誰とも違うんす。なんか輝いてるんす。どうせろくなことはないと諦めて、くそったれの毎日をやってる俺から見たら、あなたは最高に光ってるんす」

正平はそう言いながら、ミサキのTシャツの中に手を入れ乱暴に乳房をつかんだ。

「ただ、見かけにだまされてるだけ。うちは、そこらのイモといっしょだよ」

ミサキは正平に身を任せた。自分の体の上で身をよじり、あっという間に絶頂に達した正平の背中を撫でてやりたくなった。

超VIPだと伊三夫が耳打ちした前夜の客は最低だった。どうせお前は、日本で荒稼ぎするためにフィリピンから不法に渡ってきたんだろうと言い、お前の身の上など俺のさじ加減一つでなんとでもなると自慢した。俺が犯そうとして迫るのから逃げ切れたら何でもくれてやると約束し、屋敷中逃げ回るミサキを追いかけ、服を引きちぎり、荒縄で縛りつけた。泣きわめくミサキの頬を叩き、勝ち誇った笑みを浮かべて性行為に及んだ。ミサキは、こんな男たちと過ごす夜が続いていく間、自分はどんどん人間でなくなっていく、自分は感情の擦り切れたセックス人形だと思った。

伊三夫の迎えの車で明け方マンションに戻ったミサキは、ベッドに入っても体じゅうの傷の痛みでなかなか寝つくことができなかった。痛みは、皮膚の表面をひりひりと焼くような熱になって襲いかかってくるかと思うと、鋭い針になって肉の中に刺し込んできた。ミサキは早く眠りに落ちて痛みから逃れることを願ったが、体の中に渦巻く熱が眠りを遠ざけた。

瞼を閉じると、真っ暗な坑道を裸で鞭に追われて歩いている自分の姿が浮かんだ。どこまで歩けば出口が見えるのか、だれも教えてくれない。歩けば歩くほど、出口から離れていってしまう不安がわいてきて、胸が押し潰されそうになる。ああ、誰か助けてと思うと、「オー、オー」と気味の悪い声が耳の中にこだました。腹の底から絞り出したような太く、いつまでも尾を引く声だった。ミサキは、ああ野口だ、野口が岩にしがみつき、生き延びるために必死に声をあげている、と思った。野口の声が坑道の空気を震わせ、自分の裸の肌までびんびん届いてくる。息の詰まる世界に置き去りにされた野口はなんてつらい思いをしていることだろう、何とかしてやらなければと思った。ミサキは坑道をよろめき歩き、野口の背に手が届くところまできた。上体を揺らし汗まみれで声を出している野口の肩に手を置き、「ミサキだよ」と声をかけた。野口がゆっくり振り返った。ジーンズのジャンパーを着た上体にのった顔は、ミサキの顔だった。ミサキの顔は、唇を突き出し、「オー、オー」と唸った。汗で額に髪がへばりつき、目だけが闇の中で光っていた。

ミサキは上体をもがき両腕で目の前の空間をかきむしって、跳ね起きた。カーテンを開け、密集するビルのわずかな隙間から曇り空を見た。雲から洩れてくるかすかな光を目いっぱい体に取り込むつもりで、窓に顔を押しつけた。野口は閉ざされた暗闇に耐える方法を身に着けたと言ったが、自分にはできっこないと思った。どこにも抜け出せない暗闇には、一瞬たりともいられない、と胸の奥で心臓が呟いていた。

浅い眠りにようやく落ちたミサキは、昼前に起きた。「夕方、帰る」という伊三夫の書置きを見て、紅燈軒にすぐ電話した。

「ちわす」

ラーメンを出前してきた正平はミサキに導かれるまま、ソファにすわり照れ笑いを浮かべた。ショートパンツ姿のミサキは正平の横に腰を下ろした。

「ああ、なんもかんも、いや」

「どうしたんすか」

「もう、おやじの言う通りにしてるのが死ぬほどいやになった。正平、なんとかしてくんない」

「ミサキさんに頼まれたら俺、なんでもやります。親父さんを刺せって言ったら、やりますよ」

正平はナイフを両手で握りしめて刺す真似をして見せた。

「無理、無理。できるわけないって。あんたが反対に殺される」

「じゃあ、俺と逃げましょう。俺は小さいときから逃げるのだけは得意だったんす」

「でも、この前だって捕まったじゃん。うちのおやじはどこに目がついてるかわからない。今だって、どっかでうちらのこと、覗いてるかもしれない。逃げようとしたら、必ずうちらのこと追いかけてきて、八つ裂きにする。それが怖くて、外に行こうと思っても足が動かないの」

「そうすか。逃げるのもだめすか。じゃあ、二千万稼ぐまで我慢するんすか。あと、どのくらい稼げばいいか、わかってるんすか」

「それが、教えてくれないの。詳しく聞こうとすると機嫌悪くなって、俺のことが信用できないのかって凄むし」

「そうすか。あと少しで終わるんだったら我慢できるかもって思ったけど、わからないんすね」

伊三夫への恐怖心に縛られているミサキは、正平にぼやくことができただけでましか、という気分でラーメンを食べ始めた。正平は、室内をうろうろし、窓際の机に載ったパソコンをのぞき込んだりしていた。パソコンの横に無造作に投げ出された黒い手帳を見つけ、ページをめくり始めた。手帳を見ている正平にミサキは気づき、

「読まないでよ。すごいスケベなこと書いてるはずだから」

と正平に向って怒鳴った。正平はミサキが止めるのを聞き流し、次々とページを繰った。目つきが真剣になった。

「ミサキさん、これ読んだことないすか」

「あるわけないじゃん。客とどんなセックスしたかなんて、そんなキモイもの読めるか」

「ああ、まあ、そうすけど。でも、これ、数字入ってるの、いくらで商売したかって記録じゃないすか。ほら、三十とか五十とか書いてるす。これ、三十万円、五十万円のことすよね。ええ、どれどれ」

正平は仕事用の電卓を取り出して計算を始めた。

「ええ、こりゃ、大変だ。三千万を越えてる」

正平が計算しながら発していた声に聴き耳を立てていたミサキは、「三千万」という声に驚き、黒い手帳を自分の手にひったくり穴のあくほど見つめた。

「何よこれ。どういうことなの。くそおやじ」

ミサキは手帳を机に叩きつけ、握った拳で正平の胸を叩いた。おさまらない怒りが全身を揺らし、胸がかあっと火照るような熱さに浸された。正平は、ミサキがどんなに暴れて自分を打っても、じっ

とミサキの肩を抱き、ミサキが涙と鼻水でぐちゃぐちゃになった顔を自分の胸にすりつけるのを黙って見守っていた。

「逃げて。うちと一緒に逃げて」

ミサキは、顔を上げ、正平の目の奥を見つめながら言った。

7

窓の外を吹く風が、崖の斜面に生えた雑木を揺らし、枝の雪をちぎっては吹き飛ばす。電線がヒューヒューと鳴る音が間断なく聞こえ、雪煙の中に生きものがいて泣いているようだ。ときおり、道路で風が渦巻き、雪に加えて氷の粒が舞いあがり窓にばらばらと打ち当たる。ミサキは、窓に貼りついた雪の隙間から辛うじて見える外をうかがいながら、こんなときにも暖房のよく効いたアパートの部屋で、息子の稜一とのんびり過していられることをありがたいと思った。さっきまで、ミサキの乳房にしがみついていた稜一は、座布団の上で穏やかな寝息をたてていた。

東京から正平と逃げ出してもう一年半近くたった。北行きの列車に乗り終着駅で寝て、また朝、北行きの列車に乗り、いくつも列車に乗って、函館に着いたときも、先回りして伊三夫が待っているのではないかと思ってどきどきした。札幌にようやく着いたとき、嬉しくて涙が止まらなかった。伊三夫に見つけられないように、正平は住み込みの現場仕事に就き、ミサキは友だちの家や漫画喫茶などを転々とした。あのころは、昼でも夜でも、伊三夫の目がどこかで光っているようで、気が気ではなかった。伊三夫のしつこさと残酷さは、ミサキの身にしみ込んでいて、どこにいても何をしていても気持が安らぐことはなかった。

正平が建設現場の仕事で稼いだ額が五十万を越えたとき、二人は街はずれの、崖に面した古アパートに入居することができた。人通りのまれな場所で、正平との坦々とした日常生活を始めることによって、ようやくミサキは伊三夫の影に怯えることがなくなった。自分も働こうかと思う間もなく妊娠し、稜一が生まれた。稜一の目が開き、日に日に表情が豊かになっていくのを見て、一個の生命を自分が産み落としたことの喜びが体の奥深くから湧き起ってくるのを感じた。

ミサキは携帯電話を手に取り、自分が中退した高校の電話番号を調べた。すぐわかった勢いで、高校の番号を呼び出してみた。知らない教員が出た後、行橋に取り次いでくれた。

「お、お前、ミサキか。今、どこよ、東京か」

行橋はミサキの声を聞いて、快活な声をあげた。

「ミサキ、今、何してるのよ」

札幌に戻ってきて、男と同棲している、子どもが生まれたと言うと、

「何だ、お前、水くさいな。札幌に戻ったんなら、学校に遊びにくればいいべや」

と、目の前にミサキがいるような口調で話した。

「うん、うち、いろいろあってさ、学校に顔出す暇、なかった」

「そうか。大変だったのか。まあ、落ち着いたら来いや」

「そうだね。うちがいなくなってからクラスのみんな変わりない？」

「ああ、去年の三月にみんな卒業した。俺もな、こいつら卒業して、なんか気が抜けたわ。なにしろ、全員そろって沖縄に修学旅行したメンツだからな」

「そう、みんな卒業したんだ」

「いや、ちょっと待てよ。野口がダメだった」

「え、野口がどうかしたの」

「うん、野口が会社の集金の金に手をつけたって、経営者が怒って警察沙汰になったんだ。そんなんで野口は欠席が多くて留年。一緒には卒業できなかった」

ミサキは野口のことを聞いて、胸の奥がぎゅっと締めつけられ、声が出なくなった。

「おい、ミサキ、どうした」

「……それで、野口、どうしたの」

「野口は真面目くさった顔してるけどけっこう腹黒いヤツだ、なんて噂を流されたり、学校でも居心地悪かったんじゃないか。でもな、野口はえらいよ、何も言わずに下の学年で勉強してる」

「そうなんだ」

ミサキは、行橋を通じて野口に何か伝言をしようかと思いながら、結局ことばが出なかった。ここまで、自分に襲いかかってくる波を必死にかき分け、なんとしても生き抜いてこなければならなかった。すれ違ってきた誰もがばらばらに押し流されて、手の届かない場所に行ってしまった気がした。

スーパーで買った荷物を手に提げ、もうすっかり暗くなった坂道をゆっくりのぼっていく。前を行く正平に背負われた稜一の毛糸の帽子に雪が積もっていく。仕事着のニッカボッカにダウンジャケットを着た正平の足取りは重い。「冬の現場仕事は体にこたえる」とぼやきながら帰ってくる正平に、買い出しの手伝いをしてもらうのは申し訳ないと思う。だが、今日は紙おむつなどかさばるものが多いので、無理を言って正平についてきてもらった。ミサキは、稜一の頭の雪を払ってやるために、坂道をぐいぐいのぼって、正平に追いつこうとした。坂道を登りきると、崖に沿った道が続く。この二、三日の雪で、道は脇に積まれた雪山と車道の境目がわからないほどになり、たまに通る車の轍《わだち》をたよりに覚束ない足を運ぶほかなかった。

そうやって、しばらく歩き続けていくと、左の路地から裾の長い黒いコートを着た男がふらふらと現れてきた。目深にかぶった鳥打帽の下からのぞく口から、あえぐような呻き声を発しているのがミサキに聞こえた。正体をなくした酔っ払いのように右に左に体を揺らしこちらに向かってくる。男は正平をやり過ごし、ミサキに腕を大きく伸ばしてきた。ミサキは男の顔をそっとのぞき見て、体中の血が逆巻き手足が震え出した。その場に貼りついたように一歩も動けなくなった。悲鳴をあげようしても、喉が見えない縄に縛られ、息が通らなかった。男は右手でミサキの肩をつかみ口をパクパクさせた。額から頬にかけて赤黒い血糊が貼りつき、唇の端からは血の混じったあぶくが噴き出していた。ミサキは、男が血まみれの凄まじい形相をしていることより、その男がまぎれもなく父の伊三夫であることの方がずっと怖ろしかった。

「いやあ、さわらないで」

ミサキは何度も深く息をしてから、喉の奥に詰まっていたものをようやく叫びにして吐き出した。正平が驚いて振り返った。

正平は、ミサキの肩をつかみ喘いでいる男の横顔を見て、「あっ」と声を洩らし、立ちすくんだ。

「おやじだよ」

正平は、その声を聞く間もなく、ミサキに駆け寄った。伊三夫の両腕をつかみミサキから引き離そうとした。が、伊三夫は肩を苦しげに上下させ一歩も動かなかった。

「やっぱ、まだ探してたんだ。うちを殺すつもり？」

伊三夫は、ミサキが話している間に大きくよろめき、両腕でミサキにしがみついて体を支えた。

「やめて、うちにさわらないで」

ミサキが思い切り振り払うと、伊三夫は力なく雪の中に崩れ落ちた。雪まみれで呻いている伊三夫をそのままに、ミサキは正平に「行こう」と声をかけ、歩き出した。正平の背中で、稜一は騒ぎを知らぬ気に目を閉じて寝息を立てていた。

「待て、ミサキ」

家への道を急ぐ二人の背後から、伊三夫のかすれただみ声が響いてきた。ふらふらと立ち上がった伊三夫が、もつれる足をひきずりながら追いかけ、ミサキの背中に襲いかかった。

「正平、助けて」

正平は伊三夫を羽交い絞めにし、ミサキから引き離した。

「ミサキにかまうな。消えてくれ」

よろける伊三夫を正平はぐいぐい押し、路側の雪山を越えて崖縁へ迫った。抵抗する伊三夫は手を振り上げ、口を大きく開いて叫ぼうとしたが声にならなかった。ミサキも正平に並んで伊三夫の胴体を思い切り押した。くそ、くそ、くそ、と叫びながら両手を突き出し力をこめた。伊三夫は腰から崩れ落ち、雪に覆われた崖へと仰向けにひっくり返った。二十メートルほどの落差を、伊三夫の体は転がり落ち、崖下の雪の中に消えた。

ミサキと正平はたがいの手をとりあい、体の震えを止めようとした。

「どうする」

ミサキが言うのに対して正平は、

「誰も見てない」

とミサキの耳元に口を寄せ小さく呟いた。

「うん、おやじが勝手に落ちたんだ」

二人はアパートに急いで戻り、ドアと窓の施錠を確かめた。何をしていても、動悸が止まらず、足が宙に浮いたようで、ひとときも心が休まらなかった。

「ねえ、おやじ、どうなったと思う」

「俺たちに出くわす前からふらふらしてたよね。けがしてたんだ。あれで崖下に落ちたら、動けなくなって凍死するんじゃないか」

「そうだよね。そうなるよね」

そんな会話を何度も繰り返したが、ミサキは伊三夫がそんな簡単にこの世からいなくなるだろうか、と自問しないわけにいかなかった。伊三夫が消え去ってほしいと願ったことはこれまで数限りなかった。しかし、願うだけでミサキには何をすることもできないのだった。それが、自分の願いと現実がたまたま交錯して、伊三夫が崖下に転落していった。先ほどから起きたすべてがとても気味悪く、アパートに正平、稜一と一緒にいても、底知れない不安が足もとから這い上がってきて、いても立ってもいられなかった。


深夜二時、ミサキは台所で物音が聞こえた気がして、布団から起き上がった。ゴンゴンと窓ガラスに何かがぶつかる音がする。ミサキは正平を揺り起してから、リビングへ行った。軒下の雪にほとんど覆い隠された台所の窓の前に、誰かが立っている。全身がわななき出したミサキは、眠そうな顔で起きてきた正平にすがりつき、「誰かいる」と囁いた。

二人でおそるおそる台所の窓に近づいた。雪まみれの窓をすかして、黒い手袋をした両手を窓枠に当て、額をガラスに打ちつけている男が見えた。暗がりの中で、男の目が光り、室内をうかがっていた。ミサキは、男の目に自分の目が吸い寄せられるのを止めることができなかった。視界に入るものをじっととらえて離さない獰猛な目の力は、伊三夫以外の誰のものでもないと思った。立ちつくしたままの二人に向かって、窓の外の男はなおも窓を額で鳴らし、何かを訴えるように口を動かしていた。

「正平、助けて。うちら殺される」

「大丈夫。あんな弱ってたんだから、俺たちを殺せるわけない」

「ほんとに。じゃあ、どうするの。……まさか、入れてやるわけじゃないよね」

「いや、入れるしかない、と思う」

「こわいよ」

「一晩中、ああやって、窓をゴンゴンさせておける?」

「でも、稜一だっているんだよ」

「何もできるはずがない。家の前で凍死される方がずっと面倒だろ」

ミサキと正平はジャケットを着て外に出た。雪まみれでふらふらしている男はやはり伊三夫だった。夕刻見た鳥打帽はなく、雪をかぶった髪から氷柱が垂れ、額の他にも顔のいたるところに傷があった。伊三夫は歯の根も合わないほど震え、ミサキが口元に耳を寄せてようやく聞き取れる声で

「頼むから、少し休ませてくれ」

と言った。正平が伊三夫の両脇に手を入れて引きずるのをミサキが手伝い、室内に運び込んだ。リ

ビングのテーブルを壁に寄せ、床の隙間に伊三夫の体を横たえた。編上靴を脱がせ、革製のコートの前を開き、衣服の中まで入り込んで塊になっている雪を取り除いた。胸から腹にかけて、チェックの厚手のシャツが赤黒い血に染まり、今もなお鮮血が滴り落ちてきていた。伊三夫は、額に深い皺を寄せて目をつぶり、呻き声をひっきりなしにあげた。

ストーブの暖房が効いてくると、血の気の失せた伊三夫の白い顔にわずかに赤みがさした。ミサキは、伊三夫の体に毛布をかけてやった。伊三夫を見下ろし、どれほど弱っている伊三夫でも油断はできない、と自分に言い聞かせた。起き上がった伊三夫が正平や稜一に襲いかかる姿が思い浮かび、少しも目を離すことはできないと思った。ミサキは隣室の正平が稜一の横で眠りに就いてからも、リビングのテーブルの椅子にすわり、伊三夫を見張った。

どうしたらいいのだろう。病院に連れていくべきなのか、あるいは警察に通報すべきなのか、なにもしないで放っておくか、ミサキはどれもみな厄介だと思った。ミサキは、正平と二人で伊三夫を運び、もう一度崖下に転がしてくることも考えた。この男は、なぜ娘の人生をめちゃくちゃにするのか、死ぬときくらいは家族に迷惑をかけないのがやくざではないのか、考えれば考えるほど腹が立った。

うっすらと外が明るくなり、時計は七時をさしていた。ミサキは今日が日曜で、正平の仕事が休みでよかったと思った。気がつくと伊三夫が目を開け、弱々しく手を振っている。何かしゃべっているような気がして、伊三夫の口に耳をもっていくと、

「水をくれ」

とかすれ声で言った。ミサキは空のペットボトルに水道水を入れ、伊三夫の口にあてがった。わずかにあいた唇の間から、血の塊がこびりついた歯が見えた。水を流してやると、ほとんど顎を伝って落ちたものの、わずかな水が口に入り喉に向かっていった。注意深く水を流してやると、もっと多くの水が伊三夫の喉を通っていった。

「ミサキ」

しわがれてはいたが、はっきり聞き取れる声で伊三夫が言った。

「なに」

「俺は、もうすぐ死ぬ。……だが、ただでは死なん」

「何を言いたいの」

「俺の体を……すすきのに運んでくれ」

「すすきの」

「そうだ。すすきのに……忠道会という……事務所があるから……その真ん前に……俺の体を……もっていってくれ」

「何言いたいのか全然わかんない」

「いいか、俺が……生きてるうちに……忠道会の……前に連れていけ」

「できるわけない。だいたい、なんでそんなことしなきゃいけないの」

伊三夫は痛みをこらえるように眉をしかめ、首を小刻みに振った。

「忠道会のやつらにやられた。……俺はただでは死なん。……真昼間、すすきのの……ど真ん中で……忠道会のやつらが……やってきたことを……洗いざらい……わめきながら……死んでやる」

ミサキは、伊三夫は本当に死ぬほどのけがをしているのだろうかと疑った。自分の計略にうまくミサキを引きこみ、まだ悪どいことをやろうとしているのではないかと思った。

「忠道会に二千万は返したんでしょ。二千万どころか、三千万以上稼いだって、うち知ってんだ」

ミサキは伊三夫の顔を睨みつけた。返事によっては、伊三夫の傷を踏みつけるなり首を絞めるなりしてやろうと思った。

「へっ、返すわけ……ねえよ。あれだけの……金がありゃあ、……もっとどでかい……山が張れる」

伊三夫の痛みに歪んだ顔に薄笑いが浮かんでいた。

「どういうこと」

「ミサキ、おめえは……ホントもってえねえこと……したぜ。あのままやってりゃ、……今頃、最高級の……暮らしだ。俺はなあ、……おめえみてえないい女を……あと三人めっけて、……大きな商売に……するつもりだったんだ」

ミサキは、瀕死の重傷を負った伊三夫にわずかでも憐みを覚え、部屋に入れたのを後悔した。

「金を返さないからやられたんなら、自業自得でしょ。うちの体をいいだけ利用してさ。ほんとに、くそおやじだわ」

伊三夫はミサキのことばを素知らぬ顔で、体の芯から突き上げてくる痛みをこらえるように、喉の奥をうっ、うっと鳴らした。

「くそおやじ。警察に知らせて連れてってもらうわ。そうしたら、病院で手当てしてくれて命が助かるかもしれない。面倒な手間が省けていちばんいいわ」

「ばかだなミサキ。……警察に知らせてみろ、お前ら、……二人で俺を……突き落としたこと……全部しゃべってやる……立派な殺人未遂だ……けっけっけっ」

伊三夫は、唇の端から血まみれのあぶくを吐き出しながら笑い声をあげた。

「くだらないことで喜ぶな、くそおやじ。てめえなんか、今、うちが腹のあたりをぎゅっと踏みつけたら、すぐ死ぬんだよ」

ミサキが我を忘れて声を張りあげると、隣室で正平が軽く咳をする音が聞こえた。

「人の弱みにつけこんで甘い汁吸いやがって、このくそおやじ。強そうに見せてたけど、全部、インチキじゃないか。俺は人を殺した、ミンチにしてやったって脅してたよね。うそに決まってる。血も涙もなくてずるいだけ。今、うちはわかった。あんたは、ただの虫けらだよ。怖くもなんともない、気持悪いだけ。虫けららしく、みじめに死ねばいいんだ」

ミサキが立て続けに伊三夫を罵ることばを吐いても、伊三夫は目を閉じ何の反応も見せなかった。

隣室で稜一が泣き始め、正平が「よしよし」とあやす声が聞こえた。ミサキは引き戸を開けて稜一のところに行き、胸を開いて乳房をあてがった。

「話、聞こえた。おやじさん、どうする」

正平が声をひそめて話しかけてきた。

「真っ昼間、すすきのに運んでくれってさ。何言ってんだか」

「でも、警察に知らせるのもまずくない？」

「くそおやじの言うことなんか気にすることない。うちら二人で口裏合わせればいいよ。おやじが勝手に崖から転げ落ちました、ってね」

「え、それで通るかなあ」

「大丈夫、うまく行く。うちはさあ、おやじが、警察で今までやった悪いこと洗いざらい調べられたらいいと思うんだ。ざまあみろじゃない」

「うーん」

正平はミサキの話に釈然としない顔をしていた。ミサキは乳房に吸いついたまま眠ってしまった稜一を布団の中に寝かせた。

「それよか、うちさ、正平にちょっと頼みたいんだ」

「なに」

「あのねえ、うちの母さんのこと、前に話したから知ってるよね。シンシアって言うの。母さんを探して、連れてきてほしいの」

「え、こんな面倒なときに」

引き受けたくないという表情をあからさまに浮かべた正平の手を強く握り、ミサキは言った。

「くそおやじにひどい目にあわされたのはうちだけじゃない。母さんだって人生めちゃくちゃにされた。二人でおやじにざまあみろって言ってやりたいのよ」

「えー、本当？　でも、どこにいるか全然わかんないんだろ」

「老人施設に住み込みで働いてるらしいの。札幌の老人施設に片っぱしから電話して、シンシアって名前のフィリピン人いますかって聞いて。わからなかったら諦める。もしも居場所がわかったらすぐ連れてきてほしいのよ」

午前中、正平は隣室に籠り、電話をかけ続けた。ミサキは稜一をあやしながら、リビングで伊三夫の様子を見守った。腹部の傷からなおも鮮血がしたたり、床にしみ出していた。荒々しい呼吸をするたびに、血の混じったあぶくが口から溢れた。ヒーヒーと体内をこするような音が気管の奥から聞こえてきた。ふとした瞬間、伊三夫の体から音が消え、呼吸が止まったのではないかと思われることがあった。頬や顎の表面が生気を失い蒼ざめていた。しばらくして呼吸は回復するのだが、ミサキは、もう間もなく伊三夫は死ぬのではないかと思った。

ミサキは水の入ったペットボトルを伊三夫の口にあてがい、ほんの少しずつ流し込んでやった。冷蔵庫から稜一の離乳食のプリンを出してきて、スプーンで舌の上にのせてやろうとした。伊三夫は前歯を噛みしめ、スプーンを拒否した。プリンが唇の周囲に散らばった。

ミサキはこれで死なれてたまるか、もっと苦しめ、もっと痛さにのたうち回れ、と念じた。自分だけでなく、母の前でぼろぼろになって死ねばいいと思った。

背中の稜一をゆっくり揺するうちに、ミサキはテーブルに突っ伏して寝入った。肩に手を置いて正平が話しかけてくる声で目が覚めた。

「母さん、見つけられるかもしれない。これから探しに行ってくる」

「え、ほんとう。行ってきて。頼む」

もうろうとしたまま答えたミサキに正平は、

「全然、寝てないんだろ。稜一は俺がおんぶしていく」

と言って、冷蔵庫から母乳の入った哺乳瓶を取り出しバッグに入れた。正平は器用に稜一を負ぶい紐で背負うと、その上からジャケットを着た。

玄関を出ていく正平を見送ってから、ミサキはリビングの床に腰を下ろし、膝に毛布をかけて伊三夫を見守った。伊三夫の顔は蒼白いままだった。ときおり、喉のあたりを上下させて苦しげに息をした。ああ、まだ生きているとミサキは思い、何度もそう思ううちに意識が遠のいていった。

「おい、……ミサキ」

伊三夫が喉をひいひい鳴らして自分を呼ぶ声で目を覚ました。伊三夫は宙を探るように腕を上げ、かすかに手を振っていた。

「ミサキ、俺を……起こせ」

「いやだよ。さわりたくない」

「ミサキ、俺を……すすきのへ連れて……行け。早くしないと……」

「早くしないと、どうなるの」

「早くしないと……俺は死ぬ」

ミサキは、先ほどに比べ伊三夫の顔に血色が戻ったような気がした。身動きらしい身動きをしたのは、家に運び込んでから初めてだと思った。

「そのくらいしゃべる元気があったら、すぐは死なないよ。安心して。明日になったら警察を呼んだげる。取り調べする前に、病院でしっかり手当してもらえる」

「くだら……ねえ。警察は、……やめろ。……おめえらも、捕まるぞ」

「もう、おやじの脅しにはひっかからない。警察なんか、うちはへっちゃら」

「ばかだな。……なんぼでも、……俺はおめえらのこと……はめてやる」

「もう、うちの気持は決まったから、何言っても無駄だよ」

ミサキは、その後も伊三夫がかすれ声でいくら呼びかけても取りあわなかった。伊三夫は上体を捻って起き上がろうとする動作をしたが、痛みに呻き声をあげ、二、三度繰り返すうちに諦めた。ミサキは膝を両手で抱えた姿勢で寝入った。

8

玄関の物音でミサキは目を覚ました。稜一を背負った正平が体に降り積もった雪を払い落としている後ろで、赤いダウンジャケットを着た女性が頭にかぶったフードをはずそうとしていた。ミサキはすぐに母のシンシアだとわかった。ジャケットの濃い赤が薄暗い室内に光を放ったように見えた。

「母さん」

シンシアはミサキの声にうなずき、正平が室内に上がった後を追って、靴を脱ごうとした。ミサキは玄関に行き、シンシアの手を取った。

「母さん。来てくれたんだ」

「ミサキ。びっくりした。この人が、どうしても来てくれって、手を引っ張って」

「正平よ。一緒に暮らしてるの」

「ああ、よかった。知らない人が来て、ミサキのことを話す。私、わけわからない。どこに行くのか、心配した」

「大丈夫よ。うちを見て安心したでしょ」

「ああ、安心した。ミサキ、赤ちゃん、できたんだ」

「そうよ、稜一って言うの。かわいいでしょ」

「とても、かわいい。私を見て、笑った」

ミサキはシンシアがダウンジャケットを脱ぐのを手伝った。黒い髪を肩までで切りそろえたシンシアは、褐色の顔の肌に、以前よりつやがあるように見えた。ジーンズのズボンをはき深緑のフリースを羽織っていた。

ミサキが言う前に、シンシアは床に横たわった伊三夫に気づき、そばに駆け寄り跪いた。額の傷に驚きの声を洩らし、伊三夫の頬にふれた。

「伊三夫、大丈夫？」

シンシアの声に目を覚ました伊三夫は、焦点の定まらない状態でしばらく目玉を左右に動かしていた。シンシアは、伊三夫の右手を両手で包みこむように握って、また言った。

「伊三夫、大丈夫？」

「母さん。父さんは死にそうなケガしてる」

「かわいそう」

「自業自得ってやつ。悪どいことばっかりやってるから、刺されたんだ。同情することないよ」

「でも、かわいそう」

「かわいそうじゃない。いい気味よ」

「それはだめ。フィリピンの人はみんな、死にそうな人を見たら助けるよ」

ミサキは、シンシアが伊三夫の体のあちこちをいたわるように撫でさするのを見て腹を立てた。

「母さん、やめてよ」

ミサキの激しい声にシンシアが戸惑いの表情を浮かべた。

「母さん、やめて。こんなやつ、助ける価値ないよ」

「でも、ほっとけない」

「こいつにひどい目にあわされたの忘れたの」

シンシアは、叱られた子どものように、困った顔でミサキを見返した。

「母さん、殴る蹴るされて、家を追い出されたの忘れたの。裸で家の外に突き飛ばされたの忘れたの」

シンシアは、ミサキがまくしたてるのを俯いて聞いていた。日本語が不得手なシンシアでも、こちらが言いたいことは通じているはずだと、ミサキは思った。

「母さん、うちはこのくそおやじにひどい目にあわされたんだ。聞いてよ、学校は辞めさせられる、体は売らされる、だよ。自分の娘を食い物にするおやじなんて、人間じゃない」

「かわいそうなミサキ」

シンシアは表情を曇らせ、言い募るミサキの顔と、横たわっている伊三夫の顔を交互に見た。伊三夫は、ミサキとシンシアの会話に反応するかのように、ときどき瞼を開き、頬をかすかに動かした。

稜一を負ぶったまま二人のやりとりを聞いていた正平が、

「ちょっと、こっちに」

と言ってミサキの肩をたたき、隣の部屋に呼んだ。

「お母さん、どんなとこにいたか言っとく?」

「うん、話してよ」

「言いづらいけど、ひどいとこ。あれでまともな施設と言えるんだろうか。狭くて汚いところに、じいちゃん、ばあちゃんがたくさん押し込められてた」

「それから」

「臭いがきつくてね、年寄りのおしめの臭いかな。施設に入ってすぐ、吐きそうになった。臭いが漏れないように、ちゃんと始末してんだろうか。おしめ垂らしたじいちゃんがふらふら歩いたりしてさ、人手がすごい不足してんだ。それに、わけわからないひとり言とか、うなり声とかがわあって混じりあって、ちょい気味悪かった」

「ほんとう。やっぱ母さん、ひどいところに押し込まれてたんだ。行ったとき、母さん、何してた?」

「うーん、それがね」

「もったいぶってないで、すぐ言ってよ」

「便で汚れたばあちゃんの股を洗ってた。俺、早くお母さんを見つけなきゃって思って、部屋をつぎつぎ覗いてったら、見つかったんだ。〝シンシアさんいますか〟って俺が言うのに〝はい〟って返事したのが、お母さんだった。下の世話するのを隠すカーテンもなくてさ、部屋の奥の方でばあちゃんの始末をしてるのが見えた。返事するのがわりと明るい声でびっくりした」

「うそ、明るい声のはずがない」

ミサキは、正平がいい加減なことを言うのは許さないという口調で、言い返した。

「いいや、便の始末してるときも、明るい声でばあちゃんに話しかけてた。おしめの交換が終わったら、ばあちゃんがお母さんの手を握って離さないんだ。俺さ、何がなんでもお母さんを連れてこなくちゃと思ってるからさ、部屋の中に飛び込んで、ばあちゃんの手を振り払ったんだ。なに、こいつ、って顔でばあちゃんに睨まれたけど、無理やりお母さんの手をつかんで駆け出した」

「母さん、黙ってついてきたの？」

「それがさ、ダメ、ダメって大声出されて、大変だった。じいちゃん、ばあちゃんの世話があるから、外に行けないって。言うことときいてたらぜったいに連れて行けないと思って、稜一を俺の手に抱いて見せてやった。これはミサキさんの子どもです、ミサキさんがお母さんを待ってます。今来てくれなければ、二度と会えなくなるかもしれません、って言ったんだ」

「正平、うまいこと言うじゃない」

「へへ。お母さん目を丸くして、稜一の手をとった。で、じっと顔をのぞきこんだんだ。稜一が変な顔したんで、やべえ、これは泣き出すって思った。でも、お母さんが両手広げて〝ばあ〟って言ったら、こいつ、にこって笑ったのさ。しかも、喜んだお母さんが出した人差し指を握って離さないんだ。そのまま母さん引っ張ってきたよ」

ミサキは、正平の背中で眠っている稜一の頬を軽く突ついてやった。

「あんたが、母さんを連れてきたんだね」

稜一はぷっと唇をすぼめるように突き出したが目を開けることはなかった。


ミサキは、稜一を背中から下ろしてあやし始めた正平を部屋に残し、リビングに戻った。床に膝をついてすわったシンシアが伊三夫の頬を両手でくるみ、ゆっくり温めるようにさすっていた。テーブルについたミサキは黙って母の様子を見ていたが、ふつふつとたぎるような怒りが胸の底に湧いてきて、おさえることができなくなった。

「母さん、やさしくしちゃ駄目。思いっきり仕返ししてやりなよ。殴ってもいいし、蹴ってもいいよ。唾ひっかけてやってもいい。うちは、そのつもりで母さん、呼んだんだ」

「ミサキ、おそろしいこと、言わないで。私、伊三夫を殴らない」

「母さんをこき使って、ポイした男なんだよ。人生ぼろぼろにされたんだよ」

シンシアは泣き出しそうな顔でミサキの言うことを聞いていたが、伊三夫の頬を撫でる手を止めることはなかった。

「伊三夫、私がフィリピンでひどいところに売られるの止めてくれた」

「母さん、だまされてるんだ。恩人と思い込ませるように、てきとうに話をつくってるに決まってる」

「私、だまされてない」

「今だって、家を無理やり追い出されて、働かされてるじゃない」

「私、仕事で、おじいちゃん、おばあちゃん、助けてる。感謝される。いい仕事」

「母さん、なに言ってるの。下の世話だとか、きたない仕事押しつけられて、こき使われてるんじゃないの。いい仕事なわけない」

ミサキは、惨めな立場に置かれているのに文句を言わない母にいらいらした。伊三夫にいいように人生を振り回されたことをなぜ怒らないのか、滅茶苦茶な仕打ちをしてきた伊三夫になぜ復讐をしないのか。ミサキは椅子をぎしぎしさせて立ち上がった。伊三夫の肩近くに腰を下ろし、シンシアの動きを睨みつけた。腹立ちをあらわにしたミサキの視線に気づいたシンシアは、伊三夫の頬から手を離し、ミサキをじっと見返した。

「ミサキ、私の話、聞いてくれる？」

「いいよ、話して」

「私、施設に連れていかれて、寂しかった。住み込みだから、家に帰れない。おじいちゃん、おばあちゃんの中に、頭おかしい人、おっきな声出す人いてこわかった」

「そうでしょ。父さんは、そんなとこに母さんを押し込んだんだよ」

「もう、私、ここからどこにも行けないと思った。だから、寂しくて悲しい。すごく寂しいの毎日我慢して、仕事してた。キミコっておばあちゃんいた。手が使えないから、ご飯、私が食べさせてやる。おばあちゃん、いつも機嫌悪い。怒ってばっかり。〝むすこのばかやろ。あたしをこんなとこに捨てていった〟って怒ってる。だれもおばあちゃんに会いに来ない。いつも足で壁蹴ってヘルパーを呼ぶけど、ばあちゃんこわいから、だれもあんまり行かない。仕方なく、私が行って世話する。いつものようにキミコばあちゃんが怒ってるとき、〝おばあちゃん、捨てられて寂しいね。私も一人ぽっちで寂しいんだよ〟って、口に出ちゃった」

「ばあちゃん、なんて言った？」

「〝一人ぽっちはやだな。一人ぽっちであの世に行くのもやだ〟って、変な顔になって言うの。聞いてた私も悲しくなって、ベッドに寝てるばあちゃんの肩つかんでわあって泣いてしまった。泣いてるうちに、もう涙がぼろぼろ出て、止まらなくなった。どうしたんだろうね。伊三夫、私が泣いたらすごく怒るから、泣くことずっと忘れてた。でも、キミコばあちゃんの体にしがみついて、私、泣いて、泣いて、ばかみたいになった。こわれたみたいにずっと泣いた。そしたら、ばあちゃんがベッドの中で体をくねくね動かすの。顔を近づけてくるから、どうしたのかなって思ったら、〝よし、よし〟って言うの。〝あんたは、日本に売られてきたガイジンさんだね〟って」

「〝よし、よし〟って、母さん、子どもに思われたんだ」

「そう。それで、顔を私の顔にくっつけてくる。あれ、と思ったら、舌で私の涙を拭いてるの。ばあちゃん、手が使えないから、がんばって体動かして、顔近づけてきたんだよ。〝よし、よし、あたしが見守ってあげる〟って言って、涙拭いてくれた」

「母さん、それでどうしたの」

「恥ずかしいから、ばあちゃんのベッドに入って寝たふりしてた。でも、次の日から、私、キミコばあちゃんの娘みたいになった」

　シンシアの浅黒い顔がくしゃくしゃになっていた。シンシアは、目尻から垂れる涙をフリースの袖で拭い、赤く腫れた瞼をいっぱいに開いてミサキを見た。切りそろえた前髪の下で、シンシアの濡れた目が光り、穏やかな色をたたえていた。

「母さん、いい話ばっかじゃないでしょ。いやなこと、きたないこと、いっぱいやらされてるんでしょ」

「ああ、うんちの始末のこと言ってるの？　ミサキ、母さん、うんちとり名人、なんだ」

「なに、それ」

「母さん、フィリピンで看護師の見習いしてた」

「聞いたことある」

「看護師、指入れて、詰まったうんち取るよ。だから母さん、うんち取るのじょうず。施設に、便秘のおじいちゃん、おばあちゃん、いっぱいいる。浣腸して、ころころのうんち、取ってあげたら、すごい喜ばれる。困ってる人いたら、私、呼ばれる。みんな、うんちとり名人のシンシアって言うよ」

「母さん、おだてられてんだよ」

「おだてられるって？」

「喜ばせて、自分がいやなことやらせてんのよ」

「うんちとり、いやじゃない。お尻の回りきれいにしてあげたら、病気にならない」

「母さん、ただのお人よしだよ」

話している間に、伊三夫の腹部から今なお鮮血が滴っていることに気づいたシンシアは、鋭い悲鳴をあげた。伊三夫のコートの前を広げ、どす黒く染まったシャツを見て、

「おお神様」

と呟いた。ミサキに鋏とシーツをもってくるように言い、胸と腹部に貼りついたシャツに鋏を入れけがの部分をあらわにした。おそるおそるミサキが伊三夫の体を覗くと、腸のような白いものや赤黒いものが折り重なってはみ出してきているのがわかり、慌てて目を逸らした。シンシアは、シーツを縦に裂き、くるくると手に巻き取った。正平に手伝わせて伊三夫の腰の下に枕をあてがうと、傷口からはみ出したものを腹の中に押し込み、シーツでつくった包帯を伊三夫の腹部にきつく巻きつけていった。何重にも巻きつけられたシーツの下から、血がじわじわと滲み出し広がっていった。伊三夫は握った拳を震わせ、喉の奥から太い呻き声を切れ切れに洩らした。伊三夫の声に脅えた稜一が隣室で泣きだした。正平が慌てて稜一のところに戻っていった。

「おお、よしよし」

正平があやしながら哺乳瓶を吸わせているうち、稜一の泣き声がだんだん小さくなっていった。ミサキとシンシアは伊三夫をはさんで、しばらく無言で向きあった。シンシアは絶えず伊三夫を気づかい、額に手を当てたり、脈をとったり、口に水を含ませたりした。伊三夫が何かを求めるように上げた右手をシンシアが握り、

「なにかほしいの？」

と伊三夫の耳に口を近づけて言った。ミサキは死の間際にもシンシアの憐みを買おうとする伊三夫の芝居を感じて、そこらにある瓶でも缶でも投げつけてやりたかった。なんで母は、いい気味だと思わないのだろう、ざまあみろと笑わないのだろう、ミサキは悔しくていらいらした。

「母さん、うち、明日、警察に電話する。警察がパトカーで、父さんを連れてってくれる」

「伊三夫、どうなる」

「すぐ、病院に運んでくれるから、死なないですむかもしれない」

シンシアはミサキの目をまっすぐ見つめて、

「それは、伊三夫の気持？」

とミサキに聞き返した。ミサキはゆっくり顎を下に振った。

「どうして、すぐ警察呼ばない」

「ほんとは、死ねばいいと思ってる。母さんとうちに、さんざん笑われ、バカにされながら死ねばいいんだ。こいつ、虫けらみたいにみっともなく死ね、って思ってる」

「そんなこと言うミサキ、かわいそう」

先ほどシンシアに握られていた伊三夫の右手は力なく床に垂れていた。伊三夫は堅く瞼を閉じ静かな呼吸をしていた。ミサキは台所に立ち、湯を沸かしてカップ麺をつくった。隣室の正平を呼び、テーブルについて三人でカップ麺をすすった。ミサキは夜になるまでまともな食事をしていなかった。麺にはなんの味も感じられず、胃に落ちていく熱さだけがあった。台所の窓から洩れる光に照らし出された外では、闇のなかから雪がひっきりなしに溢れ出し地上に落ちていた。伊三夫についていると言うシンシアをリビングに残し、ミサキと正平は隣室の布団に転がった。

伊三夫とシンシアが静かにことばを交わしている。ミサキの頭の中で、聞き取れない二人の声が霧になって渦巻き、やがて何も聞こえなくなった。地を揺するような重い音がしたが、それは耳の底に沈んで澱みになり、ミサキはしばらくもうろうとしたまま布団に横たわっていた。まだしばらくまどろんでいたいと思うのだが、妙に動悸が速くなってきて落ち着かない。心臓が自分のすべてになったようだった。強く内側から撃ってくるものだけしか存在しない。

昼間の着衣のまま寝ていたミサキは起き上った。引き戸を開けてリビングへ足を運んだ。伊三夫もシンシアもいなかった。伊三夫の横たわっていた場所がぽっかり空き、床の上に赤黒い血痕が糊のように広がっていた。

小さなアパートに、二人がいる場所が他にあるはずもなかった。ミサキは玄関を見た。伊三夫とシンシアの靴は見当たらなかった。玄関を開けてみる。ドアが重い。外に降り積もった雪が、隙間から三和土になだれ落ちてきた。外はまだ明けていなかったが、街灯の光のおかげで三十センチを優にこえる新雪が降り積もっているのがわかった。ミサキは長靴にはきかえて外に出てみた。アパートの玄関から出た足跡が新雪の上におぼろげに残っていた。横に並んだ二人の人間の足跡が崖縁の道に向かっていた。ミサキは急いで家に戻り、ダウンジャケットを着、毛糸の帽子と手袋を身につけて外に出た。

一つの足跡はくっきりと雪を踏んだ形を残し、もう一つの足跡は新雪の中を引きずる曲がりくねった線になっていた。降りしきる雪の中を歩きだすと、寝床の中で始まった動悸がますます強くなり、二人を早く見つけなければと焦った。一つの足跡が屈曲すると、もう一つの足跡はそれに従うように向きを右に左に変えた。二つの足跡が崖下に落ちそうなくらい曲がり、辛うじて街路に方向を戻しているところもあった。

足を運ぶたびに軽く舞いあがる雪だったが、膝まで埋もれる深さで、先を急ごうにも足が進まない。ミサキはもどかしさに雪を蹴散らして前へ行こうとしたが、たちまち息を切らし歩けなくなった。こんな中を本当に伊三夫とシンシアは出ていったのだろうか、あの死にかけの伊三夫に深雪を越えていく力があるだろうかと思った。もし歩いていったのだとしたら、あの重傷も伊三夫の演技ではないか、という疑問がにわかに湧いてきた。まさかと思いながら、伊三夫だったらありえないことではない、という気がした。

ぎゅうっという音を立てて靴が雪の中に呑み込まれていく。他になんの音もない世界で、一足ごとに生まれてくるぎゅうっという音は、雪の中から湧き出てくる鳴き声のようだった。逃げていこうとする生き物のやわらかなからだを踏みつけながら歩いている感覚にとらえられ、ミサキはしばらく立ち止まった。胸の奥深くまで息を吸って、また歩き出した。

崖縁の道からようやく広い車道に出た。歩道も車道も除雪されていなかった。たまに通る車が、タイヤをほとんど雪の中に埋め、雪煙をたてて進んでいく。タイヤの跡が深い轍になって先に伸びていく。ミサキは、歩道についた足跡を追って、広い坂道をゆっくり下っていった。降る雪が空から地面までびっしり埋めた世界の奥底から、夜明けの光がほんの少し洩れ出てきた。ミサキは坂のずっと先まで目を凝らし、人影を求めた。雪に木々のかすかな軋みさえも吸収された無音の青黒い世界に、動くものは一つもなかった。

坂を下り切っても、足跡は続いていた。交差点を過ぎ、豊平川を渡る橋に近づく。一つの足跡は右に左に大きくくねって線を描き、それに寄り添うように小刻みな踏み跡が点々と残っていた。雪は上空から湧き出るように現れては地面に落ち、ミサキの頭にも肩にもこんもりと積もった。足跡をたしかめるために俯くと、帽子に載った雪が顔面を滑り落ち、ジャケットの襟から胸もとに入ってきた。鋭い痛みのような冷たさが胸から腹に伝わっていった。

ミサキは橋のたもとまで来て、先へ進むことができなくなった。それまで追ってきた足跡が地上からかき消えてしまった。どこかで足跡の向きが変わったのに気づかず、先を急ぎすぎたのだろうか。ミサキはゆっくり、前と左右を見回した。どこにも足跡はなかった。

堤防と住宅地がほんのりと輪郭をあらわし始めていたが、降りしきる雪がミサキの視界を邪魔した。まつ毛についた雪が、目をしばたたいても落ちていかない。視界に灰色の斑点が折り重なり、なにもかもがおぼろげになった。

ミサキは、足跡の主が橋のたもとから堤防上の道に進路を変えたのかもしれないと思い、下流に向かって歩き出した。歩道の雪は無秩序に盛り上がって行く手を阻み、ミサキは足をとられつんのめりそうになった。早く足跡を見つけなければ、シンシアと伊三夫を見つける手がかりが降りしきる雪にかき消されてしまう、焦る気持で周囲を見回したが、青黒くうねる雪面に人が通った形跡は何一つ見つからなかった。どちらを見ても、降りしきる雪に閉ざされていた。それでも、ミサキは気持を奮い起こして先へ進んだ。どれだけ歩いても、足跡は見つからなかった。夏ならいくらでもない距離が、果てしのない長さに感じられた。さらに進んで次の橋を目指すのも、もと来た道に戻るのも、疲れ切って足が重くなった自分にはとうてい無理な気がした。

ずっとずっと前から、うちは雪の中をあてどなくさ迷い続けているのではないか。どこから来たのか、はっきりしなくなった。どこにいくのかもわからない。雪に息が詰まって、もううちは何もできなくなる。このまま雪に埋もれていくのかもしれない。いや、なにばかなこと言ってんだ。しっかりしなければ。うちはくそおやじと母さんの後を追ってここまで来たのだ。なんとしても二人を見つけなければ。

でも、いったい、うちはなんでくそおやじと母さんを追いかけなければならないのだろう。アパートからくそおやじがいなくなって厄介払いしたと思えばいいではないか。……いや、うちはくそおやじが自分の思い通りにすることが許せないのだ。しかも、母さんを言いくるめて、死に場所に連れていくなんて、それも腹が立つ。くそおやじが勝手に消え去るのはぜったいに許さない。うちの見ている前で惨めに野垂れ死にすればいいのだ。思い通りの死に様をさせてたまるか。

それにしても、足跡はどこに消えてしまったんだろう。まるっきり消えるなんてありえない。足跡がなくなったのは、誰かがうちに意地悪をしているのかもしれない。きっとそうだ。じゃあ、誰？そうか、おやじだ。くそおやじにだまされて、うちは雪の中で何もわからなくなるようにしくまれたんだ。アパートに戻ったら、くそおやじが床に寝転がっているような気がする。くそおやじならそのくらいのことはする。今ごろ、「ミサキのやつ、ざまあみろ」と笑ってるのではないか。

え、うちはなにを考えてるんだろ。ばかばかしい。どうして、うちはこんなにくそおやじに怯えなければならないのだろう。死にかけのくそおやじにいまさらなにができるというのか。血を流してのたうち回るほか、何もできないあいつに。

じゃあ、くそおやじ以外にうちのことをこんな目にあわせる意地悪なやつがいるの？　何も見えない、何も聞こえない、もうどこにも行けない、こんなところにうちを置き去りにして喜んでいるやつがいるの？　それは何？　母さんが一生懸命祈っている神様？　ばかばかしい。神様だなんて。神様って人を助けてくれるものではないのか。こんな何にもない雪の中に放り出すのが神様なら、神様なんてこんちくしょうだ。母さんがいくら祈ったって、神様がくれたのは、うんちまみれのじいちゃん、ばあちゃんの世話じゃないか。だから、ほんとに困ったときに助けてくれる神様なんていないんだ。どうして母さんはこんなことがわからないんだろう、まったく。

うちは祈らない。なにもあてにしないで生きる。ただ好きにさせてほしいんだ。誰かに指図され、命令されるのはもう嫌。縛られたり、殴られるのは二度とされたくない。行くところも、することも決められて、いっつも見張られてるのは耐えられない。うちを好きなようにもてあそぶやつらをやっつけてやりたいんだ。だから、くそおやじにはいい思いはさせない。うちを血まみれ、精液まみれにさせて薄ら笑いをしていたあいつを、地獄に突き落としてやるんだ、うちのこの手で。そして、うちは自分の好きなとこへ、どんどん歩いていくんだ。

あ、少し前が見えるようになってきた。さっきまで空の底が抜けたみたいに雪がどさどさ降ってたけど、やっとふつうの降り方になってきた。どんどん積もっていくのは変わらない。でも、まわりが見えるだけでもぜんぜん違う。さあ、さっきの橋まで戻って、もう一度足跡を探そうか。早くしなければ、足跡が消えてしまう。

ミサキは向きを変え、堤防の上を上流に歩き出した。足指の冷たさが体に突き刺さる痛みに変わり、爪先が雪の中で氷の塊にぶつかると、呻き声が出た。鼻が凍りつくほど冷たくなり、手袋の掌を口に当て、息を吹きかけて鼻を温めようとした。ミサキの小さな口から吐き出された息は、慰め程度のぬくもりをもたらしただけで、たちまち冷気に変わっていった。踏ん張る力を失った足は、頼りなく揺れる体につられてあらぬ方向に滑った。ミサキはいくども転び、立ち上がるための手がかりを求めて、もがいた。雪まみれになって、ミサキはようやく橋のたもとまでに戻った。

荒い息を吐きながら、足もとをなめるように見つめた。ゆっくり足を動かし、すべての方角をたしかめた。先ほど歩いてきた歩道に、雪の凹みが長い列になって続いていた。もう足跡とは言えないほどに雪で覆われてはいたが、ミサキが追いかけてきた足跡か、ミサキ自身の足跡に違いなかった。そのほかには、足跡らしきものを見つけることはできなかった。

ミサキは雪に降られるまま、たもとに立ち尽くした。もう諦めて帰ろうという気持が湧いてきた。早くアパートに戻って暖房にあたりたい、稜一を抱いて布団に転がりたいという思いがミサキの体にわきあがった。と、マンションの並びに縁どられた地平線から不意に覗きだした朝の弱々しい光が、ミサキの目を撃った。雲の切れ目から偶然現れた朝日のおかげで、なにもかもこんもりとした雪に覆われたこの世界が、おぼろげな輪郭をもってミサキの前に現れてきた。深く黒い翳をたたえていた河川敷に薄い光が当たり、広い雪原となって眼前に広がった。川床を流れる水が、広い雪原にできた割れ目のようだった。

ミサキは欄干に沿って橋を渡り始めた。中ほどまで歩き、額に両手をかざして白い雪原と化した河川敷を見渡した。先ほどまでの激しい降りはややおさまり、一つ下流の橋もおぼろげに視界に現れた。

ミサキは、橋の下流しばらく先の雪原に、黒い服の者と赤い服の者が立ちつくしているのを見つけた。黒い服の者は赤い服の者の肩に腕を回し、体全体をもたれかけていた。二人とも太もも近くまで雪に埋もれ、俯いていた。しばらく見ていると、二人はただ立っているのではないとわかった。黒い服の者が前につんのめるように足を運ぶと、赤い服の者は黒い服の者の脇の下に左腕を入れて体を支え、前に進むのを助けた。三歩か四歩進んで立ち止まり、もう動くのをやめたのではないかと思うほど長くじっとしていた。

ミサキは橋の欄干に手を置き、二人の動きを見つめた。ずいぶん時間が過ぎた。足先からきりきりと刺すような冷たさが襲ってきて、足踏みを繰り返した。その間も、黒い服の者と赤い服の者は、どこかに向かう動きをやめていなかった。どんなに長くたたずんでも、黒い服の者は赤い服の者を頼りにまた歩みだし、よろけながら先へ進んだ。ミサキが二人を見つけてから、二人の移動した距離は三十メートルもないように見えた。どこにも着くあてのない歩みとしか見えなかった。それでも、二人の歩みは続いた。黒い服の者の体が正体を失った人間のように揺れ、赤い服の者もそれにつられ倒れそうになった。そんなことを繰り返し、ちょっと進んではとても長く立ち止った。

雪の中を寄り添うようにゆっくり動いていく黒い点と赤い点。ミサキが二つの点の動きをずっと見ているうちに、寝起きからおさまらなかった動悸は穏やかなものに変わっていた。ミサキは、この世界に存在するのは、黒い点と赤い点、そして自分の三つしかないような不思議な感覚にとらえられていた。

もう何度目の歩行開始だろうか。黒い服の者が歩きだしたが、いきなりのけぞるように大きくよろけ、赤い服の者が必死に支えようとする腕をすり抜け、仰向けに倒れた。赤い服の者は雪の上に跪き、雪面に大の字になった黒い服の者に顔を近づけた。話しかけているように見えたが、黒い服の者は少しも動かなかった。

ミサキは新雪の中に埋もれそうになっている二人の者に目を凝らした。赤い服の者が黒い服の者の体をいたわるようにさすり、顔に降り積もった雪を払いのけてやっていた。つづいて、黒い服の者を温めるかのように脚や腕をさすり始めた。雪雲の裏側に日は隠れてしまっていたが、夜明けの明るさで川原の雪の白さが増してきた。その中で、赤い服がミサキの目の中で滲んで光るようだった。

すっかり動かなくなった黒い服の者の横に赤い服の者が横たわり、頬と頬を寄せた。二人の上に雪が降り積もり、雪原の赤と黒がだんだん小さくなっていった。

「母さん、ダメだよ」

ミサキが川原に行かなければと向きを変えようとしたとき、雪の中で赤い服の者が立ちあがった。両手に新雪をすくいとり、黒い服の者の上から優しく払い落した。幾度もその動作を繰り返した。黒い服の者がすっかり雪に覆われてしまうと、赤い服の者は頭を垂れ、手を前にくみ、しばらくの間、動かなかった。

赤い服の者は向きを変え、下流の方へしっかりした足取りで歩きだした。赤い背中がミサキには大きく見えた。新雪を踏み、一歩ずつ足跡を残しながら遠ざかっていった。

「母さん」

届くはずもないと思いながら、ミサキは叫んだ。母には自分の行き先があって歩きだしたのだと自分に言い聞かせ、追いかけることも二度目の叫びをあげることもしなかった。

9

八月上旬、勝次の運転する小型トラックは、炎天下、窓を開け放しにして郊外の住宅地をめぐっていた。義父勝次とミサキの二人は、住民が集団資源回収の日に合わせて出した新聞、雑誌、段ボール、空き缶を荷台に積んでは次の回収場所に向かった。夕刻前に雨があるという天気予報なので、作業を急がなければならない。座席にすわっている時間はほとんどない。車が走り出したと思ったら次の回収場所は目の前にある。ミサキは車が完全に止まる前にドアを開けて飛び降り、小走りで新聞や段ボールを荷台に載せる。禿げた頭を手拭いで覆いランニングシャツを着た勝次が、荷台にあがって回収物を仕分けし積んでいく。ミサキは、つなぎの作業着の袖を肩までたくしあげていたが、暑さに耐えかねた。夫の輝之が安全上必ず着るようにと指示した作業着だが、ほとばしり出る汗が衣服をぐっしょり濡らし、肌に貼りついてくるのが気持悪い。おまけに、座席にすわったとたん、汗臭さが漂ってくる。こんなもの脱ぎ捨ててタンクトップのシャツ一枚で仕事ができたらどんなに楽か、と思う。それなのに、輝之ときたら、素人は回収物から飛び出している釘や針で必ずけがをする、と言って許してくれない。口やかましい夫ではなかったが、ミサキの体の安全に関してだけは譲らなかった。

「ミサキ、こんな仕事やってられんべ。若い娘のやることでない」

住宅地一区画の回収を終えて、次の地区に向かう途中、勝次が話しかけてきた。

「なんもさ。たっぷり汗かくし、美容にいいわ」

「ばか言え。美容によかったらこんなになるか」

そう言って、勝次は頭の手拭いをとってミサキに顔を向けた。首から頭のてっぺんまで赤銅色になった肌を見せて、勝次は口を大きく開けて笑った。てらてらと光る赤黒い肌は、夫の輝之も義母の多恵子も同じだった。

「いい色じゃん。金かけて、肌焼く人だっているんだから」

「はは。ミサキが気にしないんならいいけどな。だけんど、俺たちみたいに焼けたら困るべ」

「そりゃあね。義父さんみたいにつるっぱげになったら困るわ」

勝次は歯をむき出して笑い、ミサキの肩をぽんと叩いた。ミサキはほんのひとときの涼を楽しむつもりで、座席の背もたれに身を預け、窓からの風を浴びた。どうしても仕事をさせてくれと頼み込んでトラックに乗って一か月がたっていた。お前は子どもの面倒を見ていればいいんだと言う輝之を押し切り、稜一を託児所に預け休まず働いてきた。ここしばらく、資源回収の永田商店は、勝次とミサキ、輝之と多恵子の組み合わせで二台の小型トラックを稼働させてきた。

正平とは四月の半ばに別れた。一緒に暮らしていて、正平が哀れになったからだ。正平は仕事がつらい、腰が痛い、もう少し楽な仕事がないだろうか、とため息をつくことが多くなった。ミサキの危機をいっしょにくぐり抜けてくれた男だから、大概のことは大目に見るつもりで、仕事を休んだ日も何も言わずに愚痴を聞いてやった。大学も中途で逃げてきた自分には、将来性のある仕事は見つかるはずがない、このままではミサキと稜一を幸せにすることはできない、と正平は嘆くのだが、建設業に代わる仕事を探す努力は少しもしなかった。たまに勝ったスロットに味をしめ、仕事と称してスロット店に入り浸り、二人のわずかな蓄えも底をついていった。自分はできる男だと、ミサキに虚勢を張るだけで、現実から目を逸らし続けた。ある日、「東京でミサキは、一晩で何十万も稼いだよね」と正平がぽつりと洩らした一言が、ミサキの正平に対する気持をすっかり変えた。

写真館で、稜一を抱いたミサキに正平が寄り添う写真を一枚撮ってもらってから、駅で正平を見送った。あんたは東京に戻って、ゼロからやり直せる、なんでも好きなことをやればいい、と言ってやった。正平は、自分の人差し指を稜一がしっかり握っているのをミサキに示し、こわばった顔に必死の笑顔を浮かべた。ミサキが小さく手を振るのに応えて正平も胸の前で小さく手を振り、空港行きの列車に乗り込んでいった。

ミサキはすぐに稜一を無認可の保育所に預け、すすきののキャバクラで働き始めた。稜一を産んでしばらくたっても、妊娠前の体のラインは戻っていなかった。こんな女でも雇ってもらえるかと思いつつ面接に行ったら、あんたはフィリピン人かと聞かれ、ハーフだと答えると、大歓迎だと言われた。飲んだふりして楽しく盛り上がれば大丈夫と店長に言われて、毎日店に出るうち、特徴のある顔立ちを覚えてくれた客が指名してくれるようになった。勤めて半月ほどして、輝之が友だち連れでやってきた。赤黒く日焼けし、額がすっかり後退した輝之を見て、ミサキは郊外で農家をやっている男なのかと思った。輝之は翌日から十日間、毎日店に通ってきて、ミサキに結婚してくれと言った。両親と一緒に資源回収をやっている、自分は三十代半ばで恋愛の経験もない冴えない男だが必ずあんたを幸せにする、と他のホステスに聞こえるくらい大きな声で言った。はじめ輝之のプロポーズを他のホステスと一緒に笑って聞いていたミサキは、十日目に、

「うちに子どもがいても結婚してくれる？」

と輝之に聞いた。輝之は即座に、

「もちろん」

と答えた。ミサキは輝之の日焼けして節くれだった手をとり、自分の胸に当てた。

「うちのことが、ほんとうにほしいの」

輝之はミサキの顔を怒ったようにじっと見つめ、体を震わせた。赤銅色に光る頭から汗が粒になって噴き出し滝になって流れるのも拭かず、輝之は言った。

「俺は、お前がほしい」

ミサキは勤め始めたキャバクラをすぐやめ、輝之と結婚した。輝之の両親は、稜一を連れて家に転がり込んできたミサキに、最初の日からなんの気がねもなく話しかけてきた。回収した資源を家で仕分けする間、二人は流れ者だった若いころの話を大声で話し、絶えず笑っていた。多恵子は、ミサキに外国の血が入っていることを話題にしているうちに、自分たちも不思議な縁がたくさんあってここ

に居ついた人間なのだ、と言った。よちよち歩きを始めた稜一はミサキの手を離れ、作業をしている勝次と多恵子の背や膝にまつわりついた。ベランダの前の敷地で仕分けをしている間は窓も玄関も開け放しで、初夏になると、家の中を吹き抜ける風がミサキには心地よかった。いつも首からタオルをさげて仕事をしている勝次は、「中も外も区別のない家なもんで」と、頑丈な白い歯をむき出して笑った。

輝之で一台、勝次と多恵子でもう一台の小型トラックにそれぞれ乗って資源回収に出てしまうと、ミサキは暇を持て余した。多恵子は、家事は何もしなくてよい、とミサキに言い、輝之は仕事は一切するなと強く言った。しかし、近所を稜一と散歩したり気晴らしの買い物をするのにも飽きて、ミサキはどうしてもトラックに乗りたいと輝之に頼んだ。自分をあんまり家に閉じ込めておくならこちらにも考えがあると強気で話すと、輝之はミサキがトラックの助手をすることを渋々認めてくれた。どうせすぐやめたいと泣きごとを言うのだから、一か月だけ試しにやってみたらいい、と輝之は言い、七月から始めることになった。その間、稜一は託児所に預けることにした。トラックは、勝次が運転する少し小型の方に乗ることに決まった。

夕立が来そうな雲行きをみて、勝次とミサキは午後の仕事のペースを速めた。朝はなんとも感じなかった新聞紙の一梱包が石のように重く、荷台に上げるのにミサキは声を出し、反動をつけなければならなかった。分厚く束ねられた段ボールを頭の上に載せて歩くと、よろけて倒れそうになった。荷台のそばまで行くと、勝次がひょいと段ボールをもち上げてくれたので、魔法の力で段ボールが宙に浮いていくような気がした。雑誌を束ねたのをもち上げようとすると、まるで地面にへばりついているようで、腰が悲鳴をあげた。

ミサキは、目の前に現れてくる資源を、荷台にいる勝次に差し出すことだけに集中し、落ちてくる汗にもかまわなくなった。そのうち汗も出なくなり、疲労で筋肉がぴくぴくする二の腕に塩の粒が浮いてきた。ようやく回収場所をすべて回り終え、荷台の資源を勝次と二人で荷崩れしないように整え、シートをかぶせた。ベルトでシートを固定し、家に向かう。家に着くまでの間、窓からの風を浴びるのが、ミサキには至福のひとときだった。

「ミサキ、よく一か月もったな。二、三日で逃げ出すと思ったがな」

「おかげさまで、腹はひっこむ、力はつくしで、いいことばっかだ、義父さん」

「たぶん、強がりだべ。たいていのやつは、腰を痛めて続かなくなるんだ。ミサキは大丈夫か」

「義父さん、うち歳いくつだと思う。腰にくるほど婆あにはなってないさ」

「いくつって、俺は知らねえぞ。いくつだっけ」

「二十一だよ、覚えといて」

「おやー、二十一か。遊びたい盛りだろうに、好きこのんで輝之なんかの嫁になるとは可哀そうなこった」

話しているうちに空が真っ黒になり、車の前が見えなくなるほどの土砂降りになった。勝次は、ウィンドウのしぶきの間から前を見つめ、トラックを慎重に走らせた。

家に着くと、多恵子が茶封筒にミサキの給料を用意していた。

「はい、お疲れ様でした。たいした金額は入ってないけど、好きに使っておくれ」

「ええっ、もらっていいの。ありがとう。なんに使ってもいいの」

「そうさ。すすきのでぱあっと使っても、輝之には文句言わせないから」

「まさか」

ミサキは、自分が役にたっているかどうか自信はなかったが、嫁にもきちんと給料をくれる勝次と多恵子の気持をありがたいと思った。


翌日は永田商店の休日。ミサキは稜一を勝次と多恵子に預けて、午後家を出た。石山通を歩いて川沿に向かう。雲一つない空から照りつける太陽は脳天を焼き、さらに地表からの炎熱となってミサキをくらくらさせた。岬のように石山通に向かってせり出している藻岩山の突端を過ぎてから、ミサキは道端の広告看板を頼りに右に曲がった。空き地の雑草の中でキリギリスがうるさく鳴いていた。上り坂をゆっくりのぼっていくと、住宅地の向こうに、藻岩山が緑のおおきなうねりになって空に続いていた。緑のやわらかな塊がたがいに折り重なり、夏の熱気を呼吸しているように見えた。

ミサキは、でたらめな見当で坂道を左に曲がってみた。袋小路になったところにあるアパート、と呟きながら、曲がり角に立っては奥を覗いた。窓を開けた家から、高校野球の実況と歓声がミサキの耳に飛び込んできた。かなり歩き回り、もうこの一帯ほとんどの道を歩いたような気がするのに、目当てのアパートは見つからなかった。汗が背中を滴り落ちていく。下着の腰のあたりが湿って、肌にへばりつく。アパートは坂の上にはないと知りつつ、展望を求めて、急傾斜の道を選んだ。素足にショートパンツの姿で、小走りに上をめざす。こんなつらい坂を休まず登れるのは、この一か月で筋肉がついたのか、と思う。

行き着いたところは、秋桜が群生した空地で、住宅地をぐるりと見渡すことができた。秋桜はピンクに白あるいは濃い赤の花を咲かせ、薄緑の葉とともにわずかな風に揺れていた。きびしく照りつける日差しにもかかわらず、どの花も萎れていなかった。ミサキは秋桜に見とれ、乾燥にも暑さにも負けず、一心に空に向かって身を開いているのがえらいと思った。秋桜の群れの向こう、登ってきたのと反対側の斜面を下り切ったところに古ぼけたアパートの壁が見えた。雨だれの跡が黒い筋になっているのが、アパートをいっそうみすぼらしくしていた。

一階右端のドアをノックする。返事がない。そばの草むらでキリギリスがぎいいっと一鳴きした。ミサキは右手を拳にして、もう一度強くドアをノックした。

「はい、誰ですか」

ようやく中から声が聞こえた。

「おっさん、わかる、うちよ」

「え、誰」

ドアが開き、赤い袖なしシャツを着、下は長目のトランクスをはいた野口が出てきた。

「おっさん、久しぶり」

「えー、びっくりした。米倉さん。突然、どうしたの」

「おっさん、なか、入ってもいい？」

「いいよ、でも、よくここがわかったね」

ミサキは玄関の中に入り、野口をじっと見た。長いもみあげに彫りの深い目鼻、気弱そうな目の中に、かすかな笑みが見えた。

「おっさん、昔と変わらないね」

「そうかなあ」

「うちは、変わったしょ」

「ああ、まあ」

「うち、結婚したんだ。今は永田って言うの。子どももいるんだ」

「え、ほんとう。米倉さん、学校をいきなりやめちゃってびっくりした。あれからもう、二年くらいになるのかな」

「あのさあ、おっさん、来るの遅くなってほんとごめん」

「え、なんのこと」

「とぼけたふりしないで。うちのせいでおっさんが大変な目にあったって知ってるんだ。ほんと遅くなって悪いんだけど、金返しに来た」

ミサキはバッグから封筒を取り出し、野口の手に渡そうとした。野口はミサキのしぐさを見ると急に険しい顔になった。なにも言わず目を閉じて俯いた。深呼吸してから顔を起こし、ゆっくり目を開いてミサキを見つめた。ミサキはとても寂しく悲しい目だと思った。野口の目の奥が、寂しい底なしの世界につながっているような気がした。

「米倉さん、いや、ミサキさん。あのお金は、俺がミサキさんにあげたものなんだ。だから、返すと言われても困る」

「うそ言わないで。あげたなんて聞いてない」

「いや、俺の中ではあげたことになってる。だから、もう終わったこと」

「おっさん、カッコつけないで。おっさんに受けとってもらわないと、うちは帰れない」

ミサキは靴を脱ぎ室内に入った。いやがる野口の右手をつかみ、無理にでも封筒を受け取らせようとした。

「やめてくれよ」

野口は大声をあげてミサキの手を払いのけた。これまでに聞いたことのない野口の激しい口調にミサキはうろたえた。

「怒ったの」

「いや。怒ってない」

「その声は怒ってるよ」

「いや」

「なんで受けとれないの」

「あんたのためならあげてもいいと思った。それだけ。俺のことを頼りにしてくれたのがあんただけだったから」

「おっさん、ほんと変なこと言うよね。うちみたいなずるい人間をありがたがるなんてばかだよ。おっさんを利用しようとしてただけだってことわからないの」

「利用してるだけの人間だったら、ここに来ないだろ」

話がこじれてしまい、ミサキは、怒ってしまった自分をどう収めていいか困っている野口をじろじろと見た。笑ってしまうほど面倒な男だと思った。

「こら、藻岩山の熊。オーオーって吠える熊、うちのことどう思ってた。うちのこと、ほしかった？正直に言って」

野口は目をぱちぱちさせ、

「いや、その、ミサキさんは誰とも違って、素晴らしい……」

と口ごもった。

「そうじゃなくて、うちのこと、ほしかったかって聞いてるの」

野口は突然、ビニールシートを敷いた床の上に正座し、ミサキにもすわるように言った。

「俺は、あんたがほしかったんだ」

ミサキは野口の目の前ですぐさま服を脱いだ。

「脱いで」

そう言うと、野口も服を脱ぎ捨てた。ミサキは、胸を覆う黒々とした体毛が野口の筋肉質の体によく似合っていると思った。

野口は性急にミサキにのしかかり、ミサキの体を十分愛撫することもなく、ミサキの中に押し入ろうとした。ミサキは野口のものを自分の中に導いた。早く自分の体が潤い、野口のものをやさしく包みこめばいいいと思った。

開いている窓の隙間からキリギリスの太く力強い鳴き声が響いてきた。ミサキは体の表面をほんのり撫でていく風を、これまでに感じたことのない涼しく気持のよいものだと思った。

天都山まで

悠里の浅い眠りは、朝日に照らされた薄氷のようにたちまち溶け去ってしまった。冷蔵庫のモーター音や時計の秒針の音にさえピリピリと反応する神経が、悠里を宙に引きさらい、時間の砂漠に置き去りにする。悠里は風の吹くままにあてどなく さ迷う飛砂になった。

以前は何気なく聞き流していた家の中の物音が、鋭いトゲになり、悠里に突き刺さってくる。眠りの中に逃れることのできない悠里は、ひよわな心にできた傷口が剥き出しにされ、ざらざらした地面に押しつけられているようだった。

この一瞬から次の一瞬になめらかに移ることができない。時間の経過に身を任せゆったりした気分でいられた自分がもうどこにもいない。今ここにいることが、まるで瞬間と瞬間の深い谷間に宙づりされているようで、おそろしくてたまらない。床に就くまでは、家の中でやることをとにかく見つけ、手と足を動かし続けることで恐怖から逃げ続けた。昨日は、ソファとテーブルを居間の隅に移動してから掃除機をかけた。ソファとテーブルをもとの位置に戻してから、食器棚の食器をすべて出して中を拭き、食器を洗って乾燥させ、棚に並べ直した。夫と子どものタンスを開け、衣類をすべて出してたたみ直した。じっと黙っていると、自分が、無数にひび割れ砕け散っていくガラスになってしまう気がして、立ち止まれない。

食事をしているときでさえ、体は少しも楽しんでいない。ただロボットのように機械的にものを口に運び、水か汁で喉に流し込む。食べ物が詰まったら、自分は時間の谷間で息絶えてしまう。ものが体内を流れていくことによって、辛うじて息をつなぐことができる。しかし、自分は、このように空しく味気ない行いをこれからずっと何万回、何十万回と行わなければならないのか。自分だけではなく、人間みな、意味もなく味気ないことを繰り返しているのだという気がしてくる。食事をとっている夫と二人の息子を見ていると、心が痛くなり、無性に悲しい。

要するに自分には安心して身を任せることのできる一秒の時間も、一ミリ四方の場所もないのだ。ああ、かつてのように他愛のないことで喜び、はしゃぐ自分にもう戻れないのだろうか。夫と六歳、四歳の二人の息子はまだ気づいていないのか。目の前にいる悠里がもう悠里ではないことに。悠里の殻をかぶった無意味な物体であることに。彼らが身を任せている場所に悠里はいない、ということに。

かわいそうなのは子どもたちだ。自分のようにもぬけの殻になった母親に育てられるなんてと思うと、全身が凍りついてくる。彼らの成長を無条件に喜び、やがて独立した人間になって外の世界に出ていくことがよいことだと信じている母親はもういないのだ。反対に、人はみな孤独な迷路にはまりこみ、自分を取り巻く暗闇の世界に押しつぶされていくしかないのだ、ということを身をもって知ってしまった悲しくあわれな母親しか、ここにいない。そんな母親を彼らは頼りにしなければならないのだ。

何を考えても息が詰まりそうになる。昨日の昼間、冷蔵庫の扉を開けて、小鉢に入った肉じゃがを見たとたん胸をぎゅっと締めつける悲哀に襲われた。自分は冷えた肉じゃがをレンジで温めて食べなければならない。そのことが無性に悲しい。じゃがいもと豚肉を胃に流し込みながら、きっと、家族とおいしいねと言いながら食事をしたかつての自分には戻れないことを心の底から噛みしめるだろう。

とてもつらい。でも、自分は肉じゃがを捨てられないから、その悲しみからぜったい逃れられない。そんなあれやこれやが一瞬にして湧きおこって、冷蔵庫を開けたまま立ち尽くしてしまった。

夕食後、郵便物をしまおうとして、あおいからの絵葉書が引き出しの隅からのぞいたときは、胸の中にいきなり錘《おもり》を投げ込まれたようだった。新婚旅行でハワイに行ったあおいからもらったものだった。夕日に照らされたオアフ島の海岸の写真を見つめ、読みたくないと思うのに、重苦しい動悸に押されて裏を返した。あおいらしい角ばった丁寧な字で「三十すぎての新婚旅行を満喫しています。直人と二人、ビーチで日が沈むのをずっと見てました。こんなぜいたくしていいのかな、へへへ」と書かれているのを、一字一句読んでいくと、身震いがしてきて止まらなくなった。

ああ、自分の行く手にはあおいを思い出させるものが地雷のようにばら撒かれている。あおいを避けることも忘れることも不可能だ。自分の精神がふつうに戻ったとしても、必ずあおいが残したものに遭遇する。そうして私は、前以上に深い暗闇に落とされるのだ。どこへ行っても何をしても、私がたどり着く先はおそろしい場所しかない。

目覚めてしまった悠里は、これ以上ひとところにいると自分が壊れてしまいそうな底なしの恐怖に耐えきれず、起き上った。隣の布団で夫の俊樹は深い眠りに入っていた。先ほどからしきりに寝がえりを打っている悠里に気づく気配もない。悠里は布団から出て、寝室に脱ぎ捨てていたジーンズと綿シャツを手に取り、パジャマから急いで着替えた。じっとしていることはもうできない。とにかく何かをしなければ……。こんな夜中に家事もできないから、外を歩くしかないと思った。時計は三時すぎをさしていた。居間のカーテンを開けて外を覗くと、街灯の光が仄かに道を照らすだけで、向陽ヶ丘一帯は深い闇に閉ざされていた。昨夕から十月中旬の冷たい雨が窓を打っていたが、今はやんでいるようだ。

玄関横のロッカーを開き厚手のジャケットを取り出した。靴箱の奥に綿のロープがあるのを見つけると、悠里は一瞬のためらいの後ロープを手に取り、羽織ったジャケットのポケットに入れた。俊樹がすぐれものだと言ってホームセンターで買ってきた懐中電灯を手にもち、悠里は玄関のドアを開けた。足もとの雑草が昨夜来の雨に打たれ、細長い葉先を地面に垂らしていた。

丘の下に目をやると、オホーツク振興局から網走川、そして港へとつづく市街地の闇に、小さな光が間遠に散らばっていた。河口の船着き場付近が特別に光っているのは、朝の水揚げのために漁船が集まり、競りの準備が始まっているからだろう。あとは頼りない光ばかりの暗く寂しい街に向かって、悠里は黙々と歩を進めた。こんな動作でも、布団の中で時間の経過をじっと耐えているよりずっとましだった。

帽子岩から先の海は、悠里の視界の中にただ黒々とした底となって横たわり、坂を下っていく悠里を呑みこむために待ちかまえているようだった。悠里はわざと靴音を立て、闇を怖れる自分を鼓舞しようとした。体を動かし、音を立てている間は、正気を保っていられる気がした。

背後からゆっくり走ってきた車が濡れた路面からしぶきを飛ばし、網走川の方向を照らした。坂を下ってきた道はしぜんと振興局に行き当たった。この一帯でとびきり大きい四角の建物の窓はすべて暗く、エントランス周辺だけがぼうっと明るんでいた。悠里は運動靴の底で歩道の枯れ葉を踏みしめ、足裏の感触をたしかめようとした。折り重なった枯れ葉から、じゅっという音をたてて水がしみだした。だんだん中央橋が近づいてきた。

あおいが首を吊って死んだ、とあおいの夫、直人から夜遅く電話があってから一か月以上になる。直人は夫俊樹と同じ信金に務め、あおいと婚約中に悠里夫婦と一緒に飲みに行ったり、サロマ湖にドライブしたりした仲であった。

「俺、直人だけど。さっき、家に帰ったら、あおいが首吊って死んでた。悠里があおいのいちばんの親友だから、すぐ知らせないと、と思って電話した」

抑揚のない、せりふを棒読みするような直人の声が悠里の耳に飛び込んできた。

「直人？　なにふざけてんの。あおいなら、あたし昼に会って、一緒にお茶飲んだよ」

「そう。でも、あおいは、夜、風呂場の入口のレールにロープをかけて死んだんだ」

「うそ、うそでしょ」

「うそじゃない。俺がこの目で発見して、警察に知らせたんだ。それと、死んだのはあおいだけじゃない」

そこまで言うと、直人の声がぷつりと切れた。

「もしもし、直人。もしもし、聞こえないよ」

動転した悠里は震える声で、何度も直人を呼んだ。

「どういうこと。直人、誰がほかに死んだの」

悠里は携帯電話に耳を押し付け、沈黙の奥に潜んでいる囁きを聞き取ろうとした。心臓の高鳴りにつづいて、耳がキーンという音の渦巻きで満たされた。

「ああ、瑞紀が風呂場で死んでた」

ずっと抑揚のないことばを語っていた直人の声が途切れ途切れのかすれ声になり、電話が切れた。

驚きとか衝撃とか、そんなもので表現される出来事ではなかった。この世で最もありえないことがいきなり降りかかり、悠里から人間としての日常の感覚を根こそぎ奪い去っていった。あれから見たり聞いたりさわったりするものがすべて、悠里の中に胸騒ぎをかき立て、気がふれるのではないかと思うほど悠里の全身をぐらぐらと揺すった。

友人の中で誰よりもしっかり者で、どんなに苦しいときにも弱音を吐くことのなかったあおいが、わずか八か月のわが子の命を絶ち、自ら首を括るなんて、そんなでたらめで滅茶苦茶な話があるだろうか。

深夜になってから、俊樹に車を運転してもらい、あおいが住んでいた信金の職員住宅に行ってみたが、警察の車が三、四台停まり、親友だと言っても中に入れてくれなかった。あおいの遺体に対面することができたのは翌々日の夕方だった。居間の隣室に横たえられたあおいの顔は青黒く変色していた。直人が瞼をなんど閉じさせようとしても開いてしまい、薄目のあおいが今にも語りだしそうに見えた。きゅっと引いた薄い唇が生きていたときのあおいそのままなのを見て、ハンドバッグから口紅を取り出し塗ってやった。指で端までのばしていくと、冷たい感触が悠里の全身にうつってきて、わっと声をあげて泣き出してしまった。

「瑞紀はどうしたの」

「変死の扱いになるので、大学病院で解剖しなければならないと言われた。遺体が戻るのにもう二、三日かかるらしい」

直人のことばで、あおいがわが子を手にかけた事実をあらためて自分に言い聞かせなければならなかった。

高校以来のつきあいのあおいは、優柔不断ではっきりものを言えない悠里に比べ、頼りがいのある性格だった。クラスで成績はいつも一、二番、行事ではいつもまとめ役を買って出て、男子にも一目置かれていた。思ったことを誰にも嫌味なく率直に話せるので、トラブルに巻き込まれたときはいつもあおいを呼んで助けてもらった。自分のようにいじいじした人間はあおいに合わないのではないかと思うのだが、悠里とのつきあいを何よりも大切にしてくれた。

高校を出て、悠里は札幌の保育専門学校に行ったが、成績がいいのに勉強はあまり好きではないと言うあおいの方は、地元の建設会社にさっさと就職した。都会の学生たちにまじって勉強するのがつらくなった悠里は、やめて帰りたいとあおいに何度もこぼしたが、電話でもメールでもあおいに情理を尽くして励まされ卒業にこぎつけた。

札幌郊外の保育園に就職して二年目、保護者との対応でミスをした結果、同僚から白い目で見られ、さんざん陰口をたたかれるようになってしまった。食事も喉を通らず、夜眠れなくなった悠里は、死にたいほどつらいとあおいに泣いて電話した。

「死にたいほどつらいなら、帰っておいで。こっちだって保育士の勤め先探せばあるよ」

とあおいはあっさり言った。

だが、母に電話をすると、わがままで気難しい父との間でいざこざが続いているので、悠里が帰ってくる家はないと、思わしくない返事だった。

「悪いけど、自分も父さんとのことですっかり神経が参ってしまって、あんたのことをかまう気持の余裕がないんだよ」

たいていは悠里の気持に寄り添ってことばをかけてくれる母なのに、と思うと頼りなさが募り、自分の行き場はもうどこにもない気がした。

そのときも助けてくれたのはあおいだった。高校生のときから悠里の家に出入りしていたあおいは、母に、家を出て悠里と住むことを勧め、不動産屋をめぐってあっという間に台町に小ぎれいなアパートを見つけてきた。

特急オホーツクで網走に帰ってきた夏の終わりの日のことを、悠里は、忘れようにも忘れることができない。ガラガラになった列車がゆっくり終着駅に入っていくと、クリーム色のスタジアム・ジャンパーとGパンを身に着けたあおいが、ホームでニコニコして躍り上がり、手を振っていた。横に母の希世子が気恥ずかしそうな顔で立っていた。ただそれは悠里を安心させる穏やかな表情だった。軽自動車を駅に乗りつけていたあおいに案内され、すぐアパートに行ってみると、眼下に海を眺めることのできる二階の部屋は清潔で日当たりもよかった。

悠里の手を取って、

「ね、いいでしょう。気に入ってくれた?」

とあおいは顔いっぱいに笑みを浮かべ、わがことのように喜んだ。あおいは他人のことでどうしてこんなに喜べるのだろう、と心の隅で思ったのを覚えている。

新居に落ち着いた母は父と離婚し、パート店員として働き始めた。悠里は保育園の臨時職員となった。ゆったりした職場の雰囲気のおかげで気持の安定した悠里は正職員になり、同僚に紹介された俊樹と出会って二十代半ばで結婚した。子どもが生まれてからは専業主婦になり、この町ではまあまあの暮らしをしている。今の生活は、あおいの快活さに励まされ、行動力に後押しされたおかげだといつも思っていた。

なんにでも臆することなく挑戦し、そつなくこなしていくあおいを見ていると、自分の何倍も豊かな世界を生きているようで、悠里は自分の小さな世界をあわれに思うこともあった。そんなときは、自分とあおいはできが違うのだと小さく納得し心にしまった。

ただ、そんなあおいは、男女関係なく誰とでも朗らかにつき合えるのに、なかなか恋人ができなかった。旅行でもドライブでも思い立ったら一人で行ってしまうあおいには、男に頼る必要がなかったのかもしれない。「彼氏つくらないの」と冗談口調で訊いたら、「あたしなんかダメよ、つくり方教えて」とけっこうまじめな顔で言い返されたことがあった。

三十間際になって仕事の関係で知り合った直人と男女の関係になったとき、あおいは傍で見ていてもいじらしいほど一途になった。悠里は、直人が偶然にも、夫の俊樹と職場の知り合いであることに驚いた。しかし、それ以上に、あおいが、直人が腎臓に厄介な持病をもっていることを十分に知りつつ、両親の心配を押しきってたちまち結婚にこぎつけたことに、何という行動力なのかとほとほと驚き、感心した。

中央橋の中ほどまで歩いて、欄干に両手をかけ水面を見た。岸辺の街灯にほんのり照らされた水面は、ゆっくり河口に向かって流れている。白く浮かんだ気泡が目の前を過ぎ、橋の下に消えていくのを悠里はじっと見つめた。川の深さはどのくらいだろう。飛び込んだら自分の体はどんなふうに沈んでいくのだろう。でも、水に漬かって溺れ死ぬのはいやだ、と思った。息ができなくてもがいている自分を想像すると、恐怖しかなかった。

浴槽で瑞紀を窒息死させたあおいは、「ああこの子を水の中に漬けるのはかわいそうだな」と思わなかったのだろうか。息ができないまま水の中にいるわが子があわれだな、という気持にならなかったのだろうか。けっして思い浮かべたくないのに、あおいの家の風呂場がよみがえってくる。子育ての先輩として、風呂はこうやって入れるんだよと得意そうな顔で教えてやったあの場所だから。

そうだ、浴槽で瑞紀を洗っているあおいの手に、きっとなにか邪悪なものが宿ったんだ。えいっと親指に力を込めて水中の赤ん坊の首を絞める感触が、ふとした瞬間に悠里の指先にあらわれることが、あおいの死後何度もあった。沈着冷静なあおいが邪悪なものにとりつかれるなら、自分にだってあるかもしれない。それなら、息苦しくてたまらないこの世界からあの世へ、自分をぽんと送り出してほしい。そうすれば、今のこの苦しみは終わりになるのではないか。

悠里は網走川に沿って、上流へ早足で歩いた。港に向かってほぼ直線に流れる川は、昨晩の雨でも水かさはあまり変わらず、暗闇の下、音もなく岸辺を舐め、橋の下をゆっくり過ぎていた。たまにパシャっと水面を突き破る音がするので、悠里はそちらに目を凝らすのだが、波紋が見えるばかりで何の姿もとらえることはできなかった。夜明けにまだ間があるこの時間、網走川は町をまっすぐ切り裂くただの黒い掘割で、川に浮かぶもの、舞い飛ぶものの姿一つ見つけられなかった。

これまで進んできた川の北側の道に黒い丘が迫ってきた。やがて道が消えると思った悠里は、駅近くの新橋を渡り、対岸の道へ進んだ。ボートを寄せるような小さな船着き場があり、悠里は立ち止まった。向こう岸は湿地の草に覆われ、背後には灌木をのせた丘が立ち上がっているのがおぼろ気に見えた。すべてが闇に溶け込み輪郭も定かでなかったが、草地の中に真っ白なものが突き立っているのが悠里の目に入った。どこかから舞い飛んできた絹のような光沢をもつ布だろうか、そう思って悠里が見つめていると、白いものは横に大きく広がり、ふわりと宙に浮いた。一メートルもあるかと思われる広がりになり、川の上空めがけて飛翔した。暗闇の中でもそれは白く輝いており、悠里はシラサギに違いないと思った。

暗闇の中の白い鳥は風を抱くようにゆっくり二、三度羽ばたいた後、水面に向かって急降下した。水面すれすれをその全身で撫でるように滑空してから舞い上がった。白い鳥が船着き場よりずっと下流の草地に舞い降りるのを見届けた悠里は、また歩き出した。鳥は空を飛んでいる自分が怖くならないのだろうか。怖くなった鳥が闇の中に宙づりにされ、凍りついてしまうことはないのだろうか。悠里はおかしなことを考えている自分の頬を軽くたたき、「やっぱ、鳥になるのはいやだな」と呟いた。

悠里はなおも歩き続けた。よし、よしと小さく声を出し、大股で進むと、体がほんのり温かくなってきた。夜明けはまだ遠い、歩けるだけ歩こう、刑務所前の橋にだって行けそうだと思った。

最後にあおいに会ったときのことが、ありありと思い出される。息子二人を幼稚園バスに乗せてから、あおいの住宅を訪ねたのだ。体をのけ反らしてむずかる瑞紀をあやすあおいと小一時間茶飲み話をした。

「夜泣きが止まんなくて、神経まいっちゃう」

というあおいに、

「夜泣きされるとほんと困るよね。だんなにも、瑞紀をあやすの代わってもらったら」

と深い考えもなく返事をした。あおいが「まあね」と、気持のこもらない声を返したときに、どうして自分は気づかなかったのだろう、と悠里は悔恨の念で胸がふさがる。

腎臓の持病を抱えている直人にあおいは育児を頼めなかったのだ。両親の心配を押し切って結婚したあおいは、それみたことかと言われるのが嫌で、すべて自分でやろうとしたに違いない。ただでさえ完璧主義のあおいは、夫の世話を含めて家事をすべてこなし、育児も一人で全部やろうとしたはずだ。両親が健在なのだから、ときには瑞紀を預けて息抜きをすればいいのに、誰にも頼ろうとしなかった。直人が手を貸そうとしても断っただろう。あおいはそういう女だった。

まだ瑞紀が生まれる前、雪が積もった休日にあおいの家を訪ねたら、玄関前でママさんダンプを押していた。除雪は夫がやるものと決めている悠里は、

「あおい、雪かきまでやってるの。直人はいないの」

と軽口をたたいた。

「ほら、直人、体あんまり丈夫じゃないから」

あおいは屈託のない笑顔で悠里に答え、悠里は、家の仕事を男女関係なくばりばりこなすのはあおいらしいと感心したものだった。だが、考えてみると、一事が万事で、直人との結婚生活に対し誰かがケチをつけるのを気にしたあおいが、一人、たくさん荷物を背負いこむ生活をしていたに違いない。瑞紀が生まれ、子育てが自分の思う通りにはいかないものだという事実にぶつかっても、あおいは誰かに弱音を吐き、助けを求めようとはしなかった。

どうしてあおいが本当に危ないところに来ていることに自分は気づかなかったのだろう。あおいの母多賀子が、

「ねえ、悠里ちゃん、この頃、あおいおかしくない？　この前ね、なんか変な声が聞こえる。あたしに命令するみたいなおかしな声が聞こえる。幻聴かな、って言うのよ。瑞紀の子育ても家の中も全部うまくいってる、って言い張るから本人にくわしく聞けないんだけど」

と悠里に相談してきたとき、本気で心配しなかった自分はどうかしてた。

あおいに面と向かって、困ってることがあったら言いなよ、と迫ればよかったのだ。それなのに、誰よりも強い心をもっているあおいでも悩むことがあるんだ、くらいに思って何もしなかった。それどころか、どこをとっても自分より優れているあおいが、子育てで参ってるんだ、その点は自分の方がうまく切り抜けられたんだ、と小さな優越感をもったりしたのである。

あおいの葬儀の後、多賀子のところへお悔やみのあいさつをしに行ったが、じっくり話せなかった。高校生のときからしょっちゅう遊びにいって、なんでも気軽に話せる〝おばさん〟になっていた多賀子なのに、あおいの死について、どう話せばいいのかわからなかった。いやそれ以上に、あおいの幻聴のことを聞かされたのに、結局なにもしなかった自分のことを多賀子が追及しないだろうか、「それでも親友と言えるのか」と責めないだろうか、と思うとこわくてたまらなかったのだ。自分は、そんな弱くて、情けない人間だと心の中で喚きながら、あおいの実家に足を向けることを避けてきた。

悠里は、あおいの死によって、自分が小さな世界の中で自らの得や楽に目を奪われ、大切なものを何も見ていなかった事実に打ちのめされた。世間では、あおいの死が好奇の目にさらされ、さまざまに尾ひれをつけて取りざたされた。いわく、夫が浮気をしていたのがあおいの自殺の動機だ、実際、当日も夫は夜遅くまで帰らなかったと言うではないか、あの家は夫が女のところに行ってほとんど帰らないので除雪も全部奥さんがやってた。そんな噂話を得々として流す人々に、あなたたちにあおいの何がわかると怒鳴ってやりたかったが、気の小さい悠里には声をあげることができなかった。それどころか、噂話にうろたえる自分がいた。死んでしまったあおいさえ守れない自分が心底情けなかった。

あおいが瑞紀をあやめ、首を括ったのは、あおいの心がもう引き返し不能の狭い袋小路に入り込んでしまったからだ、と悠里は思う。母乳があまり出ない、瑞紀がミルクをあまり飲まないし夜泣きが激しい、多くの母親が悩む子育ての難問を、あおいは自分の努力次第でなんとか解決できると思ったのだろう。しかし、子育ては、完璧にはいかず、成り行きに任せるしかないところが多い。それがあおいにはできなかった。家事がおろそかになり、直人の世話も十分にできない、そんな状況に直面したあおいはきっと自分を責めただろう。

精神状態が異常になったあおいに悪魔の声が「この子さえいなければ、すべてはうまくいくんだ。元通りの快適な生活が戻ってくる。さあ、この子を殺せ」と命令したに違いない。どうして、あおいがそんなおそろしい世界に入り込んでいることを自分は察してやれなかったのか。あおいの母から相談されたのは、この私なのに。

　思い出したくないことが次々と悠里の脳裡に湧き起ってきて、悠里は自分が壊れてしまいそうな瀬戸際から逃れようと小走りになった。ずっと遠くにあると思っていた鏡橋が目の前に現れた。橋の半ばまで渡って川を見下ろした。中央橋で見たより流れはずっと速く、さざ波が立っているのが見えた。日中は観光客で賑わう橋だが、観光案内所、駐車場、土産物店、どれも暗闇の中、ひっそりとしている。街灯が、橋から刑務所に向かう道を照らし出していた。赤いレンガ塀で取り巻かれた刑務所も闇の底に沈んでいた。

　わが子をあやめてしまったあおいがもし死を選ばず、自首したらどうなったのだろう。どこかの刑務所に収容されただろうか。そのとき、きっと悠里は、あおいを支えるために面会に行くだろう。悠里は、しなくてもいい想像が勝手に進んでいくのを止めることができなかった。想像の中のあおいは、とても冷たい顔をして「あんたには、関係ない。早く帰って」と言って、後ろを向いてしまった。悠里が何か話しかけようとしても、あおいの背中が拒絶の意思を語っていた。どんなことがあっても、私はあおいの味方だ、あなたを支え続けると告げても、「できるはずもないことを言わないで」とあおいにぴしゃりと断られそうな気がした。だから私は何も言わずに帰ってくる。私はただうろたえてさ迷っているばかりなのに、あおいはまったく違う場所に行ってしまって、もう二人が交差することはないのだと思い知らされた。

悠里は腕時計をしていないのに気づいた。今、何時なのか、見当がつかない。もう、家に帰った方がいいだろうか。俊樹が、悠里がいないのに気づいて、あちこちに電話し始めたら困る。あおいの死にいちばん衝撃を受けたのは悠里だ、悠里が二番目の自殺者にならないように注意して、と俊樹に忠告したのは澄恵だった。澄恵は、あおいの葬儀後、毎日のように悠里のところに顔を出して世間話をしていくようになった。あおいや悠里と同じ高校を卒業した澄恵は北見でクラブ勤めをやった後、網走近郊の農家に嫁入りし、すっかり肝っ玉母さんになっていた。野菜をもってふらっと現れる澄恵は、「元気か」と言って、悠里の家にあがり込み、会話のはずまない悠里とちょっと時間を過ごしては帰って行った。そんな澄恵の耳に夜中に悠里が消えたなんて伝わったら、ご自慢の大型四駆で網走中探し回るだろう。だが、悠里の体の中に居すわった不安が、道を戻ることを許さなかった。鏡橋の上で足踏みを繰り返した悠里は、橋から引き返し国道に目をやった。

何時かわからないままに悠里は国道を渡り、線路を越えてなお歩いた。天都山に登る道を見つけ、先を懐中電灯で照らした。裸木に両側を縁どられた道がまっすぐ延びていた。街灯がほとんどなく、足もとも見えない暗闇の道であった。悠里は懐中電灯で前方を照らしながら歩き続けた。

あおいが狭い道に迷いこんでしまったように、自分もふつうの人間が生きている世界からはみ出してしまった。自分がいるところは、色も匂いも味もない、何をしようとしても窒息しそうな苦しさだけがつきまとってくる世界だ。そこからふつうの世界に戻ることは不可能な気がする。こんな場所に来ないですむ方法はなかったのだろうか。悠里は懐中電灯を頼りに坂道を大股でのぼりながら、考えた。

　あおいは、瑞紀を抱えた生活が自分の思うように運べない毎日が続いて、限界に達していたはずだ。寝不足でふらふらしながら直人の弁当をつくり、家の掃除をし、実家に瑞紀を連れていって元気な顔を見せるなど、すべてがうまく行っていることを演じなければならなかった。でも、うまくいかないから、気分は鬱になり、自分は駄目な人間だと思い込んで苦しんだろう。それに早く気づいて、「うまく行かなくて当たり前だよ」と言って、ただそばにいてやればよかった。それなのに、タフでなんでもこなすあおいだから、自分がおせっかいをしなくても乗り切れると思っていた。ああ、私はなんて鈍い女だったことか。

　過ぎてしまった時間は戻れない、歩いてしまった道は消すことができない、このどうしようもない現実が悠里をいても立ってもいられない気分にさせた。心の平穏が戻るのを待ち望みながら、あおいの死後一か月が過ぎた。自分の安住の場所がどこにもないという感覚に浸されるのはとても苦しく、苦しさは増しこそすれいっこうに消えそうもなかった。

　悪魔があおいに瑞紀を殺せと囁いたのなら、私にも囁いてほしい。「お前自身を殺せ」と。悠里はポケットの中のロープを右手で握り、道の両側に広がる森をうかがった。悪魔が導いてくれるなら素直にしたがい、森に入って手頃な木の枝にロープをかけ、首を括っていいと思った。幼い息子二人を残して命を絶つとなるとどうしてもためらいがある。でも、自分を超えたものが力づくで引っ張っていくなら身を任せよう。

悠里はどきどきしながら、足が道をはずれ森へ踏み出していくのを待った。懐中電灯の光があてどなく木立の間をさ迷った。揺れる光が灌木の幹を照らした。落ち葉が積もった森へ、まばらな木々の間を縫って悠里にも踏み入ることができそうだった。悠里はポケットのなかのロープの感触をたしかめた。しかし、どこへでも向かえと念じた悠里の足は、いっこうに道を逸れることなく坂を登り続けた。

森をとりまく闇がほんのわずかに薄らいできた気がした。悠里は前方遠くを照らすつもりで懐中電灯の角度をあげた。二、三十メートル先の空間に小さな光がいくつも浮かんでいた。悠里は「あっ」と小さく声をあげた。いよいよ自分を引きさらっていくものが現れたのだろうか。

懐中電灯をもつ右手が震え、光の当たった木立や地面の小石が現れては消えた。悠里は、闇の中の光の粒を見つめた。どの光も対になって宙に浮かんでいた。たいていはじっと止まっているのだが、急に動き出すのもあった。動くときは対になったままで、上下に移動したかと思うと、ふいに消えた。

悠里は光に誘われるように歩を進めた。だが、光の正体を確認してやろうとして急ぐと、どの光もさっと消えて道の先は真っ暗闇に戻ってしまった。このあたりで光っていたはずだと思うところまで来ても、何もない。悠里は懐中電灯でゆっくり周囲を照らしたが、葉を落とした細い樹木のほかに何もなかった。だが、視野を上げ懐中電灯で前方を照らすと、またも、対になった光の群れが、悠里を待つかのように宙に浮かんでいる。ためしに、懐中電灯を横に逸らすと光はかき消えた。

何かいるのだ、と悠里は思った。鼓動の高鳴りに全身を震えさせながら、人にしろ、亡霊にしろ、自分を待っているものがいるのだと思った。ひょっとしてあおいか、という期待とも怖れともつかぬ思念が胸を横切った。あおいが幼い瑞樹を連れて自分を呼びに来たのだろうか。悠里はゆっくり足音を忍ばせ、前に進んだ。夜がほんのり白みはじめ、森の木々がおぼろに輪郭を現してきていた。

光の粒が見えたはずの場所に着いたが、やはり何もいなかった。ただ目を凝らすと、前方を照らした懐中電灯の光の届かぬなお先に、なにか白い三角のものがひょいひょいと上下しながら道を進んでいるのが薄ぼんやりと見えた。一つ、二つではない、白い三角のものは七つ、八つと群れをつくり、薄闇の中を軽快に上下していた。

光の粒と白い三角を追って悠里は山道を登り続けた。光の粒が見えたと思った地点に何度着いても、何ものの存在も認められなかった。同じことをくり返すうち、悠里は自分が息を切らすほど歩を速めていたことに気づいた。

苦しくて歩けない。悠里は山道の曲がり角で立ち止まった。不意をつくように夜が白み始めた。悠里の視界に、白い三角のものが帯びた丸みとその下に伸びた脚、やわらかな筋肉をまとった細い脚が、まるで掌でさわったような質感であらわれた。七、八頭のエゾシカだった。懐中電灯をもってのぼってくる悠里を怖れ、山道を先へ先へと逃げて行っているのだった。

なぜ横の林に逃げないのだろう、私をやり過ごせばいいのに。ひたすら前に進むエゾシカは、私をどこかに連れて行こうとしているのだろうか。悠里がそう思ったとき、木立の上に電波塔の先端が現れ、シカたちの姿はふいに消えた。

悠里は展望台に向かって急ぎ足になった。東の空が明るみ、木立を透かして金色の光が洩れてきた。網走の市街地とその向こうのオホーツク海が見えてきた。恰好の角度で光が当たっている山肌と木々だけが金色に輝いた。朝のほんのわずかな一瞬、地上に形を織り成すさまざまなものが、偶然、賜物のような光を受けて金色に輝き、またすぐにもとの色に戻っていく。悠里はその瞬間に立ち会ったことで、不思議に心が高鳴った。

展望台の下まで来た。建物の上にあがる階段は閉ざされていた。悠里は、観光客の散策用の石段に腰を下ろし、大きくゆったりした曲線を描くオホーツクの海岸を眺めた。濤沸湖と原生花園が視野の底辺になり、その向こうに、朝日のシルエットになった山々が黒く長く続いていた。

悠里は急いで帰らなければ家で騒ぎになると思いながら、その場を動くことができなかった。昇っていく朝日が金色から白く眩い光に急速に変わり、水平線を離れた。気がつくと、灰色のヴェールのようだった空が澄んだ水色に変わり、天都山は一面の青空の下になだらかな斜面を広げていた。

黒かった山々が、今度は青い空を背景に、浮き出すように連らなっていることに悠里は息を呑んだ。いちばん大きいのは斜里岳だろう。尖った山頂から中腹まで白銀に輝き、鋭い谷を刻んだ山肌の凹凸がくっきりと浮かびあがっていた。なんという大きさか、と悠里は思った。一晩にして雪化粧した山は、大地からそびえ立つ存在に様変わりしていた。左に目を移すと、黒いシルエットの山々が白いのこぎりの歯に変わり始めていた。羅臼岳をはじめとする知床連山だと悠里は思った。この世のものとも思えない輝きをまとった連山は、超自然の力が海上にこしらえた別世界のようだった。

なぜ、このようなものが世界に存在するのか、なぜ光がこの世界に溢れるほど存在するのか、悠里は遠くの白い輝きを眺めるうちに、涙が止まらなくなった。拳で太ももを何度もたたき、こみあげてくる情動に身を任せ、声をあげて泣いた。あおいに会いたいと思った。あおいと手を組み、眩しくあたたかい光に包まれて、いつまでも時を過ごしたいと思った。

身をよじるほど泣くと、自分の体があたたかくなり、心の中の錘が少し軽くなった気がした。時間の谷間に宙吊りされ、一刻一刻の経過に神経が震えていた自分だったが、山に登り始めてからここまで、時の流れに身を任せるままになっていたことに気づいた。どのようにしたらこの怖しい世界から抜け出せるのかたしかな道筋は今もわからないが、ゆったりと息をすることのできる場所に戻る道はあるのかもしれない、という小さな希望を感じた。

さあ急いで帰ろう、帰って子どもを幼稚園に送り出したら、あおいの母、多賀子のところを訪ねようと思った。多賀子のつらさは自分とは比べものにならないとどうして今まで思い至らなかったのだろう。

「おばさん、来たよ」と言って、ただそばに居よう。慰めのことばなんて言えない。二人で泣いてるだけでもいい。黙ってそこに居るしかできないが、今の私にできることから始めよう。それしかないと思った。

金色の川

1

ゆずきのおねしょが止まらない。紙パンツにパッドをあてがって寝床に入るのだが、朝起きるといつも、パッドが尿をたっぷり吸い込み生温かくなっている。手にもつとずっしり重い。ゆずきは、脱いだ紙パンツを床に放り出した状態で小学校に行くので、時生があとで片づけに行くときは、いつも尿の臭いが部屋を漂っている。

着替えをしたら、紙パンツをトイレに置いた蓋つきのバケツに入れるようにゆずきに繰り返し言っているのだが、守ったためしがない。ゆずきは、臭いのついた紙パンツを時生が始末していることをわかっているのだろうか。

使用済みの紙パンツとパッドは、燃えるゴミの日に生ごみと一緒に袋に押し込み、ごみステーションにもっていく。ゴミ処理場の焼却炉の中でゆずきの尿は瞬時に水蒸気になって消えるにきまっているのに、時生はいつも、炉の内部をゆらゆらと漂う靄を思い浮かべてしまう。

今日も朝七時、時生が起こしに行くと、ゆずきはふだんどおり眠りの底にいた。

「ゆっき、朝だよ、起きて」

時生は腹に力を込め、ゆずきの耳元で声を出すのだが、反応らしきものは少しも現れない。

「ほら、朝だって。起きなきゃだめだよ」

布団からはみ出た肩を軽く叩いてもう一度呼びかける。ゆずきの瞼にかかった長いまつげはぴくりともしない。ふっくらとした頬を指先で突いてやろうかと思ったが、やめて台所に戻る。

一度声をかけただけで起きてくるのがいちばんいい。いい目覚めをして、服を着るのも小学校へ行く支度も自分でどんどんしてくれたら、朝のトラブルに遭わずにすむ。そんないい朝が来ることがたまにあるのだ。

無理矢理起こすと、不機嫌が服を着て歩いているような状態になり、テーブルの上のものを床に投げつけたり、くず籠を蹴飛ばしたり、時生に食ってかかってきたりする。そんなことはできるだけ避けたいので、時生は食パンを焼き、目玉焼をつくりながらしばらく待つ。

だが、ゆずきが起きてくる気配は少しも感じられない。時生はわざと足音高く階段を上り、引き戸を開けながら、さっきより大きな声を出す。

「ゆっき、おい、起きなきゃ。ぼやぼやしてると学校、遅れるよ」

ゆずきは時生の声に少しも反応しない。時生はベッドの横に行き、布団と毛布を五十センチほどめくる。肩をつかんで軽く揺する。

時生の家に来たばかりのころ、いきなり強く揺さぶって、ゆずきが暴れ出したことがあった。「やめろ」と怒鳴りながら、ゆずきは足をばたばたさせた。「おじさんだよ。落ち着きなさい」、そう言ってゆずきの上に身を乗り出すと、足で胸を蹴られた。小学校三年生にしては腿もふくらはぎも太く、力が強い。時生は息が詰まり、床に蹲った。それ以来、ゆずきを起こすときには、体にふれても、思い切り力を入れないようにしている。

「うわー」

ゆずきが突然目覚めて叫び声をあげる。布団にくるまったまま、右に左に転がり止まらなくなる。掛け布団がベッドからはみ出し、垂れ下がる。時生は、眠っていたゆずきの体がいきなり激しい渦の中に巻き込まれていくのが、不思議でならない。まるでチョークを引いて点火する昔の車のようだ。眠っていたエンジンがいきなり最高回転に昇りつめ、怖ろしいほどの唸りをあげて車体を震わすみたいなものだ。

「ああ、やっと目が覚めたな。早く着替えて、ご飯食べるんだよ」

時生は転がっていたゆずきの動きが落ち着き、ベッドで上体を起こしたのを見て、台所に戻ろうとした。

「待って」

時生のシャツの裾をつかんで、ゆずきが怒鳴った。着替えの服をタンスから出すのを時生に手伝わせるつもりだ。

「だめだよ。自分でちゃんと、着替えなくちゃ」

シャツの裾をがっしりと握ったゆずきの手を放そうとする。やさしく手をつかんで穏やかに話す。

力ずくで放すと、ゆずきの神経がまた暴風状態に戻りかねない。布団の中でのたうち回り、「今日、学校に行かない」と、時生を困らせる切り札を出してきたら大変だ。とにかく、ゆずきの起きがけにつきあうのは、地雷原を歩くようなものだ。

ゆずきの手を握ってゆっくり話しかける。

「いいね、着替えて居間に下りてくるんだよ。ご飯食べて、学校だよ」

時生が部屋の入り口まで戻ると、

「わかってるって、いちいちうるせえんだよ」

と言いながらゆずきがベッドから出てきた。この目覚め方ならたぶん大丈夫だろう。朝食もちゃんと食べて小学校に出て行くだろう、と安堵する。

朝、ゆずきを起こすのが日課になってから、時生は、人が目を覚ますと寝る前とおなじ日常に戻っていくことが、ふつうのようでふつうでない気がし始めている。目が覚めるのは、眠りの世界から覚醒の世界へスイッチが切り替わることだが、うまくスイッチが切り替わらなくておかしな世界に神経が接続されてしまうことは十分にありうることだ。

実際、ゆずきが暴れるのは、目覚めたときに穏やかで安定した世界に出会っていないからではないか。もし、時生自身、目覚めたとたん違和感に満ちた不安定な世界に放り出されたら、もがき暴れるだろう。ほとんどの人が何事もないような顔をして起きてくるが、そのこと自体とても不思議なことではないのか。時生は、ゆずきのようにおかしな具合にスイッチが切り替わることは、誰にでも起きうるような気がしてきていた。

妻の知子が時生に腹を立てて家を出て行ってから二か月。朝食を用意し、ゆずきに食べさせ、歯を磨かせ、授業道具をそろえてランドセルに入れさせる、それらをみんな時生が世話する。すべて準備が終わったら、通学路を半分までついていかなければならない。学校に行かないといって駄々をこねた日、ゆずきの手を引いて途中まで歩いた。その日以来、ゆずきは時生が一緒についていかなければ、登校しなくなってしまった。


事の発端は、八か月前、卒業生の西谷あさりが娘のゆずきを連れて突然、磯田時生の家を訪ねて来たことにある。夜間定時制高校を定年退職し、今は昼間の高校に週に三日時間講師として教えに行っている時生が仕事のない日のことだった。

風呂掃除をしている知子が、

「ちょっと、あなた、出てよ」

と大声をあげているので、ソファに寝転んでいた時生は、手にしていた本をテーブルに放り出し、玄関に向かった。ドアを開けると、胸もとが大きく開いた黄色いワンピースにコートを羽織ったあさりが、ゆずきと手をつないで立っていた。ゆずきは紺と赤の縞模様のニット帽を目深にかぶり、街頭の置き人形のように身動きしなかった。

「ときおー、ひさしぶりー」

「えっ、なんだ、あさりか」

「そうだよ、いきなり来たさ」

「いきなりもいきなり、電話くらいしてから来いよな。びっくりした」

「そんなこと、いいじゃん。ときおさ、うちら卒業するとき、いつでも遊びに来いって言ってたよー」

「そんなこと言ったか」

「言ったさ、ばっくれんじゃないよ」

あさりは、シャドウを濃く塗った右目の下を思い切り引いてあかんべえをした。

「そうか、そうか。まあ、よく来た。あがんなさい」

あさりは俯いて動こうとしないゆずきに声をかけた。

「ゆず、このおじちゃん、こわくないよ。ママといっしょに入ろ」

瞼近くまで帽子を下ろしたゆずきは、時生と視線を合わせるのを避けるように首を傾げたまま、あさりに手を引かれ居間に入ってきた。

2

西谷あさりは磯田時生が四年間担任をした生徒だった。三年生の三月、職員室の様子を入り口で窺っていたあさりが、時生のそばに他の職員がいないのを見て忍び足で近づいてきた。

「ときお。うち、子どもできたみたいだ、どうしたらいい？」

と、小声で話し出した。

「おいおい、なんだって。お前、それ誰の子よ、うちの生徒か？」

「いいや、カレシの子ども」

「カレシって？」

「鳶やってんの。他の学校、中退したんだ。でも、ちゃんと結婚するって言ってる」

「子どもできたってカレシに言ったのか」

「言ったよ」

「カレシはなんて言ってるんだ？」

「どうせ結婚するんだから、産んでもいいぞって」

「ほんとかよ、男の言うことなんかあてになんないんだぞ。あさりの腹がこんな大きくなったら、他の女のとこに遊びにいくかもしれんぞ」

時生は両手で、突き出た腹回りをつくって見せた。

「なにも知らねえくせに、カレシの悪口を言うな」

あさりは口を尖らせて時生に食ってかかり、時生のすわっている椅子を蹴った。

「怒るなよ。で、あさり、お前はあかんぼを産みたいのか」

「ああ、シュウジの子だから産みたいさ。けど、妊娠してるのがわかったら、学校やめなきゃなんないんだろ」

あさりは目を潤ませて時生の答えをじっと待った。

「さあ、そんな校則があるかどうか、俺は知らん。それより、そのシュウジ君を俺のところに連れて来い。いいかげんなやつだったら、子どもは産まない方がいいぞ」

時生はシュウジを学校に呼び出し、あさりと本当にいっしょにやっていく気があるのか確かめた。

紺の作業服にニッカボッカをはいて現れたシュウジは、色白で、金色に染めた髪を額に垂らしていた。髪の間から覗く目には、あどけなさが残っていた。姓は長崎というのだと言った。

「君は、あさりが子どもを産んだとしてだな、父親の責任をちゃんと果たせるのか」

「責任てなんですか」

時生は一瞬、シュウジがふてくされて言い返したのかと思ったが、シュウジの目は至って真面目な色を帯びていた。

「たとえばね、子どもが一人前になるまで育てていけるかな。働いて稼いだ金はぱあっと使えないんだよ。あさりや子どもと暮らすためにかなりかかるんだから」

「大丈夫です。俺、あさりが好きだから、そんなてきとーにやらないです」

そう答えたシュウジは、反り返るくらいに背筋を伸ばし、時生の視線にまっすぐ目を合わせた。

その時から、時生は、高校生の妊娠・出産なんてとんでもない、いくら定時制でも許せないことがあると言う職員の圧倒的多数を相手に粘り強い説得を始めた。妊娠がわかった時点で自主退学を勧めるべきだ、それができないなら中絶するようにもっていくのが担任の務めだ、と多くの同僚に言われた。自分がどれだけ苦労して受け持ち生徒に中絶をさせたか、体験談をとうとうと語る教員もいた。

実際問題としては、中絶するには母体が危険な時期に入っていた。それ以上に、あさりがシュウジの子を産みたいという気持がとても一途で、時生は、あさりの首に縄をつけて産婦人科に引っ張っていくようなことはできないと思った。

では、あさりが子を産むとして、妊娠がわかった生徒を高校に通学させるのをどのようにして他の教員に認めさせるか、これは難題だった。妊娠した生徒が平気な顔で学校に通ってくるなんてありえない、それは学校が生徒にセックスを奨励しているようなものだと、多くの同僚が言った。生徒の実態からはずれた、そんな建前論を言っても始まらない、と真っ向から反論しても埒があかなかった。

そこで、生徒指導部長の藤瀬に狙いを定め、毎日のように、

「俺はあさりを卒業させなければ、一生後悔する。頼むからなんとかしてくれ。俺とお前の仲だろう」

と懇願を繰り返した。藤瀬は時生と同様、夜間定時制に長く勤務し、定年まで間もない身の上であるのもいっしょだった。ときには学校そばの居酒屋に藤瀬を引っ張り込み、あさりが高校生の身分のまま出産できるよう協力してほしいと口説いた。

時生の執拗な頼みに根負けした藤瀬は、あさりの出産予定が学校の夏休み中であること、出産後はあさりの母親が子どもの世話を引き受けてくれることを確認した上で、あさりが高校生のまま出産することを呑んだ。

学校の風紀を乱すようなことは絶対認められないとする若手教員たちを、藤瀬と時生でなんとかなだめすかし、学校としてあさりの妊娠を黙認することになった。臨月近くなったあさりは大きめのワンピースを着て登校を続け、夏休みに出産した。出産後一か月であさりは登校を始め、他の生徒といっしょに卒業した。

やってみればなんということもない。女が男と出会い、子どもを産むことは自然なことだ。時生は、卒業式の日、母親に抱かれてきた赤ん坊を教室でわが手に受け取り、誇らしげに級友に見せるあさりの様子を見て、そう思った。

あれから八年、あさりがあのときの子の手を引いて目の前に現れた。

「おい、どうしたんだ。なんか、俺に頼みでもあるのか」

居間のテーブルについたあさりに問いかける。あさりはにやっと笑って答えない。

「その子は、名前なんて言うんだっけ。何年生になるんだ？」

「ゆずき、このおじちゃんに教えてあげて。名前と学年だよ」

ゆずきと言われた女の子は、腕組みをした姿勢のまま額がテーブルに着くほど首を折り曲げた。時生に向き合うことを全身で拒否しているのが見てとれた。

「なにやってんの。ちゃんと顔をあげて話しなさい」

「いいよ、無理に話さなくたって。ママに聞くから」

時生は、ゆずきの丸まった背中からあさりに視線を移した。

「この子はねえ、長崎ゆずき、桜台小学校三年生、今、八歳なんだ」

「桜台小学校って、お前、すぐそこの小学校だろ。あそこに通ってるのか」

「そうだよ」

「へええ。俺の子どもたちもみんなあそこに通ったもんだ。もう、とうに卒業して、この家にはいないけどな」

「うちさ、ときおが小学校の近くに住んでるってわかったから、今日来たんだ」

「なんだって？　わけがわからないこと言うなよ」

「あのさあ、ときお。頼むからこの子を半年預かってくんない？」

あさりがいきなり時生にとりすがる顔つきになって話し出した。

「なんだとお」

「だから、ゆずきを預かってほしいんだよね。ときおの家から学校近いじゃん。預かってもいいっていう友だちもいるんだけど、学校から遠くて駄目。この子、転校はぜったいにやだって言うもんだから」

「なになに、あさり、もっと落ち着いて言え。どういうことかさっぱりわからん」

「もう、ときおは頭悪くて困るわ。いいかい、よく聞いて。うちねえ、どうしても東京に行って、あいつ見つけてこなきゃいけないの」

「あいつって、シュウジか」

「そう、よく覚えてるね」

「そりゃ、覚えてるさ。あさりと生まれてくる子に責任をもちます、って言ったシュウジ君だろ」

「まあね。でも、とんだクソ野郎だったの。うちの稼いだ金もってとんずら。あの金には、うちらの未来がかかってんだよ」

「なんだ、あさり、シュウジ君とうまくやってたんじゃないのか」

「うーん、あいつさ、調子いいことばっか言って、チャラ男もいいとこ。仕事終わったらいっつもすきのに直行で、そのうち全然帰って来なくなった。仕方なく、この子を母さんに預けて、うちが働いてたんだよ。けっこう稼いでさ、店でも開いて、この子を育てていけるかって思ってたのさ」

「稼いだって、フーゾクか?」

「詳しいことは、いいじゃん、うんと稼げる仕事なんてあんまりないんだから」

「まあ、わかった。それでどうしたんだ」

「それで、シュウジのやつ久しぶりに帰って来たからさんざん文句言ってやったら、うちのことを殴る蹴るだよ」

「ひどい男だ」

「まあね。それだけじゃない、うちの稼いだ金を入れた通帳とか印鑑かっさらって、俺は東京ででっかいことやってくるだってさ」

「あのシュウジ君が飛び出していった、というわけだ」

時生は俯いたゆずきのおかっぱ頭を見ながら、ゆっくり呟くように言った。

そうか子どもが八歳になるまで、なんとかいっしょに暮らしはしたのか。若く遊びたい盛りの男に、生真面目な家庭人であり続けさせることは難しい。体を張って仕事をしている男ならなおのことだ。気の強いあさりでも無理なことだったのだろう。あさりの子が、若い両親の愛情に恵まれて幸せに育っていく場面をちらっと夢見たことがあったが、それは自分の思いに合わせて都合のいいドラマを思い描いていただけだったのだろう。

「ただ飛び出したんじゃない。金の持ち逃げだよお」

あさりは口を歪めて声を吐き出し、憎しみをあらわにした。

「いったい、いくら盗られたんだ」

「千五百」

「えっ、千五百万か」

あさりは黙って頷いた。時生は、あさりが風俗店で働いていてけっこう売れっ子らしいという卒業生の間の噂が本当だったのだと思った。風俗嬢の母のもとでゆずきはいったいどんな風に育てられたのだろう。思いがかけめぐった。

「お前、よくそんなに稼いだな」

「まあね」

「警察には届けたのか」

「もちろん。あんなやつ、捕まればいいんだ。けど、警察なんか、さっぱり頼りにならない。立派な泥棒なんだから、さっさと捕まえてほしいのに、連絡の一つもない」

「それとお前、銀行に知らせて、口座から引き出されないようにしないと」

「うちもばかだったよねえ。警察よりも先に、銀行に知らせればよかったのさ。気づいたときには、金が全部下ろされてた」

あさりは俯いたゆずきの背中に手を置き、トレーナーの生地をぎゅっと握りしめた。首が締まったゆずきは、苦しそうに上体を揺らし、肩をあさりにぶつけた。

「まったく、ばかな母さんだ」

「ときおに言われる前からわかってるって」

「まあな。それでシュウジを探しに東京に行くっていうんだな」

「そういうこと。あいつの東京の知り合い、うちにも見当つくんだ。シュウジのやつをとっつかまえて、必ず金を取り返してくる。だからね、それまで、ゆずきを預かってほしいんだ」

話の途中から居間に入ってきた知子が、テーブルにつき、時生とあさりの話に耳を傾けていた。ゆずきを預かってほしいというあさりのことばに、知子の唇が固い一文字になった。気が進まないときに知子があらわす癖だった。

「お前、俺のところに来る前に、母さんに頼めよ」

「いや、母さん、再婚してさ。相手の男をゆずきが怖がるもんだから、預けられないのさ」

「なんだそりゃ。よく知らない男がいやなんだったら、俺だって怖いだろ。なあゆずきちゃん」

時生がそう言ってゆずきを見ると、テーブルにおいた腕に顎をのせたまま、上目遣いで時生を見返した。頬を緩め笑いかけてやろうとした。ゆずきは思い切り目を見開き、時生の顔の変化を不思議そうにみつめた。ゆずきの顔がだんだん上がってきた。

「ほら、怖いおじさんだろ。こんなおじさんのところにはいられないよね」

ゆずきはしっかり顔を上げた姿勢になったが、何も答えず、時生をなおもみつめ続けた。

「あー、ゆずはこのおじさん気に入ったんだ。そうだよね」

そう言って、あさりはゆずきの顎に手をかけて自分の方を向かせ、にっと笑いかけた。

「この子、緊張すると、ぱぱっとことばが出ないんだよ。答えないのは、嫌いだからじゃない。けど、顔見たらわかる。ときおを見て、この人なら安心だ、って顔してる」

「おいおい、勝手に決めるなよ」

そう言いながらも時生は、ゆずきに嫌われなかったことで気持がかすかに浮き立った。こんな子に俺は安心感をもたれるのか、と。小さな子の面倒をみる気力も体力もなくなっていたが、半年なら、珍客の滞在と思って過ごすこともできるのではないか、そう思って知子の横顔をうかがった。

かつて、あさりが在学中に出産したことを時生から聞いた知子は、

「あなた、子どもは産むのも大変だけど、生まれてからも大変なのよ。ちゃんと育てられるのかしら」

と、不安を口にした。何事にも楽天的で奔放な生き方をしているあさりをあからさまに非難することはなかったが、女には思うようにならないことがたくさんあるのだと言った。本当のところ、知子のことばの矛先はあさりではなく時生に向いていたような気がする。自分の奔走のおかげであさりが高校を辞めずに子どもを産めたのだと自慢気な時生に、冷や水をかけていたのかもしれない。

その知子が、困ってやってきたあさりの頼みを受け入れるかどうか。時生は黙って天井を仰いだ。

「なあ、半年限りなら預かってやってもいいんじゃないか。うちは、子どもがみんな家を出て部屋は空いてるんだから」

時生は知子の表情の動きを見守った。

「あさりさん、あなた、半年たったら必ず迎えに来るという保証はあるの」

「大丈夫です。半年は一番長くてっていうことです。シュウジを見つけて金をとり返したら、もう来週でも、再来週でもすぐ帰って来ますから。もしうまくいかなくても、半年後にはぜったい帰って来

ます。だから、安心してください」

あさりは、テーブルにのせた知子の手の甲に自分の手を重ね、

「奥さん、すみません。一生のお願いです、助けてください」

と言いながら、頭を下げた。

なおも眉に険を残した知子は言った。

「半年たってもあなたが帰って来ないときは、私たちはどうすればいいのかしら」

時生は、ゆずきが大人たちの会話をいったいどういう気持で聞いているのか気になった。ふと視線をゆずきに向けると、ふっくらとした丸顔の中で長いまつげの目が、二、三度しばたたいた。瞳の光が自分に縋りついてくるように感じられた。

「そんなことはぜったいにしません。必ず引き取りに来ますので、信じてください。もしも、半年経って迎えに来なかったら、そのときはもう、この子はそこら辺の川にでもどこでも投げてきてください。そのくらいの覚悟でお願いしてるんです」

あさりは涙声になりながら、頭を下げ続け、つかんだ知子の手を離さなかった。

「まあ、これだけ言うんだから、引き受けてやるか」

場面を収めようと時生が放ったことばに、知子も小さくうなずいた。

話が決まると、あさりはすぐ快活になり、手回しよく持参したゆずきの身の回り品の説明を始めた。

一通りの衣類と学校の教科書・道具類が、ランドセルやショルダーバッグ、紙袋に詰められていた。

「勉強はあんましできないけど、風邪以外で学校休んだことないから、安心してください。ただね……」

あさりは言いよどんだ。

「ただ、どうしたんだ」

「この子ね、おねしょするんだ」

「小学校三年生なら、まだ、おねしょはするかもな。どのくらいするんだ？　一週間に一回くらいか」

「ううん、それがさ、毎日するんだよね」

「なに、そりゃ、大変だ。布団がおかしくなっちまう」

毎日、ということばに時生と知子は目を見合わせた。

「それでね、これを使ってほしいの」

あさりは敷布団の上にかける防水シートや紙パンツ、吸水パッドを示した。

「紙パンツにパッドをあててはかせるの。そんでまず漏れることはないんだけど、布団にこのシートをかけたら百パーセント安心だから」

一気に説明するあさりに、時生は、「毎日おねしょをする」って、ゆずきはいったいどんな育ち方をしたのだろう、と問い質したい気持が頭を擡げてきた。だが、本人のゆずきを前にして、育児に問題があったのだろうと言うわけにもいかず、ことばを呑み込んだ。

そうするうちに、あさりは、時生の家にゆずきを置いていくことを前提に、ゆずきに向かって話し始めた。

「いいか、ゆずき。このおじちゃん、おばちゃんが面倒見てくれるから、安心しな。学校に行けば友だちに会えるし、先生もいる、今まで通り、なんも変わんない。ママが迎えに来るまで、いい子にしてるんだよ」

ゆずきは何も答えず、あさりのワンピースの裾をひっつかみ、握った拳に巻きつけようとした。あさりは床にしゃがみ、ゆずきの拳を両手の中に包み込んだ。

「ママはね、あんたとこれから先ずっと安心して暮らしてけるように、パパのとこに行ってくるんだよ。だからね、寂しいのちょっと我慢してて」

ゆずきのふっくらとした指を、ゆっくりもみほぐすようにして、裾から放そうとした。

「やあだ。ママ、行くな。パパなんかやあだ。パパのとこに行くな」

それまで一言も発しなかったゆずきが、地団太を踏みながら叫んだ。女の子にしては驚くほど太いだみ声で、時生は獣の唸り声のようだと思った。知子は、その声に身震いし、ゆずきを不思議な生き物を見るような目で見た。

「これじゃあ、お母さんのそばを離れるわけにはいかないわよ。やっぱり、うちで預かるのは、難しいんじゃない？　ねえ、あなた」

知子は同意を迫って、時生の肘を突いた。

「ゆずきちゃん、やっぱり知らないおじさん、おばさんのとこにいるのは心配なんだね」

時生はそう言って立ち上がり、ゆずきの横に行って顔をのぞき込んだ。あさりはゆずきの肩を抱き、顔を自分の胸に押しあてた。

「ほら、大丈夫だって。このおじさんの顔見てごらん」

あさりはそう言いながら、ゆずきの顔を両手ではさみ、時生の方を向かせた。時生は、自分には困ったときの情けない顔しかつくれないと思いながら、ゆずきを見返した。肉付きのよい体形をしたゆずきの頬はぽってりとして、その上に細く開いた目が潤んで光っていた。あさりに頬を締め付けられたため、ゆずきの唇がアヒルのように尖った。

やわらかな肉で覆われたゆずきの顔は、乳臭い幼さを感じさせた。先ほどゆずきの獣じみた太い声を聞いたにもかかわらず、時生は目の前にいるのは保護を求めている幼女だとの思いに襲われた。

「このおじさんとこで、ママが東京から帰ってくるまで待つかい」

時生がゆずきの手をとって、ゆっくり話しかけると、ゆずきは丸い顎をかすかに縦に振った。

「ゆずき、あんた、わかったんだね。なんも心配しなくていいから、このおじさんのうちにいな。学校に行けば、毎日友だちに会えるし」

あさりは、ゆずきの頭に手を置き、髪の中に指を入れ撫で回した。ゆずきはあさりにされるがままに頭を揺らした。

「ママ、ちゃんと待ってたら、なんか買ってくれる?」

「ああ、ゆずの好きなものなんでも買ってやる。楽しみにしてな」

ゆずきを落ち着かせると、あさりはあっという間に時生の家を出て行った。時生には、まるでゆずきの心変わりが起こるのを怖れているような素早さに思われてならなかった。

3

はじめの二か月ほど、ゆずきは大きなぬいぐるみのようだった。小学校から帰ると、居間のソファに転がりすぐ寝入った。口数少なく、知子が用意した食事を口いっぱいにほおばってよく食べた。夕食後、知子といっしょに風呂に入り、パッドつきの紙パンツを穿き、スウェットに着替えると、ベッドでたちまち眠りに落ちた。朝は、七時すぎに起きてきて、パンと少しの果物を食べた。時生が時間割を見ながら教科書とノートをそろえてやると、自分でランドセルに詰め、学校に行く身支度をした。

小学校の手前までいっしょに歩いていってやると、友だちの姿を見つけて駆けだした。何日かいっしょにいってやった後、

「もう一人でいけるでしょ」

と玄関で見送った。ゆずきは唇をへの字にして時生を見返したが、時生は

「ほら、おじさん、ここで見ててあげるからいっといで」

と玄関先を動かなかった。ゆずきは「うー」と小さな唸り声を発し肩を怒らせたが、時生が動かな

いのを見て、仕方なしに足を前に運んだ。次の日から、ゆずきは一人で小学校に通うようになった。

小学校に出向いて担任の女性教諭に、ゆずきを預かっていることを話した。

「教え子の子を預かる先生なんて初めて出会いました」

「いやあ、まったくぶっ飛んでる教え子でね、いきなり私の家にあの子の手を引いて現れ、有無を言わさず置いてったようなもんです。半年以内に必ず戻ってくるって約束したから、早く母親が引き取りに来てくれるのを待ってるとこです」

「そうですか。でも、奥様がよくうんと言いましたね」

「まあ、私の受け持った生徒には変わったのが多いから、いろいろと予期しない出来事も多くて、カミさんに助けてもらってます」

廊下で立ち話をしながら、休み時間の教室の中をうかがった。ゆずきが教室の後ろの床に腰をおろしているのが見えた。他の女の子二人にはさまり、べたりと尻を床につけ脚を伸ばしていた。女の子たちは互いに体を寄せ合い、真ん中のゆずきは肩を左右に揺らして体の接触を楽しんでいるようだった。

「あの子は、ふだんどうなんですか」

「ゆずきちゃんは、とっても口の重いお子さんです。でも、仲のいい友だちがいるので、学校に来るのは楽しいようです。三年生のはじめの頃、体型のことで男子にからかわれて泣きべそをかいたりして、どうかなあと心配したんですが、いまは大丈夫のようです。ただ、……」

「なにか気になることがあるんですか」

「ええ、おねしょが続いているってお母さんから聞いてまして」

「うちでも、毎日、おねしょしてます」

「大変ですよね、始末が」

「今の時代、紙パンツとか吸水パッドとか便利なものがいろいろありますから。まあ、なんとかやってます」

「ええ、そうでしょう。ただ、ときどきゆずきちゃんおしっこ臭いことがあるんです。それがもとでいじめの対象になったら困るな、と思うんですよね」

家に帰って、小学校の担任教諭から言われたことを知子に話すと、やはりそうかという顔をした。ゆずきが脱いだパンツ、ズボンが臭うのに気づいていた、それはおねしょの臭いが移ったという程度のものではない、あの子は昼にも尿を漏らしているに違いない、知子はそう言った。洗濯するときに知子がゆずきのパンツとズボンを下洗いしていることに時生は気づいていなかったのか、とことばを続けた。

その次の日から、知子はゆずきが日中はいている布パンツにすべて尿漏れパッドを取りつけた。知子は、これで少々の尿漏れがあっても服を濡らすことはない、時生だったらきっと対応できなかっただろうと、語調を強めた。

実際、ゆずきのおしっこ臭さはなくなったと小学校の担任は、再度学校を訪ねた時生に語り、ゆずきの顔が少し朗らかになってきたと最近の印象を伝えてくれた。

ゆずきは無口で、時生と知子が話しかけなければまず口を開くことはなかった。寝転がっている以外には、絵を描いて過ごし、時生が買い与えた自由帳に色鉛筆で犬や猫、女の子を描いて飽きることがなかった。

「もっさりして何考えてるかわからないような子だけど、意外と手がかからないじゃないか。とりあえず、あったかい寝場所とご飯を用意してやってれば、俺たち、役目は十分果たしてるさ」

時生は、ゆずきを預かっても、それほど負担になっていないだろうと言いたくて、知子に声をかけた。その度に、知子は
「ほんとにそうかしら。あなたはいっつも早とちりするから」

と首を縦に振らなかった。

夜尿は毎日だった。ゆずきは朝七時ころに自分で起き、着替えてくるのだが、紙パンツとパッドは脱ぎ捨てたまま床に放り出していた。

「まったく、こんなずっしりくるほどのおしっこ。なんとかならないものかしら」

ゆずきが登校した後、部屋を掃除する知子は、時生に紙パンツとパッドをもたせ、重さを実感させようとした。

「あの子、ものも言えなくなるくらい口いっぱいにご飯を頬張るでしょ。ご飯はほとんど水分なのよ。それにコップになみなみと水を入れて、一気に飲み干すの。目いっぱい水分摂ってるからおしっこた

れるんじゃないかしら。あなた、言ってやってよ」

「え、何を言えばいいんだ？」

「ご飯を食べるときは、もっと少ない量をゆっくり食べるように。水を飲むのを減らすようによ。あの子、おねしょするのをなんとも思ってないんじゃないかしら。おねしょをしなくなるように自分で気をつけなくちゃ」

「まあ、この家に来てだんだん落ち着いてきてるだろ。好きなおかずなんかのときは、ときどきにこやかな顔にもなるし。口やかましいことはあんまり言わない方がいいんじゃないか」

「まったく、あなただったら、甘やかすことはできても、しつけの一つもできないんだから」

知子は、子ども一人預かることがどれだけ大変か、時生はなにもわからずに、自分がさも心の寛い人間であるといった顔をしていることに、いらいらすると言い放った。

4

風雲は二か月をすぎたときにやってきた。五月下旬の晴れた日の夕方、買い物から戻った知子が、玄関の三和土に置き去りにされたビニール袋を手にとった。

「あなた、ちょっと来て」

知子に呼ばれて玄関に立つと、鼻腔をつんと刺激する臭いに時生は思わず口許を手で覆った。

「これ、どうしたのかしら」

知子はビニール袋の口を開いて、時生の方に突き出した。朝、ゆずきが登校していくときはいていった白と黒のチェック模様のズボンとアニメのキャラクターのついたピンクのパンツが、無造作に詰められていた。尿の濃い臭いが、時生の鼻の奥を衝いた。

「どういうことだ？」

「私の方が聞きたいわよ」

「ゆずきちゃん、ちょっとこっちに来て」

知子が居間のテーブルで絵を描いているゆずきに声をかけた。ゆずきは無言で玄関に来て、ビニール袋をもっている知子を見上げた。

「ねえ、これ、ゆずきちゃん朝はいてったズボンでしょ」

ゆずきは、袋を見せられてもことばが出ず、知子に背を向けようとした。時生は、ゆずきがこれまで見たことのないグレーのジャージをはいているのに気づいた。

「ゆずきちゃん、あなた学校からこれ、もって帰るように言われたんでしょ。どうして、こんなぐっしょりになっちゃったの。ちゃんとおばさんに説明して。それに、あなた、どうして玄関にこんなものの置きっぱなしにするの。すぐ、バケツに入れて水につけておかなきゃ、臭いがしみついてしまうでしょ」

知子の問いかけが続くうちに、ゆずきはだらりと下げた腕を小刻みに揺らし始めた。知子が、

「おばさんの方を見て、きちんと答えてちょうだい」

とことばを強めた。ゆずきは右膝を高く折り曲げると床を思い切り踏みつけ、手にもっていた色鉛筆を玄関のドアに投げつけた。知子と時生があっけにとられているうちに、ゆずきは階段を駆けあがり子ども部屋に消えた。激しい音を立ててドアを閉める音が上から降ってきた。

「なんなの、あの子」

「うーん。うまく説明できない子だから、質問されるだけで、厳しく怒られてる気分になるんじゃないか」

「そんなこと言ったって、どうしてパンツとズボンがびっしょりになったのか、聞かないわけにいかないでしょう」

「まあな」

「あれ、あなた、手紙がついているわ」

知子が、ビニール袋の持ち手のすぐ下に、伝言を書いた紙が貼り付けられているのに気づいた。ゆずきが学校からもち帰る間に袋がくしゃくしゃになり、紙が皺の間にまぎれていたのだろう。

「『長崎ゆずきさんの保護者様。授業中おもらししてしまったため、保健室で着替えさせました。ジャージは洗ってお返しください。パンツは新品を購入して、お納めください』、って書いてあるわ。保健室の先生からね。尿漏れパッドくらいじゃ駄目なくらいたっぷりたれちゃったのね」

「そうか、授業中漏らしちゃったのか。でも、トイレに行きたいって先生に言えなかったのかなあ」

「そうよね、いくら口が重い子だとしても、トイレに行きたいって意思表示できなかったら、学校でふつうに生活できないじゃない」

「そうだよな。ゆずきは、最低限のことも先生に伝えられないんだろうか」

夕食後、好物のプリンを食べさせてから、時生はゆずきに話しかけた。

「ねえ、ゆずきちゃん、学校でおしっこしたくなったら、授業中でも、おしっこしたいって先生に言うんだよ。できるよね」

腹が満たされて機嫌のよくなったゆずきは、髪の毛を右手の人差し指にくるくる巻きつけながら時生に答えた。

「うち、できるよ。おしっこしたいとき、ちゃんと先生にいってるもん」

「えっ」

時生はわけがわからなくなって、知子と目を合わせた。

「じゃあ、どうして今日は、おしっこ漏らしちゃったの？　トイレに行きたいとき言えるんでしょ」

ゆずきは時生の質問に何を言われているのかわからないような顔をした。

「うち、おしっこ漏らしてないもん」

拳を握りしめゆずきは、小さく呟いた。

「だって、ゆずきちゃん、あんなズボンもパンツもびっちょりになって、漏らしてないなんてありえないでしょ」

知子はゆずきの目の前に立ち、少し語気を強めて聞いた。

「漏らしてないもん。ただ、先生が、保健室に連れて行ってくれただけ」

「おかしなこと言うわねえ。漏らしたから、連れて行ってくれたんでしょ。おばさん、あなたが何を言ってるかわからないわ」

ゆずきが眉をしかめ始めたのを見た時生が間に入り、ゆずきを子ども部屋に連れて行った。

「ゆずきちゃん、おじさん、おばさん、なにも怒ってないからね。小学校では、あんまりおしっこしたくないときでも、早めにトイレに行くようにしたらいいね、わかった？」

返事をしないゆずきを時生はベッドに導き、布団をかけてやった。

翌日、時生が小学校に電話をして担任の教諭に聞いてわかったのはこんなことだった。

国語の授業で全員が声を合わせて教科書を読んでいたところ、最前列にすわっていたゆずきのズボンに、股のところからしみが広がるように濡れた部分が広がっていくのがわかった。ゆずきに声をかけても、自分が漏らした自覚がまったくないかのように、不思議そうな顔をした。保健室に連れて行き、

「お漏らししちゃったので、着替えしなくちゃね」

と話しても本人は怪訝な顔をしたらしい。

どうやら、ゆずきは尿意を感じることなく、ふとした拍子に尿を出してしまうことがあるのだ、時生はそう結論した。本人が意識することなく尿漏れが起きているのだろう、不思議なことだが、「おしっこ漏らしていない」とゆずきが言い張ったのと、担任が言うのとをつきあわせれば、そう結論するしかなかった。

知子に、ゆずきの意識が及ばないところで尿漏れが起きているらしいから、あまりきつく叱ってもよくないのではないか、と話した。知子は、

「そんなこと言ったって、おしっこ漏らしたら困るじゃない。他の子に知られて、臭いって言われ、いじめの対象になったらどうするの。これは、本人が意識して直すほかに、どんな方法があるの」

と時生の言い分に承服しなかった。

知子は、日中あんなにたくさん漏らしてしまうのは病気ではないのか、母親のあさりは病院に連れて行っていたのだろうか、と時生に言う。時生は、あさりは夜尿のこと以外に話していなかったから昼間の大量の尿漏れについては気づいていなかったのだろう、と答える。だが、知子は、

「ほんと、あなたという人は。いい顔したいだけで、ちゃんとたしかめもしないであの子を預かったのよ。そして、尻ぬぐいは全部私にやらせるの、まったく」

と機嫌が悪い。ゆずきのパンツとズボンをいちいち下洗いしなければならない手間を、時生はわかっているのか、という文句に返すことばがなかった。

ゆずきに少しでも尿漏れと夜尿をさせないように、本人にも意識づけをする必要がある。飲みすぎ、

食べすぎはダメ、トイレはこまめに行く、これを徹底させることが不可欠だ、と知子は時生に強調した。

　生活の中で、知子がゆずきを厳しく注意することが多くなった。そんなとき、ゆずきはなにも答えず、口をへの字にして喉の奥から小さな唸り声を発した。その態度が知子をいらいらさせ、

「ゆずきちゃん、わかったときは素直に、はい、と言うのよ。いい？」

　とさらに注意をする結果になった。

　ゆずきは知子の顔色を窺うようになり、何か叱られそうな気配を感じると、時生の陰に隠れ、服の裾をつかんで動かなくなった。自分を守ってくれる相手としてまとわりついてくるゆずきを突き放すわけにもいかず、時生はそのままにしておいた。ゆずきは、小学校三年生としては背丈も胴回りも大きく、体のどこをとっても丸みをおびた姿をしていた。不意に頭や肩を時生の背中に擦りつけてくるので、ゆずきの体の生温かさを時生の肌身が覚えるようになった。

　知子は、ゆずきが時生にすり寄っていき、それを時生が許していることがたまらなく嫌だ、と言った。

「俺は、べつにあの子を特別かわいいと思っているわけではない。ただ、あの子にしてみれば、君が注意する立場の人間だから、俺を甘える対象にするしかないんだろう。小さい子どもには、無条件で甘えられる存在が必要なんじゃないか」

　知子は、時生の言うのはどこかの育児書を引き写してきたような空論で、尿を漏らさないようにす

るという現実問題の前には無効だと言った。夫婦そろって、飲食の自制、トイレに早めに行くことなどをきちんとしつけてやらなければ、あの子はずっと尿を漏らし続けるだろう、と時生を論難した。

5

時生が自分の幼いときを振り返ると、気が小さく引っ込み思案だった情けない姿ばかりが浮かんでくる。それはたいてい、その場にいることに耐えきれず尿を漏らしてしまった自分と重なる。異常に臆病で人見知りだった時生にとって、幼年期はもの悲しさをかきたてる青黒い靄に包まれており、幸福な思い出はほとんどない。

農家に生まれた時生が初めて出会った外の世界は幼稚園バスだった。まだ幼稚園に通うのが一般的でなかった時代、両親は子どもに少しでも都会的な雰囲気を体験させたかったのだろうか。兄も姉も幼稚園に入れられた。兄は通園を嫌がって逃げ回り、両親は行かせるのを諦めたらしい。姉は親の期待通り通園した。時生は、知らない子といっしょに過ごすことが怖ろしかったので、行きたくなかった。だが兄のように逃げ回るほどのエネルギーもなかった。いやいやバスに乗せられ、この苦痛な時間が終わるようにと泣くような気持でひたすら耐えていた。

コールタール臭いバスの木の床、隣りにすわった女の子に話しかけられてもじもじするばかりだった自分、頼りなさに耐えきれなくなって尿を垂れ流した姿が目に浮かんでくる。幼稚園の内部の様子はほとんど思い出さないが、バスの床の臭いと床に滴り落ちていった自分の尿だけが蘇ってくる。

尿を垂れる自分は、話しかけられても何も答えられない自分であり、せっぱつまって忘我の状態で失敗する自分だった。指はいぼだらけ、いつも青洟を垂らし、なにもしゃべれない時生は、発育が早く社交性を発揮し始めた女の子たちから見たら、見るも哀れで近づきたくない存在だったろう。そんな自分だったのに、さかんに話しかけてくる声の太い女の子がいて、何も答えられない時生はバスの時間がなおさら苦痛だった。

小学校にあがっても同じだった。痩せて発育の遅かった時生は、すべてにおいて劣っていた。自分の意思を表現することへの極端に強い怯えがあり、人前で声を発することは分厚い壁を突き破るような力を揮わなければ不可能だった。

一年生のある日。授業が終わって解散になったとき、時生は二学年上の姉が教室の戸口で自分を待っているのに気づいた。早く行かねばと焦ったら、ランドセルにしまおうとしていたクレヨンの箱を取り落とし、中のクレヨンが四方に転がっていった。ああ、大変だと思うといっぺんに涙が溢れ出し、床に這いつくばってクレヨンを拾うのだが、なかなか集めることができない。そのとき、半ズボンの尻を床につけた体勢から尿が床に流れ出したのだ。木目の浮かんだ板張りの床を自分の尿が濡らしていったのを、今でも思い出すことができる。

尿の思い出は、まともであることを維持できなくなった自分の思い出である。言ってみれば、崩壊していく自分をどうすることもできず、ただ情けない自分を世界にさらし続けている体験である。幼いときの思い出の多くが、しゃべれない、声を押し殺して泣く、尿を漏らすなど悲しいことばかりなのは、どうしてなのだろう、とこの年になって時生は思う。

薄暗い土間と、囲炉裏のある居間、黒ずんだ天井。でめんの人や親戚が多数出入りするその空間で、時生はいつも隅でひっそりしていた。誰かに声をかけられたとき返事のことばが出てこないので、話しかけられるのが恐怖だった。

「この子はほんとに無口だねえ」

そう言ってしまうと、時生について大人たちが話す種はすぐ尽きた。冒険心が強く、悪戯もしょっちゅうだった兄が座談の話題をさらうのに対し、時生はおとなしいという形容以外何もない、面白みのない子どもだった。

時生は古い農家に佇んでいる黒っぽい空気、仏間や風呂場に濃く漂う闇がおそろしかった。夜布団に入ったときは、息を潜めてじっとしていることで、闇にさらわれないようこらえていた。

大人になり教員の仕事に就いたとき、母や親戚の伯母に、

「時生が、人前で話せるんだろうか。先生の仕事をほんとにできるんだろうか」

と言われた。幼少期の時生の印象を保っている人にとっては、多くの人間を前にして声を張りあげている時生の姿はとても想像できなかったのだろう。

高校時代に友人たちと口角泡を飛ばす議論をするようになったときを境に、時生は話すことの誘惑

に駆られるようになった。話すことは無償の賭けなのだった。人をして自分の方を向かせ、自分の思いに共感させることができたと思ったとき、時生は自分の中の小さな征服欲が満たされるのを覚えた。自分と考え方の違う相手に向き合うと胸がどきどきし、胸もとで意味不明なことばがごぼごぼと吹きこぼれそうになった。話すことは自分に強い緊張をもたらす試練だった。

そんな時期を経て、人前である程度ふつうに話せるようになった時生だが、六十を過ぎた今でも、ことばは弱く情けない自分を覆うよろいのような気がすることがある。泣きそうな気持でじっと我慢した末に尿を漏らしてしまうひ弱な自分を隠すよろいである。

大人になっても、尿に関してはろくなことがない。酒を飲むと誰よりもトイレが近くなり、宴席の最中、周囲の者に通路を空けてもらいながら頻繁にトイレに行かなければならない。そんなに飲まなければいいのだが、飲みだすと勢いがついて、勧められるうちに適量を越えて絶えずトイレに立つ破目になる。親しい仲間と飲むと、二時三時まで飲まないと飲んだ気がしない時期があった。酔ってタクシーに乗ったところ、遠い彼方に霞のように漂っていたはずの尿意が一気に押し寄せてきて、耐えがたい状況になったことがあった。アパートに着くまでもう少し、もう少しと我慢していたが、タクシーのタイヤが道路工事のためにできた陥没部分にどんと落ちた衝撃がきっかけで尿が漏れ出した。漏れたものを止めることも戻すこともできない。時生は背中をシートに押しつけ、腰を浮かせて目を閉じた。漏れ出てくる尿が陰部を温かく包み、次第に太ももから膝へとズボンを濡らしていった。アパート近くの公園に来て慌ててタクシーを降りたが、運転手に漏らしたのを気づかれたのではないかと、逃げるようにアパートを目ざした。あのときの生温かく脚にへばりついてきたズボンの感触は今も忘れない。

もっと情けないことが四十代の半ばにあった。酔うと意識が飛ぶようになり、朝、部屋で目覚めたときに、どのようにして家に帰ったか思い出せないことがたびたび起きた。晩秋の土曜の朝、体の表面がじんじんする感覚で目が覚めた。階下で家族が食事をしている声がする。昨夜はいつ帰ってきたのだろう、どうやって布団に横になったのだろう、と記憶を辿っていくうちに、路地の中をトイレを探して歩き回っていたような気がしてきた。ようやく見つけたトイレで長い放尿をすますと、飲んでいた友人たちに別れの挨拶を告げた。帰還兵士のような気分でずいぶん歩き、草原に横たわった。記憶の端を辿りながら、あの草原はどこだったのだろうと、思いをめぐらした。

階下から知子がやってきて、時生が目を覚ましたのを見て、速射砲のようにまくし立てた。

「あなた、起きたのね。ここはどこか、わかる？」

「ここは、家にきまってるだろう」

「ああ、あなた、大丈夫なのね、壊れてないのね」

「手足は二本ずつちゃんとついてるぞ。壊れてはいないようだ」

「それだけじゃわからないわよ。ここがおかしくなったら、外見じゃわからないんだから」

知子は時生の横に跪き、自分の頭を指さした。

「まあ、そうだ。昨日、そんなひどく酔ってたか？」

「あなたね、ふらふらして帰ってきたけど、すぐ布団に入ったわ。でも、二時ころだったかしら、急に起き上がったから、今頃どこに行くのって私が聞いたのよ。あなたは、トイレだと言って、意味なく部屋をぐるぐる回るの。いつまでも、いつまでも。それで、もう寝るかしらと思ったら、今度は部屋の隅っこに行って、ズボン下げて盛大におしっこ始めるじゃない。あなた、そこ違う、って大声で言っても、まるっきり通じない。あんまり気持よさそうにおしっこ出し続けてるもんだから、もう、ほっとくしかなかったのよ」

言い終えた知子は、寝床の時生の手を引き、部屋の隅へ導いた。

「そこよ、そこ。あなた、そこでずっと長いこと立小便してたのよ。なんか鼻歌歌って気持よさそうで、私、ああ、とうとう、この人壊れちゃったと思ったの」

「俺をからかってるんだろ」

「からかってなんかいないわ。ほら、壁も畳も湿っぽくなってるでしょ。臭いを嗅いでみたら」

知子の言う通り、寝室の角の壁紙が湿り気を帯びており、畳は水気を吸って黒ずんでいた。

「俺、ほんとにここがトイレだと思っていたのか」

「ふらふらしてたけど、堂々とした立小便の姿だったわ」

「あんまりからかうなよ」

「からかってなんかいないわよ。ただ、あなた酒はやめた方がよくない？　あんな姿、子どもたちに見られたらどうするのよ」

たしかに中学生と小学生の娘たちにはとうてい見せられた姿ではない。

「知子。子どもたちに言うなよ」

「さあ、どうしましょ。でも、おんなじこともう一回やったら目撃されるかもね」

「わかったよ。飲み過ぎ厳禁だ」

自分はすでに壊れてしまった人間なのだ。まともな人間の顔をして暮らしているが、それはこの世にいる間のかりそめの姿にすぎない。ゆるぎない自分なんてどこにもいない。自分にとって生きることは、すでに壊れてしまい、あちこちに飛び散りそうになっている流動体をなんとか掻き寄せ、それに衣装を着せて人間みたいにとり繕うことだ。これをずっと続けるのはけっこうな難行苦行だ。

それにしても、どうしてこんな情けない発想ばかりするのだろう。時生は、過去を振り返ると、尿を漏らしてしまう弱く情けない自分が記憶の中心を占めていることを否定できない。なぜ、ヒロイズムを満たすような果敢な自分がいないのか。ひ弱でもせめて、未知の世界に立ち向かう気骨のある少年でありたかった、
時生の中で、尿は、おのれのとりとめなさ、すなわち、どうしようもなく崩れていく存在であることと表裏一体になっていた。たいていの人間は、そんなとりとめなさを幼年期の悲哀に満ちた思い出の中に封じ込め、世間と対峙することのできる勁さをつくっていくのではないだろうか。しかし、時生は、自分に限って言えば、とりとめなさや頼りなさは何歳になってもおのれの底流であり、その流れは心の堤防が決壊する機をいつでも窺っている、と思われてならないのだった。

あなたは壊れているのではないか、と問われれば、よく吟味した時生の答えは、「壊れたままなんとかやっています」であろう。自分の弱さを類推で他人に広げる気は毛頭ないが、ふとしたときに、人がみなふつうの顔をして生きていることが不思議でならなくなることがある。自分と同じように、たよりない流動体がとりあえず人間の皮をかぶって歩いているのだ、と思う方がしっくりくる。

ゆずきが夜尿をし、日中でも思わず尿を漏らしてしまうことを、時生はわが身に重ね合わせて考える。ゆずきも、自分と同様、たよりなさに身悶えしているのか。壊れものである自分をどうすることもできなくて、身を震わせているとおしっこがとめどなく出てしまうのではないか。しかも、日中頻繁に漏らしていれば尿の臭いが体から立ち昇り、いじめの対象にもなるだろう。無口で太っているゆずきを、知子は可愛げがないと言うが、時生には、自分と同じたよりなさを抱えている存在であるがゆえにあわれに思われ、かすかないとおしささえ覚えるのだった。

6

知子が、ゆずきに食べすぎてはいけない、飲みすぎてはいけないと食事のたびに注意すると、ゆずきは露骨に頬をふくらませ、そっぽを向いた。朝起きたら尿を吸い込んだ紙パンツとパッドをトイレのバケツに入れるように知子に言われても、ゆずきはほとんど守らなかった。

「ゆずきちゃん、おねしょするのはしかたないにしても、後始末くらいきちんとしなさいよね」

家に来て三か月ほどしてから、ゆずきは寝起きが悪くなった。知子に声をかけられてもほとんど反応せず、時生が大声で何度も呼びかけてようやく目を覚ますようになった。着替えにも時間がかかり、紙パンツは床に脱ぎ捨てたままだった。

「あの子を預かるのを引き受けたのはあなたでしょ。しつけもちゃんとやってよね。あんなおしっこ臭いもの、床に放置させて平気なの」

起きがけのゆずきは底知れぬ不機嫌を身にまとっている日が多くなった。ふとした瞬間に平常の状態に切り替わって素直な応答をすることもあるのだが、いつ切り替わるのか予測できなかった。

しつけを優先させよと迫る知子の顔を立てようと、居間に下りてきたゆずきに時生が問いかけたことがあった。

「ゆずきちゃん、紙パンツ、バケツに入れてきた?」

できるだけ穏やかに言ったつもりだったが、ゆずきは唇を尖らせぷいとそっぽを向いた。

「なんだ、入れてきてないんだね。駄目じゃないか。さあ、一緒に部屋に行って片づけよう」

時生はゆずきの手をとって二階の子ども部屋へ行こうとした。

「さわるな」

ゆずきは喉の奥から太いだみ声を発し、時生の手を思い切り振り払った。自分にふれてくるものをすべて無条件に拒絶する反応だった。

「ゆずきちゃん、なに、その態度。どういうつもりでそんな言い方するの」

台所にいた知子が声を荒げてゆずきをにらみつけた。ゆずきは何も答えず、肩を揺すり上体を震わせた。間に立った時生は、ゆずきの反応にうろたえ、また一方で知子の険しさに気押され、うまく切り抜ける道を探しあぐねた。

「いいかい、ゆずきちゃん。そんな態度したら、おじさんだっていやな気持になるよ。どんなときも、人の気持を考えてしゃべるんだよ」

結局、紙パンツを片づける件はうやむやになり、ゆずきは朝食をとるうちに不機嫌が治り小学校に行った。以後も、尿を吸ったパッドと紙パンツはたいてい知子が始末し、その都度「あーあ」と時生に溜め息を浴びせた。

ゆずきは、生活上の注意を知子がしてくると時生を隠れ蓑にすることを知らぬ間に身につけた。脱いだ靴を揃える、脱いだ服を片づける、尿意がなくてもトイレに行く、使った道具はもとに戻す、菓子の包み紙をゴミ箱に入れるなど、守らなければならないことはたくさんあるが、ゆずきはほとんど守らなかった。叱られそうになるとゆずきは時生の背中に身を隠し、知子にまともに向かい合うのを避けようとした。

「ゆずきちゃん、この家に来てもうどれだけになるの。おばさんが守ってねと話したことをどうして守れないのかしら」

勝気でてきぱきものを言う知子は、都合が悪くなると押し黙ってしまうゆずきを見ているとイライラが顔に出た。知子に当たられるのを避けるために時生を頼るゆずきがだんだん不快でたまらなくなる、と言った。

時生は、短い期間仮の宿を提供する自分たちであってみれば、ゆずきが居心地よければただそれだけでいい、面倒なことは放っておきたいというのが本音だった。しかし、知子にしてみると、ゆずきが時生に甘えたしぐさを繰り返すのを見ると、不当に大きな顔をし始めているという気がしてならないのだった。子どもとはいえ大柄なゆずきが転がり込んできて、わが物顔の存在感を増してきている。そのことが、知子のこの家でもっていた領域を侵し始めているように感じさせるのだ。時生が、ふとした拍子にゆずきに優しい表情を見せると、知子は体がむずがゆくなると言って苛立った。


ゆずきが来て五か月ころ、十月半ばの日曜日である。知子は隣町に住む母親のところに出かけた。一人暮らしの母親は二年ほど前から膝を悪くし、ときどき家事を手伝ってやらなければならないのだった。

家に残ってテーブルで本を読む時生にゆずきは頭をすり寄せて、横顔をうかがう。

「どうした、ゆっき。本を読んでほしいのか」

ゆずきは首を横に振る。しかし、時生のそばを離れようとしない。

「じゃあ、なんかしてほしいことあるの」

時生が視線を本からゆずきに移すと、ゆずきはにっと笑った。

「おじさん、どっか連れてって」

「どっかって？　おじさんは本を読むので忙しいんだけどな。どこに行きたいんだい」

「どこでもいい。公園でいい」

ゆずきの言い方に子どもらしい素直さを感じて、時生は本を閉じた。車にゆずきを乗せて三十分ほど走り、郊外の広い公園に着いた。雲の切れ間から日が差してきて、歩くうちに背中が温かくなってきた。孫と言ってもおかしくない歳の女の子を連れ、時生は芝生の中をリボンのように縫って走る小径を歩いた。ゆずきは、家にじっとしているときには想像もできないような身軽さでスキップを踏み、遊具のある広場に向かっていった。

地上の突起物のような細長い円錐が林立している場所があった。すべすべした赤い素材で覆われていて、先端は坊主頭のように丸くなっている。高さは大人の背丈ほど。日の光に照らされて表面が艶々している。子どもたちは突起物に直進し、飛び跳ねては抱きつく。突起物はぐんにゃり曲がるが、けっして折れることはない。垂れさがったり戻ったりする動きに子どもたちは身を委ね、奇声を発してしがみついている。ゆずきは、丸っこい体を前のめりにして助走し、突起物に飛びついては、ぎゃあと歓声をあげた。大きく口を開け、上体を反らして笑い声を弾けさせた。時生には、その光景は巨大な肉棒にむしゃぶりついている幼女であり、ぐらぐら揺れるさまが、体の芯に潜んでいる肉感を刺激した。

遊具で一通り遊んだゆずきは、頬に赤みがさし、額に汗の粒を浮かべていた。

「おじさん、のどかわいた」

時生のジャケットの裾をつかんでせがむゆずきに、赤い色のついた炭酸飲料を買ってやった。知子なら、「あんなもの、砂糖の塊よ」と言いそうな飲み物だった。芝生に行って腰を下ろした。ゆずきは喜色満面でペットボトルの半分を一気に飲み干した。家からもってきた新聞を広げて読み始めた時生の腕をつかみ、移動販売車の方に引っ張っていこうとする。窓にクレープの看板をいくつも貼り付けた車に家族連れが列をつくっていた。

ゆずきとともに列についた。時生は子どもにクレープを買ってやったことがなかった。知子が行楽地で娘たちにクレープを買ってやるのを横目で見たことがあるだけで、もっぱら子どもが余したのを最後に食べる役回りだった。今、列に並び、味をどうするとか、果物は何を入れるとか、聞かれたらどうしようとどぎまぎした。

案ずることはなかった。自分たちの順番になると、ゆずきは、制服を着た若者の問いに、写真付きのメニューに次々と指をさして注文をした。若者が声に出して注文を確認すると、時生は同じものをもう一つ、と言った。

再び芝生に腰を下ろしてクレープを食べた。時生は生クリームがイチゴやバナナといっしょに口の中に押し寄せてくる感触に途中で飽きて、最後は胃の中に強引に流しこむようにして食べ終えた。ゆずきは、クレープを端から頰張り、口のまわりをクリームだらけにしながら食べ続け、うっとりした表情で最後の一口を呑み込んだ。

時生は生クリームが付着した包み紙を、ゆずきと自分のを合わせてビニール袋に入れ、無造作にリュックに押し込んだ。駐車場に向かう間、ゆずきは来たときと同じように軽快なスキップを踏み、後からゆっくり行く時生を何度も振り返った。それまで、無口で動作の遅いゆずきをわが家の重苦しい預かりものと感じていたが、感情がうまく解放されれば軽やかに弾むゴムまりのようになっていくのではないか、と時生は不意に思った。

帰りの車の中、ゆずきはぐっすり眠った。肉付きのよい上体を背もたれに預け、小鼻をふくらませ低い寝息をたてていた。時生は穏やかな表情のゆずきを横目で見て、これまでいつもどこかに警戒心を潜ませているようだったゆずきが、時生といることに安心して身を任せているのだと感じた。

その夜、母親の介護から疲れて帰ってきた知子から時生は激しい追及を受けた。時生のリュックの中からクレープの包み紙を二つ見つけた知子は、実物を時生に突きつけて言った。

「あなた、これ、なんなの」

「ああ、それは、昼間ゆずきを滝見公園に連れて行ってさ、食べたいって言うからクレープを買ったんだ。どっかでゴミ箱に入れようと思って、忘れてた」

「ふーん」

と言ったきり、知子は口を閉ざした。突然ことばを発しなくなる知子はとても危険だ。これまで幾度も、知子が、不快の情を溜めるだけ溜めて時生に向けて暴発させるのを経験してきた。

「あなたねえ、私が母親の世話でへとへとになってるときに、ゆずきを連れてのんびり遊んでたってわけなのね。二人でクレープまで食べちゃって、どういうつもり？」

「だって、きみ、お母さんのところに行くと話に花が咲いて、いい気晴らしになると言ってたじゃないか。ゆずきだって、休みの日に家にいるばかりじゃかわいそうだろ。公園くらい連れていってどこが悪い」

「あなたねえ、私の話をなんにも聞いてないのよ。いい気晴らしになったのはずっと前のこと。この頃は、母もぼけてきて私に頼りっきり、あれもしてくれ、これもしてくれよ。けっこう大変なことになってきてるって、何回も話してるでしょ。ふんふんて返事してもなんにも聞いてないんだから」

「ああそうか、ごめんよ。でもまあ、ゆずきだって休みで暇もてあましてるんだから、ちょっと連れていったからって、そんなに怒るなよ」

「ちょっとじゃないわ。遠くの立派な公園に行って仲良くクレープ食べてきたのよ、ふざけないでよ」

「なんだ大人げない。そんなことでいちいち腹立てて、みっともないと思わないか」

時生は「みっともない」と口にしたのだが、一瞬遅れて内心、「あっ、やばい」と呟いた。勢いでルビコン川を渡り、敵の領地に無造作に足を踏み入れてしまった。知子の顔に蒼黒い険が現れた。

「なにがみっともないよ。だいたいが、あの子をうちに預かって私のいらいらのもとをつくっているのは誰なのよ。私を、自分の家にいるのになんだか落ち着かない気分にさせておいて、平気な顔をしてるんだから。あの子がいると、少しものんびりできない私の気持をほんとにわかっているの？」

知子が話し出すと、時生は土俵際に追い込まれた力士になった。反論すると二倍、三倍になって返ってくる。ゆずきの境遇を考えたら、なにごともおおらかな気持で対処してやろうではないかと言いたいのだが、とても口をはさむ余地はない。

「いい？　わたしも我慢してゆずきの面倒みてるんだから、これ以上腹を立てさせることをしないで。あなたって、俺はできてる人間ですって顔しながら、実際はすごい無神経なんだから、自分でわかってるの？」

「はいはい、わかりました」

「何がわかったのよ。言ってみて」

「はい、休みの日に、きみの許可なくゆずきを楽しませるようなことはしません」

「そうしなさい、この無神経男。ところで、あの子がうちに来てもう五か月よ。半年以内には必ず迎えに来るって約束でしょ。どうなってるのかしら。あなた、早く迎えに来いって連絡してよね」

「まあ、そうだな」

「なによその言い方。まあ、そうだなって、他人事みたいに言わないでよ」

「いちいち、揚げ足とられたら、俺も立つ瀬がないよ」

「私を嫌な気持にさせておいてよく言うわ。ともかくね、あの子をどうにかしてほしいのよ」

堂々巡りになるのが煩わしいので、時生は、もうあえて知子に逆らわないことにする。

「わかった。明日にでもあさりに電話して、ゆずきをすぐ迎えに来いと言ってやる」

次の日から、時生はあさりの携帯電話を繰り返し鳴らした。しかし、あさりが出ることは一度もなかった。そのうち、「この電話はお客様のご都合により使われておりません」というコールが流れるようになり、あさりと連絡を取る方法は途絶えた。

日々の生活の中で、ゆずきが知子に拒否的な反応をするのに対して、時生に甘えた仕草を示すことが益々多くなり、知子は、ゆずきの声が家に響くだけで生理的な嫌悪感を覚えると言った。

「あなた、連絡ついたの？　もうすぐ半年になるぞ、って言った？」

知子の問いかけに、時生は、

「まあな。あと少しで帰れるから、って謝ってた」

と言い繕った。知子は疑わしい表情をしたが、

「まったく、わが子を預けっぱなしにして、よく平気でいられるわ。まあ、あなたの卒業生だから、そんなものなのかしら」

と嫌味を言って時生のそばを離れた。


半年が近づき、時生は立て続けにあさりに電話をした。しかし、何度かけても、「この電話はお客様のご都合により使われておりません」と流れるばかりだった。時生は、あさりのやつ何をしてるんだ、お前まさか子どもを俺たちに押しつけてとんずらしたんじゃないだろうな、と内心呟き続けた。あさりの母親の電話番号を探し出してかけてみたが、こちらもまったくつながらなかった。

こうなったら知子に正直に言うしかなかった。

「あのなあ、半年経ったぞってあさりに言ってやろうとしてるんだが、全然つながらない。携帯変えたのかもしれないな」

知子は、もう予測はついていたという顔で時生にことばを返した。

「そうでしょ。なんとなく、こうなるような気がしてたのよ。あなたのやることは、みんなあてにならないんだから」

「まあ、なんと言われても仕方ないけどな。あれだけしっかり約束するのを聞いたから、あさりのことを信じてもいいと思ったんだ」

「甘いのよ、あなたは。それより、どうするのよ、あの子。私は、すぐ警察に届けるか、児童相談所に連絡してなんとかしてもらうべきだと思うわ。客観的に見たら、これは体のよい捨て子じゃないの」

「そこまで言わなくても。あさりにもいろいろ事情があって迎えにこられないんだろう。あと、一か月か二か月、このまま待ってやったらどうだろう」

時生の言い方に、知子の怒りが爆発した。

「もうそんな優柔不断な言い方、いっさいやめて。私は、あの子がいるおかげで、この家にいても気が休まらないのよ。なんべん言ったらわかるの。私がどれだけ我慢してきたか。どんなに嫌でも半年たてば終わりになると自分に言い聞かせて、あの子の紙パンツも濡れたズボンも始末してきたのよ」

「きみの気持もわかるよ。だけど、半年経ちました、お母さんは来ません、はいゆずきちゃんさようなら、というわけにはいかないだろ。あと、もうちょっと待ってやったっていいじゃないか」

「ああ、どうしてあなたはそんなふうに私をいらいらさせるの。あなたがあの子を警察なり児童相談所なりに連れていかないんだったら、私がこの家を出て行きます。いいわね」

時生は、もう少し待ってやりたいと言って折れず、その日の夕方、知子は家を出ていった。きっと、知子の母の家にいったのだろうと思いながら、ずっと迎えにいかなかった。知子は、時生に妻の気持を尊重する明確な行動をとってほしかったのだろう。二人の生活を守る、という意思を示してもらいたかったのだろう。だが、時生にはゆずきを家から追い出すことはどうしてもできなかった。いや、知子をとるかゆずきをとるか、という選択を迫られても決断できなかった。なにもしないでいる時生の態度が、結果として知子を家から出ていかせたのである。

7

あれから二か月。時生はゆずきの面倒をみることと非常勤で高校の授業をすることで、きりきり舞いの生活を送ってきた。家事をほとんど知子に任せてきたので、炊事も洗濯も首をひねることばかりだった。カレーにシチューにレトルト・ソースのスパゲティ、出来合いの惣菜、ゆずきが食べそうなものを繰り返すうち、時生自身の食欲は減退していった。洗濯機はなんとか回せたが、掃除までは手が回らなかった。家の中が雑然とし、居間にはゆずきが学校から持ち帰ったものが散乱するようになった。

　ゆずきは、知子がいたとき以上にわがままになった。登校するときは、途中まで時生がついていかないと、家を出ようとしなくなった。時生なら何をしても怒らないと認識したのか、遊んだものは片づけない、脱いだ服は置き放しになった。いちばん困ったのが感情の急変で、寝起きに暴れるだけでなく、時生が少し大きな声で片づけをするように言ったくらいで、いきなり顔つきが変わり、だみ声で怒鳴り出すことが起きた。しばらく放っておくと平静に戻るのだが、暴風に襲われているときのゆずきは別の人格になってしまうようであった。

　時生はゆずきを見ていて、この子にはまともな成育環境がなかったのではないか、と思わざるをえなかった。不意に体にふれられると暴れ出したりするのは、親からの虐待があったのではないかと疑われる。夜尿を毎日繰り返すのも、排せつの習慣づけがなされるべき時期に放置されていたのではないか。疑い出すと、ゆずきが非人間的な扱いを受けた場面が次から次へと想像されて止まらなくなった。あの金髪のシュウジがゆずきを叩いているシーンさえ浮かんで、いったいそんなときあさりはどうしていたのだろう、と思いめぐらした。

　ことばが少なく、絵を描いているかソファに寝転がっているかのゆずきだが、アニメのＤＶＤをレンタルしてきてやると、食い入るように観た。ストーリーよりもキャラクターの珍妙な動きに反応し、声をあげて笑った。時生は、その笑い声の屈託なさがまるで天から降ってきたもののようで、思わずゆずきの顔をまじまじとのぞき込んだ。

時生は、家の中が荒れ、だんだん足の踏み場もなくなっていく状況を前にして、知子と連絡をとろうか、いやその前に児童相談所に行くという決断をすべきか、と逡巡していた。とにかく、ゆずきに食事を与えて学校に行かせ、自分も仕事に行く、というサイクルを維持するだけで精一杯であった。ゆずきと自分がこの家の中でなんとか生きているだけ、それ以上のことをするのは無理だった。

ただ、時生は、自分のことを、壊れてしまった人間が人間のような殻をかぶっているだけの存在にすぎないし、いまだにまったく尿コントロールができないゆずきと自分は仲間ではないか、という気持に駆られることもあった。毎晩尿を垂れ流すゆずきが壊れたままの人間だとすれば、お互い壊れた仲間同士ではないか、と。

冬も近い日、時生が居間のテーブルでパソコンに向かって授業の準備をしていると、音もなくゆずきが後ろに来て時生の肩を両手でつかんだ。肩越しにパソコンの画面を見ようとでもしているのかと思うと、背中が生温かくなってきた。ゆずきが時生の背中に顔を押し当て、吐息を漏らしているようだ。

「どうした?」

時生の声に何も答えず、ゆずきは顔を背中に当てたまま動かなかった。

「なにか、おじさんに言いたいことがあるの?」

たぶん額で背中を押しているのだろう、首の下が強く圧迫されるのを感じた。首を回してゆずきの様子を覗き見ると、ゆずきは時生の背中に顔面を埋め身動きしなくなった。無理にゆずきの手を振りほどくべきか迷っているうちに、かすかな尿の臭いが鼻腔を衝いた。

「おい、ゆっき」

肩に貼りついたゆずきの両手をふりほどき、時生は中腰で身をよじった。忘我の表情でいるゆずきの胴体を抱きすくめ、床に崩れ落ちないようにした。ゆずきの灰色のスウェットパンツが、股のところから濡れて黒ずんでいき、しみが膝の方に広がっていった。

「おい、ゆっき、おしっこ漏れてるぞ」

時生の大きな声に、ゆずきはよく回らぬ口で、

「なんだってえ」

「ほら、おしっこ漏らしちゃってるじゃないか。すぐ、トイレに行ってズボンとパンツを取り替えなくちゃ。いま、おじさんが着替えを取ってくるから、トイレに入って待ってなさい」

ゆずきは首を傾げて時生をぼんやり見てから、時生に手を引かれてゆっくり歩きだした。ゆずきに着替えをさせ、濡れた服の下洗いをすませてから時生は考えた。

ゆずきが尿を漏らすのは、我慢できなくなるまでぼうこうに尿が溜まり、耐えきれず漏らすということなのではない。むしろ、尿が溜まっているかいないかの知覚なしに、無意識のうちに尿が静かに流れ出してくるのだ。まるで泉から水がしぜんに湧きだすように流れができるのだ。いったい、それはどういうことなのだろう。

尿のコントロールは野生の動物にとってきわめて重要な生命システムではないだろうか。犬の行動

を考えるとよくわかる。犬はぼうこうに溜めた尿を、マーキングのために自在に出したり止めたりすることができる。これ以上近づくなという、縄張りを示す行動の場合もあるし、異性をひきつけるための行動にもなる。もしも、尿をコントロールなしに撒き散らしたら、敵に襲われる確率が高くなり、生命の維持が困難になる。尿を溜め、時と場所に応じて排泄することは、自然の中で生きていくために必須の生体機能であろう。

動物が生きていくということは、個体としての完結性をシステムとして維持することではないか。尿をコントロールすることはそのシステムのうちでも重要なことの一つだろう。尿を敵に感づかれないようなところにしたり、友好的な仲間や異性に感づいてもらえるところに撒いたりすることで、動物は自らの生命機能を全うする。それは、自己という空間的なシステムを形成し、自己ならざる外界から自己を区別していく作用と言うべきである。

人間という動物が、眠っている間は排尿せず、目覚めているときに敵にわからない場所にこっそり排尿してくるのも、個体の完結性を守る行いであると言える。だとするならば、尿を漏らしているときのゆずきは生き物としてどういう状態なのか。湧きだすように尿を垂れ流しているゆずきにおいては、内側の世界と外側の世界の結界が溶け去り、内から外へとただ黄金の液体が静かに流れているのではないか。内から外への流れは、ゆずきが個体として完結することができず、この世界にたゆたうようにして存在していることを表すのではないか。胎児の排泄物がへその緒を通じてただ川の流れのように母胎に流れ込んでいくのと同じように、ゆずきの尿は内と外があいまいになった世界に流れていく。

冬を迎えた。ゆずきの寝起きはますます悪くなった。時生は外がまだ薄暗い七時すぎからゆずきに大きな声をかけ、肩を揺すらなければならなかった。できれば、ゆずきの体にはふれたくない。突然暴れ出すゆずきを目にすると、手に負えない怪物に思われてきて、自分が何をやり出すかわからない。

このまま放っておいてはならないのではないか、しかるべき医療機関で診察を受けるべきではないか。だが自分は、何もしないでただずるずるとやるべきことを先延ばしにしている。まるで、この世から忘れられた片隅で、ゆずきと自分の二人が荒れ放題の家で暮らすことをよしとし、楽しんでいるかのようだ。ゆずきと食事をともにし、生温かい紙パンツを片付け、尿臭い服を洗濯する、そんなことの繰り返しに慣れ、小さな満足感さえ覚えている。

外にこんもりと雪が積もった朝、時生はゆずきを起こすために部屋の灯りを点けた。声を張りあげてゆずきの目を覚まさせようとベッドに近づいた。ゆずきは仰向けの姿勢から少し左に顔を傾けしっかり目を閉じていた。いつものように腹から大きな声を出そうとして時生は思いとどまった。なんの煩いも憂いも感じられない穏やかな顔に胸を衝かれたのである。丸く盛りあがった頬は、幼女のような柔らかな肌触りを感じさせ、呼吸とともにかすかに上下した。長く整ったまつげが閉じた目を覆い、日中起きているときには見受けられない可憐さを生み出していた。首から肩にかかっている細く艶のある髪が、ゆずきの顔を優しく包み込んだ縁取りに見える。

ゆずきの顔に現れているこの世ならぬ穏やかさが時生を身動きできなくさせた。いったいこれは何だろう。この世の煩いから超越したように見える静けさを、なぜ、ゆずきは顔に浮かべることができるのだろう。時生は不思議でならなかった。シュウジに暴力をふるわれ、あさりに十分かまってもらえない生活を続けてきたとの推測は、時生の中で確信に変わってきていた。そんな環境にいたはずのゆずきがどうしてこんなに幸福そうな寝顔でいられるのか。疑問が募る時生は、ゆずきを前にして、迷路に入り込んでいった。窓の外に目をやると、深夜から降り積もった雪で仄明るくなっている。

ベッドのゆずきは先ほどと同じ姿勢で眠り続けている。時生はゆずきの頬や額に自分の掌をそっとふれさせてみたい気持に駆られた。だが、それ以上近寄ることはせず、ゆずきを見守った。不意に、さらさらと金色の水がゆずきの内から外へと流れ出すのが目に浮かんだ。さらさら、さらさらと水は絶えまなく流れ、ゆずきを取り巻き、暖かく包んでいく。時生は金色の川が静かに流れる音を聞いた。

時生は、ああそういうことなのか、と不意に理解した。この世界への不適応をたくさん抱えて生きてきたゆずきは、不自然なこわばりを身にまとわされている。突然暴れたりするのもそのこわばりのせいだ。こわばりを負っていることはゆずきにも辛いのだ。そのゆずきにとって唯一の救いは、内と外の境目なくさらさら流れていく金色の水なのだ。この水が流れているとき、ゆずきはなにものにもとらわれることなくゆったりと世界にたゆたっていることができるのだ。だから、ゆずきはこんな至福の表情で眠っていられるのだ。その時間がなければ、ゆずきはこの世界にいることに耐えられないのではないか。

尿を流しているときが唯一ゆずきが違和なくこの世界に受け入れられているときだ、という気づきは、時生に、さらさら流れるゆずきの尿を聖水と思わせた。特別なときと場所で流れ、平穏を与える特別な水。

ゆずきの至福の時間を壊してはならないのではないかという思いが生まれた。しかし、一方、そんな奇妙なあり方でしか自分を保てないゆずきがとても哀れに感じられもした。もし、このままゆずきが尿漏れが治らないまま年齢があがっていったらどうなるだろう。尿の臭いをまとったゆずきは、からかわれ、避けられ、誰にも相手にされなくなるだろう。それに、忘我の状態で尿を垂れ流しているときが至福だなんて、まさに倒錯、ゆずきの将来を考えれば倒錯は正さなければならない。尿コントロールができる人間、すなわち内側の自己を外界から守るシステムをもった人間にしてやるのが、大人としての自分の責任ではないか、とも思った。

次の日から時生は、朝早めにゆずきの部屋に行き、穏やかな寝顔をしばらく見ているのが習慣になった。ゆずきの顔にはこの世の煩いを超越したやすらぎが宿っていた。時生はそのやすらぎの背後に、さらさらと流れる金色の川の音を聞いた。ゆずきはあたたかくやさしいその流れに溶かされ、宙を漂っていた。「おしゃかさまかマリアさまか」、時生は尿を流しているだろうゆずきを見て、何度も呟いた。

だが時生は、ゆずきの寝顔に見とれている自分のことを、壊れ物の自分が感応しているのだと醒めてとらえてもいた。内と外の境がなくなっている忘我状態のゆずきに、殻の壊れた自分の中身がどろどろと流れ出し寄り添おうとしているのではないか、と怖ろしくも感じた。もうそんなあやしい時間に浸ることをすぐやめ、ゆずきの夜尿対策を始めなければならない。ゆずきを一個の人間として自立させることに取りかからなければ、将来に禍根を残すだろう。すぐにでも、自分はまともな判断力を発揮しなければならない。


ある晩、時生は夕食をとりながらゆずきに話しかけた。

「ゆっき。ゆっきは、おねしょ、直したいと思ってるよね」

レトルト・ソースで時生がつくったスパゲティ・カルボナーラを食べて上機嫌になったゆずきは、

「うん、思ってるよ」

と素直な口調で答えた。

「そうか、やっぱりね。おじさんが思うには、ゆっきがおねしょをするのは、朝目が覚める少し前なんだ。だから、五時半ころにおじさんが起こしてやるから、トイレに行ってごらん。その後、また寝ていいから。たぶん、これでばっちりさ。おねしょなしで、朝を迎えられるぞ」

「わかった、おじさん。五時半に起こしていいよ」

ゆずきはあっさり、時生に同意した。時生と二人だけの生活になってから、時生の指示に素直に従うこともときにはあったのだ。

翌朝、時生は五時半前に目を覚まし、ゆずきの部屋を開けた。

「ゆっき、五時半だよ。起こしに来たぞ。いいか、つらくても起きるんだ」

ゆずきは深く寝入り、まったく反応しなかった。時生はベッドのそばに寄りもう一度大声で呼びかけた。

「おーい、起こしに来たぞ。起きてトイレに行くぞ」

腹の底から声を出したつもりだったが、ゆずきは身動き一つしなかった。

「ほら、頑張って起きるんだ」

時生は両肩をつかみ強く揺さぶった。なんとか目を覚ましてくれ、今日からトイレに行くと決めた以上なにがなんでも実行するんだ、という思いで腕に力を込めた。

「うーーっ」

ゆずきが太いうなり声をあげ、身をよじった。掛け布団をはね飛ばして右へ左へ転がった。時生は弾かれたように後ずさりし、こわごわゆずきを見下ろした。

「目が覚めたな。ほら、落ち着いて。トイレに行っておしっこしよう。いいか」

時生は、ゆずきに向かって再び身を乗り出し、なおも転がろうとするゆずきの胴に腕を回した。ベッドから力ずくで下ろし、立たせようとした。いやだ、やめろと唸りながらゆずきは、ふらふらと床に下りた。時生がゆずきの手を引いて戸口へ向かおうとすると、時生の手を振りほどき、拳で殴りかかってきた。時生は暴れるゆずきを羽交い絞めにした。穏やかに事を運ぶつもりだった時生の頭に血が逆巻いた。奥歯をぎりぎりと噛みしめ、ゆずきを引きずっていった。

「ゆっき、お前が、朝トイレに行く、って言ったから連れていこうとしてるんだぞ。なのに、なんで逆らうんだ」

「ぐわー」

ゆずきのけもののような叫び声が部屋に満ちた。時生の脳髄の奥でキンキンと音が鳴り始め、額に痛みが押し寄せた。時生は眉をしかめて痛みをこらえ、ゆずきを横抱きにした。そのまま部屋の斜め前にあるトイレに連れていき、電灯を点けてから中に押し込んだ。

「ゆっき、目が覚めたか？　ちゃんとおしっこするんだよ、おじさん、ここで待っているから」

時生はトイレの前に腰を下ろし、心臓が高鳴り、額に汗が流れてくるのに任せた。行く気のない子どもをトイレに力ずくで連れていった自分が冷酷無残な鬼のように思われたが、事を始めた以上最後までやらなければならないのだと、自分に言い聞かせた。便器の水面を打つゆずきの尿の音が聞こえて、時生は長い溜息を洩らした。涼やかな水音を耳にしている間、ああ、あれは金色の川になって流れていくべきだったのに、俺が力ずくで便器に流れさせているのだ、と小さな悔恨に襲われた。排尿をすませたゆずきが現れ、腰を下ろしている時生にふんと鼻を鳴らし、部屋に戻っていった。

七時すぎに再びゆずきを起こし、朝食をとらせた。手荒い動作で時生に逆らったゆずきの面影は消え去っていた。時生の言うまま、学校の準備をすませて出て行った。時生は急いで二階のゆずきの部屋にあがり、片隅に投げ捨てられた紙パンツを拾い上げた。思いがけない軽さに驚き、中のパッドを見た。いつもなら尿をたっぷり吸いこんで膨らんでいるはずのパッドが、白くふんわりとしたままだった。

どうだ、ゆずき、おじさんの言ったとおりだろう、と快哉を叫ぶべきなのに、時生は紙パンツの軽さが胸につかえた。おねしょを直す第一歩を自分とゆずきは踏み出したのだ。ゆずきはこれから尿コントロールを覚えて、一人で世界に立っていくのだ。これは祝うべきことではないか、とおのれに言い聞かせながら、時生は少しも嬉しくなかった。繭の中に閉じこもっていたゆずきを力ずくで引きずり出したのはいいが、よわよわしい肌を外にさらけ出してこれから生きてかなければならないゆずきを、自分が支えていくことなどとうていできない、と思った。

次の日も、また次の日も、時生はゆずきを朝まだ暗いうちにたたき起こし、トイレに連れていった。ゆずきが逆らい暴れる力は日を追って増していった。時生は心を鬼にしてゆずきに向かい、

「ゆっきのためにおじさんがどれだけ苦労しているかわからないのか、このばかやろう」

と怒鳴った。連日時生の異常な声と力に押し切られていたゆずきは、とうとう五日目の朝、トイレのドアの前に立ちはだかり、〝いやだ、いやだ、トイレなんかいかない〟と叫び、顔をくしゃくしゃにして泣いた。無理にトイレに入れようとする時生は、ゆずきを抱きかかえたが、死に物狂いで手足をばたつかせるゆずきに閉口し、手を放した。

「わかったよ、ゆずき。おじさんはお前のことなんか、もう知らん。一生、ねしょんべん垂れて生きてりゃいいんだ」

時生は、出口を求めて渦巻く怒りに煽り立てられ、吠えた。ゆずきの反応も見ずに、足音高く自分の寝室に向かった。

8

その日から、時生はゆずきに食事を与え、衣服を洗濯する以外のことに気持を向ける気力がなくなった。時間講師としての仕事に、行くには行ったが、時間をただ消化するだけの平板な授業に終始した。家の中は益々乱れていった。玄関には靴が散乱し、居間にはゆずきの脱ぎ散らした服、ランドセルからこぼれ出てきた教科書類が片付けられないままになっていた。部屋の隅に降り積もった埃が目に見えるようになった。

もう、朝は、ギリギリにならなければゆずきを起こさないことにした。ただ、朝食をとって小学校に行ってくれさえすればそれでいい。ゆずきを良くしてやろうなどとはまったく考えないことにした。当のゆずきは、トイレの前で激しく暴れたことをまるで覚えていないかのように、時生の言うことを聞き、学校に行き、帰ってきてからはひっそり一人で遊んだ。

ゆずきとの二人暮らしを続けることで自分が退行し、生活のすべてがなし崩しになっているのを時生はわかっていた。ゆっくりと、だが引き返しようもなくものぐさになっていくのを感じていた。しかし、そこから出ようとは思わなかった。なぜなら、時生にひそかな楽しみが生まれていたからである。朝、五時半ころ、寝床を出た時生はゆずきの部屋に静かに入っていく。声をかけることも、手をふれることもしない。ただ、ゆずきの寝顔を見る。

この世のとらわれから解放され、静かに穏やかに眠っているゆずきの寝顔がそこにある。穏やかさがきわまったとき、ゆずきの体内から金色の水がさらさらと流れ出すだろう。それはきっと、今、このときだろう。父の暴力、母の不在、世間からのからかい、いっさいの理不尽から逃れた小さな空間で、ゆずきは自分の内から外へと温かな液体を静かに流していく。彼女は内も外もない世界にたゆたい、至福のときを過ごしている。そう思うと、ゆずきの安らかな寝顔が何にも代え難いものに感じられて、時生は涙が出そうになる。「おしゃかさまかマリアさまか」、時生の内心の呟きは声になって溢れてきそうになった。

ゆずきの寝顔を見ることの喜びだけのために時生は、雪に降りこめられた冬の日々を過ごした。真っ暗な朝、寒さに身震いしながら起きて、ゆずきの部屋に行くのが楽しみだった。自分の生活がひどく孤独で退廃したものであるという意識は、かたときも消えなかったが、抜け出そうとする気力も起きなかった。ふと、いまだ尿コントロールのできないゆずきを羨み、自己というものが外の世界に溶け出し融合している原初の発育段階に、自分も戻りたいものだというおかしな気持がうごめいた。

二月の終わりころ、ゆずきがビニール袋をぶら下げて帰ってきた。居間のテーブルに置いたノートパソコンで授業用のプリントをつくっていた時生が、

「なに、もってきたんだ」

と問いかけても、ゆずきは何も答えない。無造作に袋を台所の床に放り投げ、ソファに寝転んだ。ゲーム機のスイッチを入れ、画面が現れるのを待っている。時生は袋を拾い上げ、きつく縛られた口をほどいた。尿の臭いがたちどころに立ち昇ってきて、時生は思わず鼻をつまんだ。朝ゆずきがはいていったモスグリーンのスウェットが黒ずんだ色で入っている中に、ディズニーのキャラクターのついたパンツも見えた。

「ゆっき、授業中漏らしちゃったのか」

時生の声が聞こえぬかのようにゆずきは、ゲームの画面に見入っている。

「だまって、そこらへんにぽいっと置いてどうすんだよ。おしっこ漏らしましたって、ちゃんとおじさんに言わないと」

そう言いながら、時生は脱衣所に行き、洗濯機の横のバケツにスウェットとパンツを入れ、水を注いだ。たっぷり水を汲んで揉み洗いしなくてはと思っているうちに、電話が鳴った。ゆずきの通っている小学校の保健室の教員だった。

「あのう、ゆずきちゃんの保護者の方ですね。授業中おしっこを漏らしてしまったので、着替えさせました。濡れた服をもたせてます。替えのズボンの方は洗ってお返しください。パンツは新しいものを購入して返していただきたいのです。よろしくお願いします」

「ああ、お手数をかけて申し訳ありませんでした。着替えは洗ってすぐ返すようにします」

時生はそう答えて受話器を置こうとしたが、相手の口澱む気配が気になり、手を止めた。

「あの、磯田さん」

「え、はい」

「磯田さんは、ふだんゆずきちゃんの面倒をみていらっしゃるんですよね」

「はい。担任の先生には伝えてありますが、ゆずきは、いろいろと事情があって私の家で預かっている子なんです」

「そうなんですね」

「ゆずきになにか変わったことがありましたか」

「ええ、このところ、ちょこっとずつおしっこを漏らしてるみたいで、他の子から臭いがするって言われることがあるんです。今日みたいにじゃーっと漏らすことはなくても、なにかぼーっとしているときに思わず出ちゃうんじゃないでしょうか」

「え、臭ってるんですか。今、妻が家にいないものですから、私だけでは身の回りに十分気を使ってやることができなくて……。申し訳ありません」

時生は、自分も知子を見習ってゆずきのパンツに尿漏れパッドを付けてやっているのに、やり方が悪かったのだろうかと思った。

「いいえ、男の方ではわからないこともいろいろあります。ただ、臭いがすることでいじめられたりしたらゆずきちゃんが可哀そうと思い、ご連絡させていただきました」

受話器を置いた時生は、胸奥に暗く重い靄《もや》がたちこめ、全身に広がっていくのを感じた。おかしな動悸が始まり、身の回りが揺れた。なんてこった、ゆずきのこの世にないやすらぎの顔を毎日拝みたいがために、俺はゆずきを育てることを放棄していたのだ。ゆずきが夜と朝のあわいにできた小さな世界に逃げ込み、繭のような眠りによっておのれを守ることを、自分は臆病な利己心からよしとしていた。なすべきことをずるずると先延ばしし、ゆずきといっしょに小さな生温かい世界に逃げ込もうとしていたのだ。

時生は家事そっちのけであさりの携帯番号を鳴らし続けた。「お客様のご都合で」のコールが流れないので、いつかはあさりが出ると淡い期待をもちながら、受話器を耳に当て呼び出し音を聞き続けた。ゆずきと二人でレトルトカレーの夕食を食べ、風呂に入らせ、その後も、夜更けまであさりに繰り返し電話をかけた。

十二時近く、一回のコールであさりが出た。

「なに、ときお？　今、仕事中なんだよ。明日の昼かけて」

時生は受話器をもつ手がわなないた。胸にわだかまったすべてをぶちまけるように怒鳴った。

「こら、あさり、このバカ野郎。娘、放り出して、なにやってんだ。いい加減にしろ」

「え、ときお、まじ怒ってる？」

「なんだ、そのとぼけた言い方は、お前、どんなに長くなっても半年、って言ったろ。さっさと迎えに来い」

「それがさあ、いろいろあったのよ。ときおには悪いとは思ってたさ」

「俺よりも、ゆずきに悪いだろ」

「そうそう、そうだよね。時生に言われなくても、迎えに行くよ。明日か、明後日にはそっちに行くから、そんなカリカリしないで待ってて」

「ほんとにすぐ来るんだな。お前、今、どこにいるんだ」

「どこでもいいんじゃん。とにかく、すぐ、ゆずきを迎えに行くから」

そこまでで電話は切れた。吐き出しきれなかった怒りを抱えた時生は、ふだん飲まないウィスキーを何杯もあおり、家の中を意味もなく立ち歩いた。

9

翌々日の土曜日、連日の雪降りの後にやってきた晴天の日、あさりが時生の家にやってきた。

「きたよー、ひさしぶりー。ゆずき、元気だったかあ」

玄関のドアを開けて、いきなりしゃべり出したあさりの声が聞こえて、時生は飛び出していった。

「こら、あさり。今頃になってのこのこ来やがって」

時生は玄関に立って中を覗き込もうとするあさりを怒鳴りつけた。

「ごめん、ごめん。うちだって早く迎えに行こうと思ってたんだよ。でも……」

「でももしかしもないだろ。あさり、お前は、半年たって迎えに来なかったらこの子をどこへでもやってください、と言い切ったんだぞ」

「え、うち、そんなこと言った？」

「お前ときたら、ほんとにテキトーな女だな。ゆずきを預かった俺やカミさんがどんな思いで面倒みてきたのか、わかってるのか」

「えへ、ごめんなさい。あやまります。だいぶ遅くなりましたが、ゆずきを迎えに来ました」

頭を下げたあさりに二の句が継げなくなった時生は、

「まあ、あがれ」

と不機嫌に言うしかなかった。

居間に入ってきたあさりは、テーブルの上で自由帳に絵を描いているゆずきめがけて走り寄り、ダウンのコートを羽織ったままゆずきの肩を抱き頬をすり寄せた。ゆずきは驚いた表情で、あさりに頬ずりされるままになっていた。

「ゆず、ママ来るの遅くなってごめんね。あんたのこと考えて、ママは、すんごい苦労してたの。もう、パパはいないから、ママと二人でやってこ」

あさりは、コートを脱ぎ、ゆずきの近くに椅子を引き寄せた。ニット地で水色のふんわりしたタートルネックのワンピースを着ていたが、腰かけるとラメ入りのストッキングをはいた太ももが剥き出しになった。ゆずきにさかんに右手を伸ばし肩と頭を撫で、自分の方に抱き寄せようとしたが、ゆずきは身を固くし、困ったような視線を時生に送った。

「ほら、あさり。あんまり長く放っておいたから、ゆずきがどこの人ですかって顔をしてるじゃないか。なあ、ゆっき、変なお姉さんがいきなり来てびっくりしたよな」

「なに、ときお、この子のこと、ゆっきって呼んでるの？」

「呼んじゃ悪いか」

「いいやあ。うちじゃあ、ゆずって呼んでたさ」

あさりと時生が話し始めると、ゆずきはテーブルの上で組んだ腕に顎をのせ、下唇を噛んだ。不安と緊張で身動きできなくなったときにゆずきが見せる姿勢だった。

「当り前のことだが、あさり、確認するぞ。ゆずきを引き取りにきたんだよな。そうだよな。なにしろ、お前のことは信用できないからな」

「そんなに、びしびしきついこと言わないでよ。ちゃんとゆずを連れて帰るさ」

「そうか、それならいい。よかったなゆっき、またママといっしょに暮らせるぞ。嬉しいだろう」

ゆずきの方に上体を傾け、目を見つめながら時生は話しかけた。ゆずきはかすかにうなずいたが、顔色は明るくなかった。

「いいか、ゆず。ママはパパと別れてきたんだ。だから、今日からはママとゆずの二人で暮らす。安心だろ」

背を丸めたゆずきの耳もとに顔を寄せ、髪を撫でながらあさりは話した。あさりが触れてくるのに身を任せているうちに、しだいにゆずきの顔が上向きになった。時生が気になっていた怯えの表情が消え、穏やかなときのゆずきが戻ってきた。

「ゆず。ママ、ちょっとおじさんと二人きりで話したいから、自分の部屋に行って待ってな」

ゆずきは立ち上がり、あさりの肩に額をかるく押しつけ、拳でワンピースの脇腹を小突いた。ゆずきが立ち去ってからあさりは話し出した。

「ときお、ほんとにごめん。でもさあ、おかげで、これからちゃんとゆずきの母親できるさ」

「おかげでって、どういうことだ」

「うん、説明するよ。シュウジのやつ見つけたことは見つけたけど、金はほとんど使っちまったって。百万寄こして、これもって帰れだと。まったくクソ野郎だよ。八つ裂きにしてやりたいくらいだ。もうあんな男と二度といっしょにならない。けどさ、それなりの金がなかったら、うちだってゆずき育てらんないじゃん。だからねえ、東京で稼いでた」

「ばかやろ。娘を預けっぱなしにして稼ぐもないもんだ」

「だって、ゆずきがいたら、時間関係なしで稼げないじゃん。この際、がっつり稼いでおこうと思ったんだもん」

「よく言うよ。また、フーゾクか」

「まあね。うちはねえ、すすきので鍛えたテクがあるから、お客さんいっぱいついてさ、すげえ売れっ子になったんだ」

あさりはワンピースからはみ出た脚を組み、頬骨の張った顔をそびやかした。ゆずきの顔のつくりがあさり譲りのものであることに時生は気づき、いつかゆずきもこんなふうに野放図に生きるのだろうか、と思った。

「人の気も知らないで、好きなこと言ってるもんだ。いいか、あさり、お前のおかげで俺たちがどれほど苦労したか、わかってるのか。もうなあ、夫婦の危機、離婚寸前だ」

「え、どういうこと？　奥さん腹立ててるんなら、うち土下座して謝るから」

「うちのやつはなあ、お前が半年たっても引き取りに来ないだろ、そんとき俺がゆずきの面倒を見続ける、って言ったもんだから堪忍袋の緒が切れて出て行った」

「まじかあ」

「まじもまじ、お前のせいで、俺んちがめちゃくちゃだ」

あさりの顔が見る間に曇り、目がしらに涙を浮かべて時生の手をつかんだ。

「いやあ、ときお、ほんとごめん。うち、明日奥さんとこ行って謝るわ」

「今頃、そんな真剣になっても遅いんだ。うちのやつには、俺がちゃんと話しておく。なんとかなるさ。けどな、俺は、あさり、お前がゆずきをまともに育てられるのか、心配でしょうがない」

「え、ほんと？　ときお、言いたいこと言って」

「いいか、ゆずきはシュウジに暴力を振るわれただろ」

「ときおは、なんでもわかるんだね。ゆずが赤んぼのときから、泣き声がうるさくて我慢できなくなると、叩いたり蹴ったりした」

「お前、止めなかったのか」

「やめてとは言ったよ。でも、あんまりうちがやめてって強く言うと、俺に指図するな、文句言うなら離婚するぞ、って脅かしてくるんだ。うち、離婚されるのが怖くて、止めれなかったんだ」

「そうか。この家に来たばっかりのころ、俺がゆずきを起こそうとしてちょっと体にさわっただけで、ひどい暴れ方をしたんだ。ああ、これは男親に暴力を振るわれたんだな、と思ったさ」

時生が話す間、あさりは顔をしかめ、鼻に何度も皺を寄せた。もう聞きたくないというように顔をそむけた。

「それとな、あさり、お前、ゆずきの面倒見るのが嫌になって仕事に逃げたんじゃないのか。子どもは、母親がそばにちゃんといてやらなきゃならない時期があるだろ。お前、ちゃんといてやったのか。おしっこがちゃんとできないまんま、小学校三年生までくるなんて、育て方に問題があったんじゃないのか」

「そんな、わーって言われても、うち、わかんないよ。もう、ずっと必死だったんだ。シュウジが金寄こさないから、稼ぐようになったんだし。働くようになってからも、夜の保育所とか入れてたし、ゆずをまるっきりほっといたんじゃないからね」

あさりは顔を起こし、時生に訴える表情になった。話しているうちに声が上ずり、鼻の頭が赤くなった。

「そうか。言い方がきつかったんなら、勘弁してくれ。あさり、これから、ゆずきの面倒をたっぷり見てやれ。この子はなあ、おそろしいことをいっぱい経験して、ギリギリのところで自分を守ってきたんだ。お前はなあ、この子が安心して生きていけるようにする責任があるんだぞ」

「卒業してからも、ときおは先生面するんだな」

「ばか、先生面して言ってるんじゃない。ゆずきの仮の親をしたから言ってるんだ」

「そうですか、わかりましたよ。うちもね、やっぱ、ゆずきのそばにずっといてやった方がいいかな、と思って東京で稼いできたんだ。ときおに言われなくても、しばらくは働かないでゆずきの面倒見るわ」

「お前の言うこと信用していいんだな」

「なに、その疑り深い目つき」

「いや、お前がそれなりの考えをもっているのはわかった。いいか、ゆずきをいじめるような変な男とはつきあうな、夜はゆずきといっしょにゆっくり寝てやれ。これが俺の言いたいことだ」

「ほんと、ときおはくどいんだから。もう言いたいことは終わりだね」

「ああ、終わりだ」

「じゃあ、ゆずを連れてくわ」

あさりは階段の上がり口まで行き、二階の部屋で待っているゆずきに声をかけた。

「ゆず、下りといで。ママと帰るよ。服とかもってくもの、まとめな」

荷物をまとめるのに手間取っているゆずきに苛立ったあさりは、時生に手渡された布袋をもって二階に駆けあがった。慌ただしい出発準備の間、時生は意味もなく家の中をうろうろした。三十分ほどして、はち切れそうになったショルダーバッグを肩にかけたゆずきが、あさりとともに下りてきた。あさりの方は両手に重そうな布袋とランドセルを提げていた。

「ときお、ゆずのためにいっぱい服買ってくれたんだね。奥さんにお礼、言っといて。じゃあ、行くわ」

「そうか、もう行くか」

「ゆず、あんた、おじさんに、お世話になりましたってお礼言うんだよ」

灰色の地に黒いチェック模様の入ったオーバーを着てニットの帽子をかぶったゆずきは、困った顔で上目づかいをした。

「なに、もじもじしてんだよ。いいかい、ママといっしょに言おう。おじさん、お世話になりました、だよ」

あさりが、さあと促す声を発しようとしたとき、ゆずきは上がり框から時生の前に歩み出した。小さくなってしまったオーバーとぱんぱんに膨らんだショルダーバッグの姿は、あてどない旅に出ていく避難民のようだった。時生の横を通りすぎなお先に進む。居間に忘れ物をしたのかと時生が訝しむと、ゆずきはいきなり足どりを変えた。時生の背に向かって進み、腰の少し上を両手でつかんだ。ゆずきのふっくらとした掌の温かさが時生に伝わってきた。

ゆずきは額を時生の背中に押しつけ、そのまま貼りついたように動かなくなった。

「なにやってんのゆず。このおじさんから離れたくないのか。さあ、もう行くよ」

時生は、両腕を後ろに回し、ゆずきの胴をつかんだ。

「なにしてんだよ。さあ、ゆっき、ママといっしょに行くんだ」

と言いながら、自分の背中に貼りついたゆずきの感触に浸っていた。しかし、おっ、という呟きが漏れ出た。時生は急いでゆずきを振りほどき、くるりと向きを変えた。ゆずきの前に跪き、下半身の臭いを嗅いだ。

「なにやってんの、ときお。へんな動きしないで」

あさりに言われて、時生は立ち上がった。

「いや、なんでもない。ゆずきは、ばっちりオーケーだよ。さあ、ママといっしょに行きな」

時生はゆずきの背中に回り、あさりの方に押し出した。

「ときお、行くわ」

玄関のドアを開けて出て行く二人を追って、時生も外に出た。新雪が青空から降ってくる日差しを跳ね返し、眩い世界だった。

先を急ごうとするあさりのコートのベルトをつかんだゆずきは、左にずり落ちたバッグの重さに引っ張られ、もどかしげに足を運んでいた。ゆずきの歩みに、母に必死に縋りつく子どもの姿を感じた。もっとしがみつけ。そうすることで、ゆずきがまとっている異常なこわばりが少しずつ解けていくだろうという気がして、時生の胸のあたりが熱くなった。二人とも時生を振り返ることなく、除雪されたばかりの歩道を広小路に向かって歩んでいく。歩道にうずたかく積まれた雪山に二人の背中が隠れ、やがてまったく見えなくなった。

明日は、義母の家にいるはずの知子を迎えに行こう。あさりが、優柔不断な自分につけこんで子どもを置き去りにしたわけではなかったのだ。事実を淡々と話せば、知子もわかるだろう。ただそのときには、やっぱり教え子は信用してやった方がいいのだ、などと得意顔はすまい、と自分に念を押した。

それよりも、ゆずきが夜明け前に垂れ流す尿は、この世のどこにもないほど聖らかな水の流れなのだという自分の発見をぜひ伝えてやりたい、と思った。何ごとも情緒をからめずに割り切ろうとする知子に、どうしたらうまく説明できるだろうか、と頭をめぐらした。

なまこ山

1

窓の外では雨まじりの風が吹き荒れている。幹がきしむ音が部屋の空気を震わせるたびに、久仁人はえたいの知れぬものに胸のなかを掴まれ、ひねりあげられるような思いがした。テラスのカーテンを開け、なまこ山を見た。土饅頭のように寝そべった小山の稜線に、櫟、白樺に桜や楓が隙間なく突き立っている。宵闇のなかで樹木は風雨に弄ばれ、身をよじることで辛うじて耐えていた。

「なまこ山に大風が吹くと、わざわいがくる」

台風で収穫前の林檎がほとんど落ちてしまった朝、祖父は脳溢血で死んだ。その祖父が口癖のように言っていたことばだ。なまこ山がまるごと風で揺さぶられた日、用水堀から腕一抱えもある太さの蛇があらわれ、草をなぎ倒し山を這いずり回ったという。久仁人は、幼い頃からの遊び場だったにもかかわらず、なまこ山には気持の悪い、おそろしい場所がたくさん潜んでいるような気がしてならない。

雨が礫になって窓ガラスをバラバラと打ちつける。久仁人の耳の底をじかに叩き、体の内部から不安をかきたてる。

「来るんなら、早く来い」

久仁人は苛立ちを抑え込もうとして呟いた。

携帯電話のショートメッセージに、〈オジ、これから行くから、家にいて　ミキ〉と表示されたのは、午後四時半少し前だった。その瞬間から久仁人は時間の締め具にかけられ、息をするのも苦しかった。〈これから〉ということは、三十分か、一時間か、久仁人はミキがすぐ来るものと思い、待った。玄関に入ってくるミキに、まず何と声をかけるか、テーブルについたミキにどんな顔で、何と語りかけるか、久仁人は鏡を見て練習をした。ともかく穏やかな顔でさりげなく、

「やあ、久し振り、元気だった?」

とひとこと言って、黙っていよう。ひたすら穏やかな表情を保ち、下心を探らせないようにする。たとえミキが激情に任せて乗り込んでくるのだとしても、こちらは徹底して静かにやさしく応答すること。もめごとなしでミキにすぐ帰ってもらうために、久仁人がぐるぐる回りする頭で出した結論だった。予期せぬ来訪者ミキには、一時間以上長居されては困るのだ。

久仁人は雨音に混じる微かな気配に耳を凝らして待ち続けた。ドアを打つ音に飛び上がり、玄関に急いだ。ドアを開けてみたが誰もいない。風に吹きちぎられた枝が足もとに落ちているだけだった。一時間半、待ったが、ミキは来なかった。ショートメッセージに表示された番号を鳴らしたが、応答なし。久仁人は足を踏み鳴らし、居間をうろついた。〈くそ、ミキ、来るんなら早く来い、俺には時間がないんだ〉。床を蹴る音が、ミキに届かないものかと思った。

七時になった。久仁人はこうなったらミキのことは放って家を出るしかない、と腹を決め玄関に向

かった。ドアを押し身を乗り出そうとするときに、久仁人は押しとどめる力に襲われ、その場で石化した。五年もの間無視し、忘れ去ろうとしてきたミキを今このとき捨てておくことが、どれほどの災厄をもたらすかを想像すると、久仁人は一歩も動けなかった。

扉を思い切り閉め、

「くそ、ミキ」

と怒鳴ると、冷や汗が幾筋も背中に流れ落ちた。

居間に戻った久仁人は深呼吸を二回してから由里子に電話をした。

「あの、深浦だけど」

「え、どうしたの」

「こんな直前で申し訳ないんだけど、行けなくなった」

「なにを言ってるの。今、向かってるところよ」

雨の中、レストランに向かっている由里子が険しい顔をしているのが目に浮かぶ。

「ドタキャンのつぐないは必ずするから。電話では話しきれない面倒が起きちゃって」

由里子との間にできた沈黙の底に言い訳のことばを並べ立てようとする気持を押し殺した。由里子から返ってくることばの語調から、どれほどの腹立ちか察知しようとした。

「じゃあ、近いうちに、その面倒とやらを、ちゃんと話して」

「ああ、ほんとにすまない」

久仁人は、穿鑿のことばを投げつけない由里子に助けられた、と思ったが、それはかりそめの安堵であった。電話をしている間にも、ミキが突然現れ、相手は誰だと怒鳴り出す場面を妄想し、走り出した妄想が久仁人を羽交い絞めにした。水道の水をコップに注ぎ、ゆっくり飲み干した。レストランとホテルにキャンセルの電話をした。

月に一度、由里子と食事をし、夜をともにする日。由里子を抱き、その体に没入することを想像し、久仁人の下半身は午後から火照り、疼いていた。苦しみばかりだったこのごろの白分にやっと訪れた小春日和。脇道へ追いやられる一方の公務員生活、妻を亡くしてからの抑うつ、日々をやり過ごすだけで精一杯だった。灰色に塗りつぶされた先細りの道に佇んでいる久仁人にとって、由里子は光をもたらす存在だった。

由里子は、久仁人が勤務する市の文化部門の臨時職員だった。新しい文化会館の建設に向けて、久仁人が斬新な案を何度出しても却下され失意のうちにいたとき、由里子が話しかけてきた。

「深浦さんの案て、夢がありますよね」

由里子の声には久仁人の鬱屈を溶かす快活さがあった。そのときから久仁人にとって由里子と話すのが安らぎになった。由里子はシングルマザーで一人息子を大学まで行かせた、という。久仁人は由里子のバイタリティを称賛し、自分にもっとも欠けているものだと自嘲した。役所仲間の前では封印していた文学と美術についての知識を、由里子に向かってとめどなく語るようになった。由里子から、あなたにはただの公務員では終わらない才能と人間性があると言われ、久仁人は舞い上がった。この人といる時間は、他の誰にも奪われたくないという気持が、疾風のように体を突きぬけた。

久仁人は、自分に適職だと思っていた文化行政部門から、突然、産業振興部門に配置転換させられた経験がある。再度、文化部門を担当したいと希望を出し続けたところ、文化施設の営繕など裏方の仕事を与えられた。同期で入庁した者たちの多くが管理職となり、行政方針の作成に関与する立場にいるのに、久仁人は目立たぬ日常業務をこなすだけの公務員であった。この先、職場では心躍ることに出会うはずもなく、ただ齢を重ねていくだけだろうという思いが、久仁人を鬱屈させていた。

由里子の存在は、久仁人が人生の後半でやっと手に入れた魂の平安であった。二人で過ごすことは、人生というものがそう悪いものでもない、ということの証明であった。公務員としては誇るべきなんの地位も手に入れなかったが、とりあえず社会の片隅で生き続けられる生活保障があり、由里子との交際があれば、それで十分だ。壮年期まで身のうちから湧き出る活力に押される生き方をしてきたのに、今ではなんの結実もない初老期を迎えている。自分は誰にも知られず腐っていく出来損ないの果実でしかない、と思っていた。それが反転して、自分と由里子の小さな満ち足りた世界を手に入れたのである。この小さな世界を守り続けることを、それでいいのだ、と久仁人は自分に肯定する。

「小市民的な自己満足をたたき壊せ」と叫んだかつての自分が小さな繭のなかに逃げ込み、ぬくぬくと幸福を享受しようとしている。今の自分がやっているのはそんなことだ。小市民的な幸福は自己欺瞞である、という断言はカッコいいかもしれない、だがもう自分は肩ひじ張った生き方から逃れたいのだ。久仁人は、健康を害し弱気になっている自分が、自己本位の安らぎを求めたとしても、誰も非難しないでほしい、とひたすら願っていた。

今晩、由里子に、いつかいっしょに暮らそうと話すつもりだった。息子の就職が決まり、やっと肩の荷がおりたと由里子が晴れやかな顔で言ったとき、久仁人は、それは自分と由里子の次の生活の始まりを示唆していると受けとった。機は熟しているのだ。だから今夜は風雨のなかであれどうしても行かなければならなかった。その自分の気持を挫いたミキのやつ、なぜすぐ来ないんだ。お前が俺を足止めしてるんだ。

八時、九時、誰も来ない。雨が木の葉を打つ音が強くなったり、かすかになったり、その変化が久仁人をもの狂おしくさせる。ミキ、お前のために、俺はこの大事な日を棒に振ったんだ。なにを言いに来るつもりか知らんが、なぜさっさと来ない。来るというのはフェイントで、俺の邪魔をしたいだけなのか。久仁人のスケジュールなど知るはずもないミキなのに、悪魔のように自分の行動を見通して笑っている姿がちらついて仕方がない、十時を過ぎ、十一時になる。誰も来ない。〈ミキ、ずっと待ってるんだけど。どうなってる？〉と書いてメッセージを送ったが、なんの反応もない。苛立ちと不安が入り混じり、久仁人はおかしな気分にとらえられた。ザラザラとした感触で迫ってくる、人間的な情緒が消えてしまった世界。人外魔境。ミキがいるのはそんな世界ではないか、そこには踏み込めない、と思った。はっきり言って、ミキがいるであろう世界がおそろしいのだ。しかしこのままずっと待つことには耐えられない、なにかしなくては、と久仁人はベランダの大窓に手をかけ、力を込めて引いた。

雨が顔を打つのにまかせ、なまこ山を睨んだ。ミキが来るとしたら、山の切通しを来るに違いない。ずっとそう思い込んでいたのがおかしいと気づきながら、山の方をじっと見る。山の麓に点在する街灯が、揺れる枝に遮られ、光が明滅する。柳の大木から垂れ下がる枝が魔女の髪のように舞い上がっては、垂れ下がる。木々の揺らめきが黒い影絵になり狂騒曲を奏でているようだった。その動きのなかに久仁人は、女の顔がふわりと浮かんでくるのを見て、全身が揺らいだ。

久仁人は引き戸を締め、ロッカーから出した合羽を羽織りながら玄関に急いだ。外では風が落葉を吹き飛ばし、路側の水たまりが波騒いでいた。傘が宙にさらわれそうになり、久仁人は扉を開け、すぼめた傘を玄関に投げ込んだ。横殴りの雨で顔を打たれ、眼球にまとわりつく水滴で視界が滲んでくる。街灯の光がアメーバのようにうごめく。なんとかなまこ山の裾を切り裂いた道に辿り着いた久仁人は、道の先に人の姿がないか目を凝らした。吹きちぎられた枝葉を踏みながら、先を探っていく。

ミキが最終の地下鉄で来るなら、切通しを向こうから歩いてくるはずだ。あの子は、騒ぎを起こして俺の気を揉ませたときでも、どういうわけか最終の地下鉄で帰ってくることが多かった。久仁人はそんなふうにミキのことを思い出し、今夜も同じ行動をとるのではないかとわけもなく思った。風が久仁人の背中をぐいぐい押し、意思にかかわりなく足が前に急いだ。ゆるい坂を登り切り、前をうかがったとき、街灯の仄かな光のなかに、胴体を煽られ、見えない糸に吊られて舞っているような者がいた。久仁人の足が硬直し、歩が止まった。

まとったパーカーが雨に濡れ黒ずんでいる。頭にかぶったフードが水を含み、額にへばりついている。いやフードだけではない、パーカー全体がぐっしょり濡れ、腰巻のように垂れさがった裾から水滴がしたたり落ちている。水を全身に含んだ黒っぽいいきものが、雨風に逆らいながら、坂をあえぎあえぎのぼってくる。ゆっくり久仁人に近づいてくる。あれはミキにちがいない、と久仁人は弾かれたように駆け出した。

水たまりの深みに思い切り足を突っ込み、水しぶきが上がった。かまわず駆け続け、黒っぽいいきものの前で止まった。

「ミキだろ」

激しい鼓動で息が切れ、声が震えた。相手は返事をせず、頭を下げ苦し気に肩を震わせた。

「ミキ、お前だろ」

フードに隠された頭がゆっくり上がり、濡れた顔にくり抜かれた眼窩に、二つの光がともった。小づくりな顔に不釣り合いなほど大きな目が久仁人をとらえた。

「オジ、迎えに来たの？　まさかだよね」

雨音を切り裂き、くっきり立ち上がる声だった。

「ばか、これから行くってメッセージが来たから、ずっと待ってたんだ。どれだけ人を待たせるんだ」

久仁人のなかで渦巻いていた苛立ちが、そのままことばになってミキに突き当たった。

「またただ。会ったらいきなり怒鳴り出すんだから」

ミキは全身をそらし、額にも頬にも雨滴が流れるのをかまわず言った。

ミキに会ったら、できるだけ穏やかに話しかけようと思っていた自分が、会うなりいきり立っている。なにをやっているんだ。久仁人は、ミキに向かうと自制心を失ってしまう自分を戒めた。久仁人は雨に打たれながら、荒い息を吐き続けた。

「怒ってなんかいない。ミキのことを心配して、どうしてこんなに遅くなったんだ、と聞いてるんだ。こんな嵐の夜だ、なにかあったんじゃないかと不安になって当たり前だ」

「ほら、怒ってる。オジ、頭からツノ出てる」

頬をすぼめ、口を尖らす癖は以前のままだった。黒ずんだパーカーを見て、久仁人は、布地にたっぷりしみ込んだ水がミキの下着を濡らし、肌を浸しているだろうと思った。

「怒ってなんかいない。ふざけた言い方されるとイライラしてくる」

「やっぱ、とげのある言い方する」

久仁人はミキに見事にペースをとられたと思った。しばらく前にやった心の準備などなんの役にも立たなかった。

「もう、いい。それより、ミキ、どうしてこんなに遅くなったんだ。メッセージ送った後、なにをしてたんだ」

ミキはなにも答えず、顔を街灯の光に向けて差し上げ、目をしばたたかせた。目尻から落ちる粒が、雨滴なのか涙なのか、久仁人には判断がつかなかった。

「こんなところに立っていてもしょうがない。ともかく、家に行こう。シャワーを浴びて着替えるんだな。話はそれからだ」

「うちの服ある？」

「たぶん、あるさ。ミキの部屋はそのまんまだ」

久仁人は、待ち続けることによる苛立ち、そして不安が、ミキが現れることでようやく終止符を打ったことを、やれやれと自分に呟いた。今からミキを連れていったら、話を聞いてすぐ帰すわけにもいくまい、泊まらせるしかない状況だ、と思った。ミキがどんな爆弾を背負ってきたのかわからない。俺への憎しみをぶつけるためにきたのだとしても、とりあえずは家に入れるしかないのだ。そうだ、家に入って気持が落ち着いたら、態勢を立て直そう。穏やかでしかも動じることのない人間として振る舞うのだと、自分に言い聞かせた。

2

居間にあがったミキは、食卓の椅子に腰を下ろすと、フードに覆われた額をテーブルの天板に押しつけ腕を投げ出した。体にへばりついた衣類の端から水がしたたり落ち、床に水たまりができていった。久仁人は、岩壁に行きあたった漂流物だと思った。ミキは、はあっと溜息をつき、首を横に回し、久仁人を睨んだ。なまこ山で見たときの目の光は消え、疲れ切り放心した者の目だった。

「こんなところですわっちゃダメだよ。体が冷えて、風邪をひく。シャワーを浴びる準備をしてやるから、待ってろ。着替えも探してきてやる」

「自分で探す」

二階へ向かおうとした久仁人を押しのけ、ミキはふらふらと歩きだした。水滴が足もとに間断なく落ち、床にしみをつくっていく。これではミキの行くところどこも水だらけになる、と思いつつ久仁人は黙ってミキを見送った。ミキが水を吸ったぼろ雑巾になって家のなかを歩いている。久仁人はその事実を悪夢のようだと思った。この子はなにを背負って帰ってきたのだろうか。姿を消してからの五年間、この子は世間の汚穢を体に浴び続けてきたのではないだろうか。いやな想像が頭をかけめぐりやむことがない。

二階の部屋から衣類を手にしたミキが下りてきて、浴室に入った。

ドア越しに聞こえるシャワーの音に、ワーというミキの声が混ざっている。叫びだろうか、罵り声だろうか、間断なくミキの声が聞こえる。なにをしているのだろう、浴室で自傷行為をしているのではないか、久仁人は妄想が走り出して止まらなくなる。

ミキの母、早川緋沙江は、久仁人が三十代後半のころ、目の前に現れた。ダンスのインストラクターとして実績も知名度もあり、市の文化事業のコーディネーターに抜擢されていた。ダンスで鍛えた肢体はひきしまり、振る舞いに華があった。緋沙江のいる席では男たちのほとんどがその肢体に目を奪われた。イベントでともに仕事をする機会があった久仁人は、緋沙江とわずかにことばを交わすだけで、気持が昂揚した。その昂ぶりは、寝ても覚めても去らず、久仁人は恋情を自分のなかに押しとどめておくことができなくなった。緋沙江が独身であることを突きとめて歓喜し、だが、彼女に華やかな噂がいくつもあり、相手とされる男が実業家だとか市の幹部だとか演出家だとか、肩書を誇る男たちばかりだと聞いて、わが身を嘆いた。しかし、片思いの焔に焼かれれば焼かれるほど、無名の冴えない公務員であることを自覚しつつ、久仁人は突っ走った。向こう見ずに、緋沙江に結婚を前提につきあってほしいと申し出た。緋沙江は、笑って相手にしなかった。それでも、繰り返し求婚した。久仁人は、自分が緋沙江の視野にさえ入っていないとわかりつつ、諦めなかった。緋沙江と結婚できるなら、どんな人生の苦難にも耐えてみせる、と思った。大げさに言えば、緋沙江にはこの世ならぬ美とかぐわしさが体現されており、それを手に入れられれば、久仁人もこの世ならぬ領域の住人になれるに違いないのであった。

「深浦さん、私のことなんにも知らないから結婚したいと言うのよ」

緋沙江は、自分は離婚経験者で七歳の娘がいるのだ、と言った。

「私なんかと結婚したら面倒よ。もっといい人、見つけなさい」

そう言われた久仁人の頭に狡猾な計算がはたらいた。自分は、緋沙江だけでなく、その娘のこともすべて引き受け、とことん誠実にやっていく男だということを売りにすればいいのだ、とひらめいた。彼女にすり寄る著名な男たちにないもの、それは心の広さと誠実さ、そして犠牲的精神だ、それをこの人に信じてもらえばいいのだ。

久仁人は、緋沙江に子どもがいることを知り、いっそう緋沙江が好きになったと断言した。自分は、緋沙江の子をわが子と思ってたいせつにできる人間だと、繰り返し請け合った。

「やめてよ。あなた、なにを無理をして言ってるの。言ってることみんなわざとらしく聞こえるわ」

緋沙江をこちらに向かせることは容易ではなかった。それでも、久仁人は自分の売りを語り続けた。恋が実ることをほぼ諦め、誠実な男どころか往生際の悪い男を演じているだけではないか、と自問自答し始めたころ、緋沙江が急にやさしくなった。そのころ、緋沙江の相手と目されていた実業家がアナウンサーと結婚したと久仁人が知ったのは、ずっと後のことだ。

「あなた、私の娘にあってみる?」

思いがけないことばが緋沙江の口から出た。秋の日差しが暖かい日、緋沙江は、市のはずれにある大きな公園に娘を連れてやってきた。ミキという名のその子は、緋沙江のスカートを握りしめ、久仁人を上目遣いでうかがった。円くひいでた額の下にくりぬかれた両目が久仁人をとらえる。射抜くような視線が久仁人に吸い付いて離れない。ゴムで二つに束ねた長い髪を垂らし、淡い黄色のワンピースを着た姿からは、年齢相応の可憐さを感じとれないこともない。しかし久仁人は、どんな装いであろうとも、幼い少女の警戒心、そばに寄るものを振り払うかたくなさが、小さな体から隠しようもなく立ちのぼってくるのを感じ、どぎまぎした。

「はじめまして、私は、お母さんのともだちの深浦と言います」

そう言って膝を折り、ミキと目を合わせた。精一杯笑顔をつくってミキの反応を待った。ミキは、この男はなにを言っているのだろうと訝る顔をして、閉じた口を尖らせた。

「ミキ、あいさつくらいきちんとしなさいよ。こんにちはも、言えないの」

緋沙江が肩を叩いてもミキは口を開かず、緋沙江のスカートを引っ張り顔を隠した。

「まったくあいそのないこと。これでも、うちでは、よくしゃべるのよ。私を相手に、ぺらぺらいくらでもしゃべるんだから」

スカートの襞に埋もれたミキの顔に向かって久仁人は呼びかけた。

「今日はせっかく公園にきたんだから、ミキちゃんの好きなことしようか。なにが好きなの」

なんの返事もしないミキに代わって緋沙江が答えた。

「この子はね、あいそはないけど、体を動かしてればご機嫌なの」

「そうか、じゃあアスレチックやろうか」

ミキは半分だけ顔を出したが、口を開かない。

「じゃあ、あの山に登る？」

頂上まで草に覆われた人工の山を指さした。少しも反応を示さない。久仁人は、この子は拒絶の塊になっているのだろう、ぜったいにしゃべらないと意地を張っているのかもしれないと思った。

「困ったなあ、なにかいいことないかな。そうだ、自転車に乗るのはどうだろ。でも、ミキちゃん、まだ乗れないかな」

ミキは緋沙江のスカートを手から離し、首をはっきり横に振った。ちょっと怒ったような顔に見えた。

「いえ、乗れるわ。このごろ、気がついたらガンガン乗れるようになってたの」

久仁人は緋沙江とミキを連れて、レンタサイクルの受付に行き、自転車とヘルメットを借りた。ほぼ四キロの周回コースに、三人並んで走り出した。ミキは肩を怒らせた姿勢でぎこちなくペダルをこいだ。緋沙江が「そう、いい調子」と横から声をかけるのも耳に入らないようだった。久仁人はさっきまでの気まずさから逃れられて、ほっとしていた。胸を張り、顔を上げた。サイクリングロードに沿って細長い水面を見せている沼の上空を、大きな鳥がゆっくり旋回していた。

「あれは、とんびかなあ」

「さあ。私、鳥の名前なんて、さっぱりだから」

緋沙江の声が快活でごく自然だったのにつられて、久仁人はすぐことばを返した。

「ほら、とんびがくるりと輪をかいた、って言うでしょ。だから、とんびだよ」

久仁人と緋沙江の会話をよそに、ミキはただこぎ続けることが使命であるかのように、まっすぐ先を見つめ自転車を進めていた。緋沙江をミキの横に並ばせ、久仁人は後ろについた。ミキの背中、肩、首筋の動きが目に入る。走り始めのぎこちなさが消え、きびきびとした滑らかな動きが感じられる。体のなかから突き上げてくる生命の力が、肩を揺らし、首筋の小さな張りになってあらわれている。

すっかり枯れたススキが沼の岸辺を埋め尽くし風にそよいでいる。背中の赤いトンボが群れをなしている。

「ミキ、トンボ」

緋沙江が右手をハンドルから離して指さした。右を向こうとしてよろめいたミキは、いらぬことは言うなというばかりに頭を振った。沼を離れ林のなかに入っていく。ゆるく長い上り坂になっている。久仁人は、自転車を下りて押していくように声をかけようと思った。しかし、ミキが体を揺らし懸命にこぎ続けるのを見ると、黙って後に続いた。坂の半分を越えたころ、ペースが遅くなり、左右にふらつき始めた。やはり声をかけようと思い顔を上げたところ、なんとミキが腰を浮かし、思い切りペダルを踏み始めた。緋沙江も前傾姿勢になって足に力を込めている。

坂を越えると、前をゆく二人が軽快に加速した。左側にテニスコートとその奥に山が見えてくる。

「わあ、気持いい」

緋沙江が尻の下にたくし込んだスカートが風に煽られるのをかまわず、叫んだ。ミキは突然生じたスピード感に身を任せるかのように、上体を起こして風を浴びた。

水路の横を通り、山を左に見上げる区間を走り抜け、一周を終えた。

「休憩」

と声をかけると、緋沙江は止まったが、ミキはそのまま走り続けた。久仁人は緋沙江と顔を合わせて笑ったが、すぐミキの後を追った。

あの日、サドルで尻が痛くなった緋沙江がもうやめようと言うにもかかわらず、ミキは、三周目、四周目と走り続け、ようやく自転車を下りた。

「ミキちゃん、すごいよ、きみは。おじさん、感心した」

久仁人は、ミキと目を合わせて言った。ご機嫌とりのことばではなく、本心だった。ミキはかすかにうなずき、脱いだヘルメットを久仁人に渡した。落ち葉を踏んで駐車場に行き、ミキを車に乗せ帰っていく緋沙江を見送った。とても変わった子だ、ことばの一つもかわせなかった、でも、まったく拒絶しているわけじゃない、ほんのわずかな可能性かもしれないが、それを信じよう、と自分に言い聞かせた。

「深浦さん、ミキがまたあなたといっしょに出かけてもいいと言ってるのよ、どうする」

仕事の打ち合わせの後、緋沙江がエレベーターホールで久仁人の腕をつかんで言った。

雪がしっかり大地を覆った休日、久仁人は自分の車で緋沙江とミキを迎えに行き、峠の先にあるスキー場に向かった。

水色のスキーウェアを着て深紅の帽子をかぶったミキは、後ろのシートに緋沙江と並んですわった。走り出すなり緋沙江に促された。

「ほら、深浦さんに、今日はよろしくお願いします、って言うんだったでしょ」

久仁人は背後の二人のやりとりに耳をそばだてる。ミキはなにも答えない。

「なに、もじもじしてるのよ」

緋沙江が促しても無言である。

「まったくミキはダメね。女はあいきょう、っていっつもママが言ってるでしょ」

ミキが大げさな身振りで体を横に向け、窓の外に視線をやったのが、ミラーに映った。

「ごめんなさい、この子、機嫌が悪いわけじゃないのよ。出るとき、いそいそとしてウェアを着て、スキーも自分で用意したんだから」

「いや、気にしないでよ。こんなぼろい車で申し訳ないけど、いちおう四駆で、雪道ちゃんと走るから安心して乗っててね」

そんな返事をしたが、その後もミキは無言で、車内にはずっとぎこちない空気が流れた。

スキー場に着いて、久仁人は緋沙江に聞いた。

「ミキちゃんはどのくらい滑れるんだろ。やっぱり初心者用の緩斜面がいいよね」

「さあわからないわ。私も忙しくて、スキースクールに預けるばっかり。ほとんどいっしょに滑ってないのよ」

「そうなんだ、じゃあ、まずは一番下のゆるいところを何回か滑って、様子見ようか」

二人で話しているのを聞いたミキが緋沙江を小突き、耳もとに囁いている。

「あのねえ、この子が、下のリフトじゃいやだ、ゴンドラに乗りたいというのよ」

「いいですよ。でも、いっぺんに高いところに行くけど大丈夫かな」

久仁人は腰を屈め、ミキの目を見て、無茶はしない方がいいという気持をこめて微笑んだ。この子はゴンドラに魅せられて乗りたいだけなのかもしれない、どんな急斜面があるか知らないのだ、と思っていた。ミキは、久仁人の顔をちょっとの間にらみ、ふんというようにそっぽを向いた。

結局三人でゴンドラに乗り、山頂に着いた。久仁人はスキーのビンディングを踏み、滑り出す用意をした。ミキがスキーをつけるのを手伝ってやろうかと横を見ると、もう準備はできていて、ゴーグルを目のところまで下ろしていた。久仁人の頭は、初心者でも滑りやすいコースをどうつないで下まで行くかでいっぱいだった。緋沙江に、コースの説明をしようとして話しかけようとすると、ミキのスキーが右の方へゆるゆると滑り出した。

「あ、ミキちゃん、待って。そっちは急斜面だから行かないで」

慌てて叫んだが、ミキのスキーはスピードを増し止めようがない。

「ダメ、止まって」

久仁人の制止はなんの意味もなかった。ミキは上体を前に傾けガニ股の姿勢で頂上の緩斜面を突っ切った。その先は一気に斜度を増し、コブ斜面になる。いきなり崖に行くようなものだ。このスキー場では最上級者向きのコースで、久仁人も一気には滑れない。まずい、どうしよう、一直線に行ったらコブに吹っ飛ばされるだろう、一大事にならなければいいが、そう思いながら後を追った。緋沙江も慎重に下りてくる。

ミキの赤い帽子が早送りの映像のように雪の壁に糸を引き、下って行く。驚きだった。こんなことがあっていいのか、久仁人は目を疑った。ミキは、急斜面への怖れなどどこにもないかのように滑っていく。椀のようにえぐられたコブの底で少しスキーを開き、舐めるようにターンをする。すとんと次の底に落ちても、同じように危なげなくターンをする。下に落ちていくスキーの動きに逆らわず、まるで楽しむかのように急傾斜を下っていくのだ。ガニ股に猫背の姿勢だが、スキー板はコブ斜面に吸い付いたように安定している。

コブ斜面を右へ左へとリズミカルに動きながら下っていく赤い帽子が、白一色の世界で踊っているようだ。その光景が、なぜかけなげでいとおしいものに感じられて、久仁人は胸の奥に小さな疼きを感じた。

急斜面を下り切り緩斜面に至ったミキは、ポールを握った両腕を揚げ、スキーをハの字に広げてスピードを落とした。久仁人は乱暴にスキーを操作しながら、ミキになんとか追いついた。ちょっとの間をおいて緋沙江も追いついた。

「ミキちゃん、ストップ、ストップして」

久仁人の叫び声で、ミキは大曲がりのターンをして止まった。そこは次の急斜面を覗き込む台地の端だった。

「ミキちゃん、すごい、すごすぎる」

感嘆の声を発しながらミキに向き会い、両肩をぽんと叩いた。

「ほんと、ママも驚いた。ミキったら、スキーのことなんにも言わないんだから」

緋沙江が上ずった声で久仁人に続いた。

「ミキちゃん、あんな急斜面すべって怖くなかったの」

久仁人はゴーグルをあげてミキの表情を窺おうとした。

「べつに」

ゴーグルをしたままの顔で、小さな口がちょっと尖ったかと思うと声が漏れた。それは、ミキが久仁人に向かって発した初めてのことばだった。澄んだいい声だった。たった一言だが、ふてくされているのではない、思ったままが口をついたのだ、と久仁人は受けとった。

「大人だってぞっとするような急斜面だったのよ、ほんとにこわくなかったの」

緋沙江が問い返した。

「ぜんぜんこわくなかった、おもしろかった」

ポールを握った右手を緋沙江の太腿にぶつけるようにして、ミキは言った。

「わかるよ、ミキちゃん。後ろから滑りを見てね、この子は怖いもの知らずだって、オジさん思ってたよ」

ミキの返事はなかったが、首をしっかり縦に振ったのを久仁人は目に焼きつけた。


ミキがかすかに久仁人に心を開くようになってから、緋沙江は久仁人を交際相手として受け入れた。ミキの父親が風変わりなアーチストで、共同作業をしていた仲間ともめにもめて乱闘騒ぎをひき起こしたあげく出奔したこと、その後離婚するのにかかった緋沙江の手間は並大抵ではなかったことを話した。別の女のところに入り浸っていた夫にいちいち連絡をとることは、緋沙江をたまらなく惨めな気持にさせた。結婚など金輪際お断り、と思った。

四歳のときに緋沙江との二人暮らしになったミキにとって、父親の記憶は、酔っぱらいの気まぐれ屋の姿が大部分だろうという。「あの子は、そうでなくても、生まれつき意地っ張りで、人の言うことをまず素直に聞かないのよ。それに加えて、父親がいい加減な人間だったもんだから、いじけているのよ」

緋沙江が自分たち親子の内情を話したとき、久仁人は深刻な顔で耳を傾けていたものの、内心では快哉を叫んでいた。いよいよ、誠実な男である自分の出番だ。俺がどれほど、心底からの人間愛をもっている人間かを見せるときがきたんだ。とりたてて男としての魅力もなく、地位も名声もない自分が緋沙江の心をつかむ絶好のチャンスがきたんだ。そう思うと全身の血が沸き立つようだった。

「あなたとミキさんを幸せにするために僕は全身全霊をささげます。僕は冴えない一公務員ですが、今、自分一人の小さな人生を捨てることにしました。その代わり、僕は、あなたとミキさんのために自分を捧げることで、もっと崇高な幸福を手に入れるのです」

そう言ったとき、間違いなく久仁人は熱に浮かされていた。献身的な台詞を、自己欺瞞の意識なしに滔々と語れる自分に酔っていた。自分の誠実さは結婚をためらう緋沙江の最後の防壁を突き破るだろう、ミキの冷え切った心を溶かすだろう、このような崇高な行為をするために自分は生まれてきたのだ、と恥じらいもなく思い込んだ。

まったく滑稽な思い込みである。ふだんなら、他人のためにおのれの人生を捧げるなどできるはずもないと醒めた目で世間を見ている久仁人であった。久仁人は、反権威、反権力の威勢のいいことを言いながら、実際には自己保身に走り地位と収入を得るために汲々としている仲間をいやというほど見て、彼らを嫌っていた。自己を客観的に見られない人間は恥ずかしい、と思っていた。その久仁人が、制御のできない情念に衝き動かされ、緋沙江を愛し、ミキを慈しむ存在になることに使命感を燃やし、身を焼き尽くそうとしていた。

久仁人の勢いに押し切られ、緋沙江は結婚を承諾した。秋の日、なまこ山の麓にある久仁人の家に緋沙江とミキが移り住んだ。ミキは二年生で、転校した小学校になじめるか心配だった。はじめの一週間、緋沙江がミキに付き添って学校に行った。四十代のよく気がきく女性が担任で、ミキが学級に溶け込めるようにきめ細かく配慮してくれた。三人組の女子グループのなかに迎え入れられたようで、ミキはすすんで小学校に行くようになった。学校では友だちとふつうに話していると緋沙江が担任から伝えられ、久仁人はミキが心を閉ざしているのは自分に対してだけなのか、自分の何が嫌われるのか、と不安が募った。

市の文化部門にかかわる人々は、この不釣り合いな結婚に驚き、深浦久仁人がどのような手を使って緋沙江の気持を振り向かせたのか、噂しあった。久仁人は緋沙江の夫であることはできるかぎり匂わせないように振る舞ったが、好奇の視線が絶えず自分に貼りついているのに気づいていた。そのうち、久仁人の意向に反して、産業振興部門に配置換えになった。市の事業で知り合った緋沙江と結婚したことを妬んだ上司による嫌がらせが久仁人の頭をかすめた。そんなとき、自分は緋沙江とミキを守る男になればいいのだ、それ以外に何を望もうかと思った。

暮らしが始まってみると、緋沙江は、想像していたよりずっと質実で生真面目な性格だった。久仁人に対し、緋沙江のいる華やかな世界にふさわしい人間になってほしいと言うこともなかった。これまで通り勤め人の生活をすることが、自分とミキには安心をもたらすのだと緋沙江に言われて、久仁人は、なんといい相手と結婚したのだろうと思った。そのうち、誰も久仁人が緋沙江の夫であることを話題にしなくなった。

しかし、ミキとの距離はいつまでも縮まらなかった。「はい」と「いや」は、声に出して言うようになったが、久仁人とまともな会話になることがほとんどない。話しかけようとすると顔をそらす。ミキと緋沙江が話している場に割り込もうとすると露骨に不快な顔をし、自分の部屋に籠ってしまう。

緋沙江は前夫のことはあまり語りたがらなかったが、ミキが大人の男に拒否的な反応を示すのは、夫の接し方に原因があったからではないかと言った。

「耀司ったら、もう、べろべろ舐めるようにミキをかわいがるんだけど、それってお気に入りの物への愛情と同じなの。やたら撫で回したと思ったら、ぷいっとどこかに放ってしまって、在り処も忘れてしまう。そんな感じ。この人ほんとにミキをわが子として愛してるのかしら、ペットか物としかみてないんじゃないのか、って思ったわ。ミキになにかねだられて気前よく約束しても、すぐ忘れてしまうの。誕生日に三輪車を買ってあげるってミキにはっきり約束したのに、その当日、仲間の誘いで朝からロケハンに行って夜中まで帰らず仕舞。そんなことばっかり」

「ミキちゃん、お父さんのことが嫌いになったのか」

「うーん、なんて言ったらいいの。ミキは甘えたかったし、愛されたかったのよ。だけど、期待をかき立てられては裏切られるの繰り返しだったから、あの子、混乱しちゃったのよ。自分が父親に愛されてるのか、嫌われてるのか、わけわかんなくなっちゃったのね」

「耀司さんて、天才的な芸術家だったんでしょ。映像もつくるし、絵も描く、ピアノだって自在に弾けた、って聞いた」

「ちがうのよ。ただの夢想家。みんな中途半端で、なにものでもない人。せめて、いい父親になってくれればよかったのに、無理な話だったわ。ミキがかまってほしくて寄っていくときにはたいてい、呆けたみたいに無反応なの。そんなときのミキは、飽きて捨てられた人形みたいだったわ」

「かわいそうに」

「それでもよ、ミキは、耀司が家を出て行ってしまってから、どうしてパパは帰ってこないの、って思い出したように聞くの。私は遠くに旅行に行ってるって答えるんだけど、あの子は信じてないわ。自分は父親に捨てられた子だと思ってるのよ」

こんな会話を交わして以後、久仁人は、自分の役目は穏やかにミキをずっと見守ることだと心に決めた。たとえすぐにミキと打ち解けられなくても、自分が首尾一貫おおらかに見守る大人の態度をとれば、少なくともミキを混乱させることはないだろう。それでいいのだ。俺は無理矢理あの子の向きを変えさせることなどできないし、するべきでもない。久仁人は、ミキに信頼してもらえるまで、無理せずゆっくりつきあうつもりだと緋沙江に伝えた。

「あなたはいい人よ」

と返され、自分は緋沙江に愛されているのだと思った。久仁人の恋愛感情は、緋沙江母子への奇妙な使命感と分かちがたく結びついていたし、この使命感をフィルターにして二人を見ると、いとおしさでもろともに抱きしめたくなるのであった。そういう感情に浸っているとき、おかしなことに自分までも浄化されるような気がするのだった。

男として自分が緋沙江から本当に愛されているのか、を己に問うことはなかった。緋沙江は久仁人の求めに応じて体を開いたし、歓びをあらわした。それ以上なにを求めることがあろうか。そんなことよりもミキだ、ミキがしぜんと自分のことを父親とみなし、頼ってくるようにならなければならない。そう思って、ミキに接するのだが、ミキに声をかけるときまっておかしな雰囲気になってしまう。ミキが固まってしまうのだ。黙り込むか、部屋に隠れてしまう。ミキに無視されている限り、自分は虚構の保護者でしかないのだった。どうしたらいいのだろう、久仁人は虚構の殻をこわしたいと思った。

久仁人は、緋沙江とミキの二人とともに過ごす時間を意識してつくるようにした。ある休みの日、近所の様子を教えてやろうと思い立ち、緋沙江とミキを導いて散歩に出た。台地から河岸段丘を一段下りると、崖に沿って小川が流れている。川底まで十センチあるかないかの浅い川で、木漏れ日を受けて川面が光の模様をつくっていた。ばしゃっという音が久仁人の耳を撃ったのに驚き視線を向けると、黒く細長い塊が上流に向かい水面を割って疾走していく。

「あれ、サクラマスがのぼってきてる」

久仁人は川面にできた水の筋を指さした。緋沙江が驚いて川を覗き込んだ。

「うそ。なに、これ」

「秋になると、サクラマスがのぼってくるんだ。びっくりだろ」

緋沙江は浅瀬を泳いでいるマスを次々と見つけ、ミキの両肩を抱いて川面に目を向けさせた。横腹の赤いマスが川底に胴体を擦りつけたかと思うと、激しく身もだえして水面を突き破り、横ざまに全身をあらわした。目を凝らすと、岸辺の草陰や水中の石のそばにもマスが鰭をゆらゆらさせて泳いでいた。

「ミキちゃん、見えた？」

久仁人はしぜんとミキに対して声が出た。

「見えた」

マスの動きに見とれたミキが答えた。いつもは返事を拒絶している久仁人に応じてしまったことに気づきもしないように、ミキは身を乗り出し夢中でマスの動きを目で追っていた。こんな小川に四十センチはあろうかというマスが次々とのぼってきているのは、よほどの驚きだったのだろう。ミキはその場に吸い付けられたように動かなかった。市街地のありふれた小川に大きなマスがやってきて、背中を水面から突き出している。いきものが手にとるほどの近さでその姿をさらけ出していることが、見る者の肌を刺激するのである。ミキはよどみに隠れていたマスが急に身をよじらせ、自分の足元に勢いよく泳いできたのを見て、ぴくっと背をそらした。

「すごいスピードで来たね」

久仁人が言うと、潤んだ目で見返してきた。いつまでも川面を見ている緋沙江とミキを促して、散歩道を上流に向かって歩き出した。左の方に、木立で丸く囲まれたドームのような空間が現れる。木漏れ日が筋になって水面を光らせている。奥の方で、大人の背丈ほどの段差を水流が滝になって落ちている。滝のそばまで行くと、小さな滝つぼに四、五匹のマスが集まっているのがわかった。足を止めて水中に目を凝らすと、マスが互いに交差するように泳いでいる。よくこんなところまでたどり着いたものだ。だが、高い落差があってはもはや進むことはできない。マスたちは遡上を諦め、この近辺で産卵行動を起こすのだろうか、あるいはただ疲れ果てて骸に帰っていくのだろうか。久仁人は哀れな気持に駆られた。頭上の枝にカラスが二羽、三羽とまっているのは、マスの死を待っているからにちがいない。だが、そんな残酷な推測は緋沙江とミキには言うまい、と思った。

と、滝つぼの水面から黒光りするマスが勢いよく飛び上がり、滝の斜面に向かっていった。一メートル以上のジャンプに見えた。岩肌に腹をぶつけたと思うと、落下する水流に飛ばされ、滝つぼに落ちていった。

「すごい、ミキちゃん、見た？」

鼓動にせかされるようにミキに聞いた。

「見た」

はっきりした声でミキは答えた。

「見たわ。もうびっくり」

緋沙江も予期せぬ光景に声が上ずっていた。

三人はしばらく佇み、滝つぼの水面を凝視した。水中ではマスがジャンプの機会をうかがうかのようにゆっくり泳いでいる。そして突然滝の上方に向かって飛び出す。しかし、いずれも、滝の半ばより少し上まで行っては押し流されてしまう。もっと水量があれば急斜面を泳ぎ、身をくねらせてのぼり切れるかもしれない。しかし、岩肌の表面にかぶる程度の水量では、とうていのぼれまい。これはマスたちに酷な滝だ、と久仁人は思った。これ以上見ていると、むなしい気持が募ってきそうで、その場を立ち去りたくなった。

「こりゃあ、魚止めの滝だな。マスにはかわいそうだけど、これ以上先には行けない場所になってる。もう、行こう」

久仁人は緋沙江とミキを促した。二人とも返事をしない。とりわけミキは、眉根を寄せて拒否の表情をする。

「いくら見てても、失敗ジャンプしかないさ。さあ、行こう」

緋沙江は動き出そうとしたが、ミキは頑として動かない、久仁人が下手に腕を引こうものなら、激しい拒絶の身振りをあらわしそうだった。久仁人は、ミキがマスの遡上を見届けるのを諦めるまでにいったいどれほどの時間を要するだろうか、と視線を滝つぼにやった。厄介なところに連れてきてしまったとさえ思った。

いく度もいく度もマスのジャンプを見た。どれも、滝の途中ではね返された。気のせいか、マスの勢いが衰えてきているようで、本能に駆られているとはいえ、成算のない跳躍をただ続けるマスが哀れに思えてきた。もういい加減この場から立ち去りたいという苛立ちが、久仁人の自制心を揺るがせ、視界がぼやけてきた。

「あっ」

ミキの声でわれに返り滝の流れに目を凝らす。水面から飛び出したマスが、岩肌の中ほどにぶつかった。そいつは水流に身を浸したかと思うとはじかれたように二度目のジャンプをし滝の落ち口に届いた。黒い背をくねらせそのまま上流に泳ぎ去った。まるで水切り遊びで投じられた石が水面を跳ねていくのと同じだった。いや、マスは切り立った急斜面で着水即ジャンプをしたのだから、もっと驚くべき動きだった。

ミキはマスにつられるようにその場で跳び上がった。「ヤーッ」という声が、滝の流れ落ちる音を引き裂くように響いた。久仁人は、ミキの内部でなにかが弾けたと思った。

「オジのうそつき」

久仁人の横腹をミキは小突きながら言った。

「ごめん、おじさんも、初めて見た。飛び越えられるマスもいるんだ。ミキちゃんのおかげで、いいものを見られた」

できるだけ平静を装って久仁人はミキに言った。ミキはふんというように横を向いたが、自分の方から久仁人に対してしぜんにことばを発したのに気づいたのか、おかしな照れ笑いをした。

久仁人は、滝を飛び越えたマスの行く手には岩盤むき出しの急流が待ちかまえ、もういくばくも遡上できないことを知っていた。しかし、なにも言わず、滝の横の散歩道へと歩き出した。ミキの内部に生れた熱、前へ向かおうとする情動がこれからずっと続いていけばいいと思った。


以後、ミキは、久仁人のことを呼ぶときには「オジ」と言うようになった。「おじさん」と言おうとして口ごもった「オジ」なのであろう、だがそれは、久仁人を「おとうさん」ではない存在として自分との距離を確定させるためのことばなのか、あるいはわずかな親近感を滲ませたものなのか、久仁人にはわからなかった。ただ「オジ」と呼ばれるたびに、妙にむず痒いものが背筋を通り抜けるのであった。

きっと「オジ」は、ミキが久仁人を名指ししなければならない状況に立たされたときに、居心地の悪さを封印するためのまじないのことばになっていったのだろうと、久仁人は想像する。それでいいのかもしれない、久仁人の呼び名が定まることで、この子は自分の不安定な居場所を少しだけ落ち着かせることができたのだ、と思った。だから、「オジ」ではなく、「おとうさん」とか「パパ」と呼んではどうかともちかけることは一度もしなかった。緋沙江は、

「オジなんて変」

と言いながら、いつしか慣れていった。久仁人に、父親としての意識をもつことを強く求めていなかったからであろう。ミキと久仁人のぎこちない関係はかんたんに変わることはなかったが、緋沙江をあわせた三人は、ぎこちなさを所与として受け入れ、疑似家族としてそれなりの日常生活を歩み始めたのである。

3

シャワーを浴び、髪にドライヤーをかけたミキが、ねずみ色のスウェットをはき、白のパーカーを着て浴室から出てきた。ミキの体よりずっと大きなサイズで、背中には「断食芸人」と大きな筆文字がのたうっている。ミキが高校生のときに着ていたものだ。

「まあ、すわりなさい。なにか、あったかいもの飲むか」

ミキは答えずテーブルの椅子に腰を下ろした。すぐに背もたれに身を任せ、足を床に投げ出した。

「スープの残りがあるんだ。あったためよう」
ミキは栗色のショートヘアをしていて、久仁人の記憶のなかに生きていたミキとはまるで違ってい
た。高校生のときは髪を長く伸ばし、垂れた前髪の間から久仁人を睨んでいたものだった。今では額
を強調するように短い髪を後ろになびかせていたから、二つの目がくっきりあらわれていた。だが、
どちらの目も黒く潤み、久仁人はなんの意思も読みとることができなかった。突然目の前に降って湧
いたミキのうつろな顔に、かけることばは見つからなかった。
五年ぶりに目の前にしたミキの顔である。〈こんな家にいられるか、オジの顔なんか二度と見たく
ない〉と久仁人に突っかかってきたミキ。〈わかった、もうお前の面倒をみるのはやめだ、今日から
ここはお前の家じゃない、好きなところに行け〉と怒鳴り返した久仁人。あのときから流れた歳月が
ミキをどう変えたのか、探ろうとする久仁人を拒絶するかのように、ミキの顔は凍りついたように表
情を消していた。
「スープ、飲むだろ」
もう一度聞くと、ミキは小さくうなずき、久仁人を見返した。
「うん」
久仁人は立ち上がり、冷蔵庫に入っていたタッパーを取り出し、スープを小鍋に開ける。コンロに
火を点け、ミキの方を向く。
「寒くないか」

「着替えたから大丈夫」

「そうか、その服、高校のときに着てたよな」

「まあね」

「部屋に行って、服、すぐ探せた？」

「まあ」

ミキが家を出て行った後、久仁人はいく度もミキの持ち物をすべて処分しようと思った。ミキという女の子と過ごした痕跡を消し去ることで、地雷原から遠ざかることができると思った。ミキは自分で決めて出て行ったのだ、俺が追い出したわけじゃない、と言い訳しながら保身し続けてきた。その言い訳を真実めいたものにするために、ミキの服やバッグや小物をすべて処分してしまいたかった。だが、久仁人はミキの部屋になに一つ手をつけず、今日まで暮らしてきたのだ。優柔不断であろうか。いや、ミキのものを見、ふれるのが怖かったのである。ミキの纏ったもの、ミキの匂いのついたものが、炸裂弾になって久仁人に襲いかかってくるのがおそろしかったのである。ミキの部屋に立ち入らないことで、そこを存在しない空間にしようとしてきたというのが本当のところだ。

「それ、高校の演劇部の仲間で着てたんだよな」

「高校」と二度も言ってしまってから、久仁人はすぐ、まずかったと気になり始める。ミキの高校のときのことは、すべて避けるに越したことはないのである。

「そうだけど」

ミキはただことばを返す。演劇部はミキが、高校の仲間四人を巻き込んでつくった。べんきょう、べんきょう、きそく、きそくで動物みたいに追いまくられておかしくなりそうだ、なにか変わったことをやりたいと、ミキが言い出したのであった。劇をやる、台本も自分で書くと、久仁人の書棚を探っていたミキが見つけたのが、『断食芸人』であった。それは劇にならないよという久仁人の忠告に耳を貸さず、断食が芸になるってすごいじゃん、と目を輝かせた。ミキは一晩で台本を書き上げた。檻に入った少女が机にへばりつき不眠不休で勉強しているのを見物人が眺めているという場面が延々と続き、衰弱した少女が藁にまみれて死んでいるのが見つかるエンディングであった。創造性のかけらもないと演劇部の顧問にくさされ、こんなものに場所を提供するのはもったいないと生徒指導の教員に言われ、それでもミキは突っ走った。文化祭の日、辛うじて割り当てられた校舎の奥の倉庫で、演劇は上演された。十人いるかいないかの観客に混じって、久仁人も観ていた。藁のなかで死んだ少女役はミキだった。見物人役の子が、「こいつ、死んでるのか」と棒でつつくと、ミキの脛を痛打した。ミキが思わず「いたっ」と声を漏らし、観客から笑い声があがった。久仁人もつられて笑ったが、ミキがこの笑いを屈辱に感じませんように、とも祈ってその場を立ち去った。あの劇をやるときに、おそろいでつくったパーカーだった。

「高校の友だちと連絡とってる?」

言ってしまってから、まずいと久仁人はまた思う。

「いや。サッポロにいなかったから」

「え、どこにいたの」

「トーキョー」

「なに、トーキョーからまっすぐここに来たの」

「いや、二、三日前にこっち来た」

「泊まれるところあるんだ」

「さあ」

ミキはどうでもいいというように首を振った。久仁人は、今のミキの境遇を会話のなかから推測するために、注意力を研ぎ澄まさなければならなかった。問い詰めたら貝になるかつてのミキを知っているから、追及する口調は禁物だ。ひょっとして、この子は困窮の果て助けを求めてやってきたのではないか。もしそうだとしても、絶対自分から言うことはないだろうが。

温めたスープをカップに入れ、ミキの前に置いた。ミキはすぐ両手で包むようにカップをもち、スープを啜った。食が細かったミキの小学校時代、「オジのスープ、おいしい」と言って飲んだのを、久仁人は鮮明に覚えている。帰り時間が不規則だった緋沙江に代わり、久仁人が夕食をつくることが多かった。ミキは、久仁人の思いをよそに、ただゆっくりスープを啜り続けた。飲み終えると、カップをテーブルに置いて両肘をテーブルについた。

「ミキ、なんで来たんだ？」

久仁人はずっと喉元まで出かかっていた質問を、やっと口にした。言いながら、来たことを非難しているととられそうだと思ったが、口は止まらなかった。ミキはなにも答えず、上目づかいで久仁人を見返した。お前は自分を追い出した張本人ではないか、白々しくなにを言う、と言い返そうとしているのだろうかと久仁人は思う。ミキが答えない時間が続くことに久仁人が耐えられなくなる。

「なにか話があるんだろ」

ミキは顎に手を当て、ゆっくり首を回した。その目はどこにも焦点があっていない。視線がうつろに部屋をさまよう。久仁人は、ミキが放心状態になっているのか、あるいは、意識が朦朧とする疾患をもっているのか、という疑念にとらわれ始める。そういえばさっき嵐のなかをやってきたときから尋常ではなかった、この子はうかがい知れぬ世界を踏み迷ったあげく帰ってきたのではないか、久仁人はミキの背後にあるものを想像して止まらなくなる。

「オジ、寝る」

ミキが突然、口を開いた。久仁人の返答を聞く間もなくミキは立ち上がり二階に向かって歩き出した。疲れた体を引きずるようにゆっくり階段を上がっていく。

「ベッドに、シーツや布団、のってたかな。見てやろうか」

ミキの背中に向かって言うと、

「来なくていい」

絞り出したような声が返ってきた。

久仁人はソファに腰を下ろし、焼酎を熱い湯で割ったのを口に含む。夕方にミキからメッセージが来たときから始まった不安が、このときまで刻一刻と強度を増しながら久仁人を絶えず締めつけ、しかもこれからも続いていくことを思い、暗澹とする。なんのために来たのかすらわからないまま、ミキは明日もここにいる。あの子は、俺の生活を滅茶苦茶にするためにきたのではないだろうか、根拠もなく疑いが芽生え、広がっていく。これはミキの復讐ではないのか、ミキの俺に対する怒りや恨みは、いくら時間が経過しても消えるものではないのだろう。久仁人の胸の奥に居座った不安は恐怖と入り混じり、黒く濃い塊になっていった。

4

小学生のミキが久仁人と少しずつ会話をするようになってから、三人はまがりなりにも家族めいた共同生活を送り始めた。緋沙江は、ミキに幼いときの自然な表情が戻ってきたと口にし、喜んだ。久仁人はミキを養子縁組していいと緋沙江に告げたが、緋沙江はもう少し様子を見てから決めればいい、急ぐことはない、と答えた。久仁人は、自分もミキの将来に責任をもちたいのだと語気を強め、緋沙江が受け入れるのを待った。だが、その申し出はミキへの愛情から発しているものではなく、緋沙江の気持をいっそう強く自分につなぎ留めたいがための下心から出たものであった。ミキがこれから自分に懐くようになり、自分もしぜんな愛情をこの子にもてるようになればいい、一緒の暮らしが長くなればきっと実現するだろう、久仁人はそう思った。

ミキは相変わらず久仁人に対してぎこちない口のきき方をしたが、必要最小限の意思疎通はできていった。こだわりの強い子で、納得のいくことには嬉々としてとりくむが、意に沿わないことには頑として従わなかった。ミニバスケのチームに連れていったところ、ボールを扱うことを面白がりすぐに入団した。ドリブルがたちまち上達し、体育館をすばしこく駆け回るようになった。体を動かしていれば上機嫌で、久仁人は、この子はこのままいけば、妙なこだわりも消え、朗らかな子になるだろうと期待した。だが、久仁人の願いと裏腹に、ミキのかたくなさが消えていくことはなかったのである。

六月のはじめの日曜日、久仁人は、ミニバスケの練習まで時間のあるミキを散歩に誘った。外に出るのが好きなミキは久仁人についてなまこ山の坂をのぼった。若葉が勢いよく茂り、初夏の強い日差しを遮ってくれるのが気持よかった。平坦になっている頂上までもう少しというところで、目の先十メートルほどのところを茶色い生きものが横切った。

「あれっ、キツネだ」

久仁人は、思わず声をあげた。長く大きな尾からして間違いなくキツネであった。まだ幼い子だろう、腹側の白く柔らかそうな毛が目に鮮やかだった。キツネは人に慣れているのか、恐れる様子もなく道を横切り、左手の藪のなかに入っていった。と、ミキがキツネの動きにつられるように道をはずれて草むらに入った。キツネを追いかけて小走りで奥の木立に向かっていく。

「そっち行っちゃ、ダメ」

久仁人は叫んだが、ミキの勢いは止まらない。木立のなかは丈のある雑草と蔓草が伸び放題で、散歩する者がまず立ち入ることのない場所であった。なまこ山の荒れた一角で、踏み跡の一つもついていなかった。

「ミキ、戻って」

キツネの子を追うミキに久仁人の声は耳に入らず、腰ほどもある雑草をかき分け先に進んでいく。久仁人は、ミキを見失うまいと後を追った。いきなり、後方から風を切る音がしたかと思うと、久仁人の頭すれすれを黒いものがかすめた。首から耳の肌を空気がザアーッと撫でていった。カラスだった。背筋に悪寒が走る。久仁人を威嚇して飛び去ったカラスは、グワーッと激しく鳴き声を立てミキの方に向かった。

「ミキ、カラスだ。カラス。木に隠れろ」

久仁人の呼びかけはなんの意味もなかった。木立の中央部、空き地になった場所に入り込んだミキに向かって、頭上から威嚇するカラスの凶暴な声が降り注ぐ。一羽や二羽ではない、十羽、二十羽のカラスがパニックのように鳴き声をあげ始めた。久仁人は、カラスの営巣地に入り込んでしまったことに気づいた。ミキは、カラスの声に怯えて立ち止まり、腕で頭を隠して空を見上げた。カラスがミキに向かって急降下を始めた。キャーというミキの悲鳴で頭上のカラスがますます興奮し、威嚇の声を激しくする。久仁人は地面を覆う枯葉と枝に足をとられながら、懸命に走った。羽搏き音がしたかと思うと後頭部から頭頂をこすっていくものを感じた。前方を舞い上がっていくカラスを見て、全身がわななく。ミキのそばまでようやく辿り着くと、久仁人はミキの背中から腕を回し力ずくで跪かせた。目の前が草に覆われた窪地になっており、ミキを後ろ抱きにして凹みへ押し出した。膝の力で地を這い進む。カラスが急降下する気配を感じ、久仁人はミキの背中に覆いかぶり、体を包んだ。

「声を出さないで。我慢して」

ミキに囁きかけた。カラスたちの急降下と攻撃はしばらく続いた。爪と嘴で頭や首をじかに突かれる恐怖で心臓が高鳴った。ばさっばさっと、羽搏きの音が風とともに襲ってくる。早くカラスの興奮が鎮まりますようにとひたすら念じ、息を潜めた。ミキの体温と動悸を胸で感じながら、細く華奢なこの女の子の命は、なんとしても守らなければならないと思った。身動きをこらえ、上空の気配を感じとろうとする。鳴き声が次第に小さくなり、羽搏く音も聞こえなくなった。

「いいかい、行くよ。ゆっくり、静かにね」

久仁人は立ち上がり、ミキの手をとると、物音を立てないように歩き出した。ミキは久仁人に引かれるまま、こわばった顔でついてきた。散歩道にようやく戻ったとき、久仁人はミキの手を放し、「ああ、よかった」と声をかけようとした。だが、顔を覗き込んだとたん、ミキははじかれたように目をそらし、久仁人の手から自分の手を引き抜くや、いきなり駆けだしたのである。久仁人は、その背中を見つめながら、「やっぱり、全身で俺を拒否してるんだ」と自嘲するほかなかった。過剰に接近すれば、この子は拒否する、だからある程度の距離をとって見守るしかないのだ、寂しい話だが、仕方ない。ミキに近づきすぎることへの戒めとなった出来事であった。

その後、久仁人はミキの内面に踏み込もうとするたびに、自制心がはたらくようになった。これ以上嫌われないようにするためには父親めいたことはしない方がいい、穏やかにゆったり接する以外のことはしないでおこうと自分に言い聞かせた。

四年生の春、ミキが夕食後、緋沙江に小声で相談していた。友だちの家で生まれた子犬のうちの一匹をもらってほしいと頼まれた、というのである。ミニバスケで仲のいい子らしい。久仁人は意見を言わず、横で二人の話を聞いていた。シェットランド・シープドッグ、縮めてシェルティという犬種だという。

「いきものを飼うことには責任がともなうのよ。ミキにはなにができるの」

と緋沙江が問いかける。みきはしばらく考えて、毎朝、散歩に連れていくと約束した。

子犬がやってきて、ミキによってハヤテと名づけられた。ミキの喜びようはただものではなく、家中、ハヤテを追い廻した。餌を用意するのも、糞尿の始末をするのも、率先してやった。三カ月ほどたってから散歩を始めた。ミキは、朝の六時前から起き出し、久仁人ともに家を出た。ハヤテがちゃんと散歩できるようになるまでは、久仁人と二人で行くと約束させたのであった。

ハヤテは外に出されると飛び跳ねるように喜び、リードをぐいぐい引っ張った。まずは人間の歩くのに合わせまっすぐ歩かせるのが大事、と久仁人はリードを自分でもち、歩き出した。すぐにでもハヤテと歩きたいのを我慢してミキはいっしょに歩いた。見るもの嗅ぐものすべてに好奇心をそそられるハヤテは、右へ左へ走り出そうとする。久仁人はリードを握る手に力を込め、ハヤテを制する。近所の公園を通り、小川まで行ってみた。小川の横でミキにリードを渡す。ミキは、道を逸れていきそうになるハヤテに、「ほら、そっち行っちゃダメ、ほらまっすぐ」と声を張り上げ、たどたどしく歩いていく。

「そうそう、いいね。散歩になってきた」

後ろからミキの様子を見て、この子が自分で言い出したことをやり遂げられたらこんないいことはないと思った。

二人でハヤテの散歩をする日が続いた。ハヤテは気ままに走り出そうとする衝動の強い犬であった。叢のなかに気になる匂いがあると、寄り道をしようとして、久仁人がリードを引っ張るのに抵抗する。はじめはまっすぐ歩くことが最優先と思ったが、たまには寄り道させることもあっていいだろうと思うようになった。ミキにも、寄り道してもいいと話し、「でも、たまにだよ」と付け加えた。

一回の散歩で二度か三度の寄り道、そんなペースで毎朝の散歩をした。ハヤテの好奇心は簡単に抑えられるものではなく、気になる匂いがするところには激しい勢いで駆けていきそうになる。久仁人はその都度、「ダメ」と声を発し、リードを強く引く。ハヤテは足を踏ん張りいやいやをする。それでも、さらに力を込めてリードを引くと、「キュン」と小さな鳴き声を発し久仁人についてくる。だが、ミキがリードをもつと、ミキを引きずってでも寄り道をしようとする。ミキは体を揺さぶってハヤテの動きを抑えようとする。ミキが無理に引っ張ることをためらうと、ハヤテは行きたい方向に走り出しミキがよろめくことさえあった。

「気をゆるめたら、飼い主の言うことをきかない犬になっちゃうよ」

久仁人の忠告に、ミキは気分を悪くし、散歩中ひと言も口をきかなくなることがあった。

ミキがリードを任せてほしいと言った朝、できるだけ口を出さずに後ろからついていった。ハヤテは、地面に鼻を絶えず擦りつけ、叢や笹藪に入り込み、小川の水面に鼻先を向けた。

「ミキ、寄り道ダメ、って言うんだ。犬は、小さいときのしつけが大事だから」

少し強めの口調で言った。

「ダメ、ダメって、オジ、うるさい。うちの好きにやらして」

ミキは、険悪な顔で久仁人に言い返した。

「ハヤテに好きなようにさせてたら、いつまでたっても散歩が終わらないよ」

「オジ、うるさい。ハヤテの好きなようにさせた方がうまくいくの」

口げんかになった。この子はなぜ人の言うことをきかないのだ、腹が立つ、と思ったときに、意地の悪いことばが迸り出た。

「わかったよ、ミキの好きなようにしなさい。先にうちに帰ってる。朝ごはんに間に合うように帰ってくるんだよ」

そう言って、小川の横の道からくるりと向きを変え、さっさと家に戻ってしまった。緋沙江に、ミ

キの頑固さは手に負えない、とぼやいた。仔細を聞いた緋沙江は、

「あなた、ついに腹を立てたわね。どうなるか楽しみ」

笑って朝食の用意を続けた。久仁人は居ても立ってもいられずリビングをうろうろした。窓から外を覗いたり、玄関を開けて外を見たり、腰の落ち着き先がなかった。一時間たってもミキは帰ってこなかった。ふだんの朝食時間を過ぎ、小学校に行く時間が迫ってくる。久仁人の出勤時間も気になってくる。朝食を食べる気にもなれず、立て続けに玄関を開ける。

「もう、耐えられん」

緋沙江に聞こえるように吐き捨てた。午後からダンス教室に行けばいい緋沙江は、苦笑しながら、

「じゃあ、行ってみるか」

とやっと腰をあげた。

小川の岸辺に行ったがミキもハヤテも見当たらなかった。「ミキ」「ハヤテ」と叫びながら川に沿った散歩道を探していく。緋沙江も、「ミキー」と声を出し、真剣な表情で見回す。滝のところまで行ったが姿は見えない、その先は急な坂道になって車道につながっている。

「おかしいな、どこにいったんだ。おーい、ミキ」

久仁人は滝の周辺を念入りに見回した。対岸の崖下に繁茂する草藪が揺れたのが目に入った。木造の小橋を渡り、対岸に急いだ。ふだん誰も立ち入ることのない草地をかき分けていく。行く手を阻む草を蹴散らし先へ進む。向う脛に激しい痛みが襲いかかった。棘を全身にまとったアザミを右脚がひっ

かけていたのだ。

「いてえ」

呻き声を発すると、緋沙江が「どうしたの」と聞く。

「アザミだ、アザミ。気をつけて」

久仁人は痛みをこらえつつ、崖下に進んだ。水色の服を着た女の子が草の間から見えた。

「ねえ、もうやめて。立ってよ」

ミキが哀願の口調で、リードの先のハヤテに話しかけていた。草の根もとで四つん這いになったハヤテがかしげた頭を地面にこすりつけていた。ミキがリードを引いて立たせようとするのだが、ハヤテはこすりつける動作をやめようとしない。久仁人はミキを横に押しやり、ハヤテの胴体に両手を回し、抱き上げた。ハヤテは、久仁人に逆らい四肢をもがいて逃げようとした。腰のところに引き寄せハヤテの動きをおさえこんだ。腐ったような異臭が鼻をついた。

「なんだ」

久仁人は、向きを変え、腕のなかで暴れるハヤテをミキと緋沙江に見せた。

「くさい」

緋沙江が声をあげた。ハヤテの耳から首にかけて、茶色のどろどろしたものが毛に絡んでいた。ハヤテが動くと、どろどろが久仁人のワイシャツにこびりついてくる。ミキが顔をしかめる。

「こりゃ、なんかの糞だ。犬か、キツネか。いや、まったく」

久仁人はハヤテを草地に下ろし、

「ハヤテ、お前はうんちまみれだ、洗うからこっちに来い」

と叫ぶと、手荒な動作で小川に向かってぐいぐい引っ張った。ハヤテはもの悲しい唸り声をたてながら、久仁人に引かれた。久仁人はズボンの裾をまくり、はだしになって川に入った。嫌がるハヤテを水中に浸し、汚れた毛を指でかき分け、糞を洗い流した。ハヤテをミキと緋沙江が見守る岸辺に置く。全身の毛が膚に貼りついてしまったハヤテは、ぶるぶると体を震わせた。

「あらあ、こんなにちいちゃくなっちゃって」

緋沙江は場違いなほど快活な笑い声を発した。ハヤテを抱き上げ、服が濡れるのをかまわず、スカートに密着させた。

「さあ、帰りましょ。ミキは学校、オジは、仕事に行かなくちゃ」

その声に促されて、久仁人とミキは歩き出した。ミキは悄然として、ハヤテを抱いた緋沙江に体を擦りつけるようにして歩いた。久仁人は、ミキに目を合わせることを避け黙々と歩いた。今、ミキの顔を覗き込んだら、久仁人の目に〈だから言ったこっちゃない〉という非難と威圧の色を読み取るだろう。この子に屈辱を感じさせてはならない。今は、そっとしておこう、そのうち、この子は冷静に自分を振り返り強情を張ったことを反省するだろう、そうなるのを待てばいいのだと、頭のなかで冷静な論理を組み立て、自分を正当化していた。ほんとうは窮地に陥っていたミキの感情に寄り添い、心の底に届くことばをひと言ふた言話してやればいいものを、ミキから遠ざかろう、逃げようとしていた。

この日から、朝のハヤテの散歩は、すっかり久仁人一人の役目になってしまった。寄り道しようとするハヤテを厳しく叱り、決めた道を予定通りの時間で歩くようになった。肝心のミキはと言えば、ミニバスケの練習が休みの日など、たまにハヤテを夕方散歩させた。それほどひどく道草を食わずに帰ってくる様子を見て、自分のしつけの成果だと久仁人は自負したが、ミキには黙っていた。

5

日曜日の昼前、久仁人は目覚めた。カーテンを開けると、向かいの家並が穏やかな日差しを浴びていた。嵐の置き土産で地上に散乱した枝葉の緑が目に眩しい。階下に行くと、台所にミキが立っていた。包丁でなにかを切っている音がする。「断食芸人」と書かれた白いパーカーの背中が小刻みに揺れる。

「おはよう」

声をかけた。ミキは答えずまな板に向かっている。

「なに、つくってる?」

「味噌汁。大根切ってた」

ミキは、中学三年のときからときどき食事をつくるようになった。緋沙江が癌を発症し、家事にかかわることができなくなったからである。それまで久仁人は緋沙江と家事を分け合っていたが、日常生活を回すためにはミキの手が必要だった。ミキは不器用で材料の切り方も大雑把だったが、台所にむかうときの顔は真剣そのものだった。久仁人は料理を介してミキと会話できるのを喜びに感じ、ミキのつくるものはなんでもうまいと言って食べたものだった。

テーブルに白飯、みそ汁、ハムエッグ、サラダが並んだ。

「オジ、ご飯できた」

「ありがとう、ミキ。あの後、眠れた？」

「まあ」

「そうか」

食べ始める。ミキが、この家に来たわけを自分からしゃべり出すのではないかと期待し、黙々と食べる。ミキにちらちらと視線を送り、様子を窺う。だがミキは黙々と箸を動かし、食べ終わるやすぐに台所に立って茶碗洗いを始める。まるで久仁人に話しかける機会を与えないための動きにさえ見える。

「なあ、ミキ。なんか言いたいことがあって来たんだろ」

久仁人は痺れを切らしてミキの背中に話しかける。お前は偽善者だ、親としての役目を果たせなくなって自分を見捨てたとんでもない男だ、と言いたいのだろう、怒鳴って恨みをぶつけたいのだろう、そんなふうに聞きたくなる。なんと言われようとしっかり受け止める、さあミキ、どうなんだ。久仁人は、覚悟はできている、いくらでも罵りは受けとめると自分に言い聞かせた。動悸が激しくなり、呼吸が乱れてくる。

ミキは答えない。洗った食器を布巾で拭き、棚にしまい始める。

「なあ、ミキ。オジが言ってるの聞こえてるんだろ」

久仁人の声が荒々しくなる。ミキは答えない。久仁人に、ミキを大声で問い詰め従順な答えを吐き出せようとしたかつての場面が蘇ってくる。あのときの場の空気と同じものを自分がつくり出しかけているのを感じ身震いする。やばい、言ってしまったと思う。

「お茶飲む？」

ミキが沈黙を破った。久仁人は、助かった、と思う。

「ああ」

ミキは薬缶に水を入れ、ガスコンロに火を点けた。ミキは中学に入ったころからあたたかい茶が好きだと言うようになった。沸騰した湯を少し冷ましてから急須に入れ、じっくり待ってから茶碗に注ぐこと、そうすれば安い茶葉でも十分にうまい茶が出ると久仁人が教えてから、ミキはいつもたっぷり時間をかけて茶を淹れるようになった。緋沙江の病という災厄がこの家を襲ってからも、ミキが茶を淹れることはしばらく続いたのであった。

湯呑を両手で包むようにもち、ミキが茶を啜る。少女だったミキの仕草を久仁人は、子リスが胡桃を食べるのに似ていると思った。今、大人になったミキにも、かつての子リスの仕草が重なる。

「オジ、ここにまだいてもいい？」

「ああ、かまわないさ。でも、どうして」

「どうして、どうしてって聞かないで。オジのそういうとこがやだったんだから」

ここに来たわけを言う気がないのは明らかだ。ただ、俺に対する恨みを募らせて、怒りを叩きつけるために舞い戻ってきたのではないようだ、と久仁人はかすかに安堵する。

「そうか、なんでミキがここにきたかは、もう聞かない。ミキが自分から言う気になるのを待つ。それまで、ここにいていい」

「よかった」

「じゃあ、好きにしてればいい。オジも、自分のことやってるから」

「うん。うち、いさせてもらう代わりにご飯つくるから。けっこう、ご飯つくれるんだ」

久仁人は、ミキが一日や二日ではなく、当面この家にいるつもりだと受けとり、愕然とした。あのひりひりするぶつかりあいの日々が蘇ってくる。精神が破綻する寸前のやりとりの記憶が久仁人の胸奥に蹲っている。それにまた向き合うのは御免だった。

「えっ、しばらくいるってことか」

「まあ」

湯呑を両手に抱いたまま、ミキは頷いた。久仁人は、ミキが自分の生活のなかに入り込んでくるとなにが起こるかを想像し、胸騒ぎに襲われる。ミキが自分の心の平安をどれほどかき乱したことか。きっとミキは今度も久仁人の小さな幸せを足蹴にし、壊すだろう。由里子とつきあっていることを知ったら、お前にそんなことは許されないと怒鳴り、罵るだろう、それは間違いないと思った。昨夕、ミキからメッセージが来たときに直感したこと、すなわち、ミキの出現が自分の手に入れた小市民的な幸福をぶち壊すのではないかという惧れが現実のものになりそうだった。

「オジ、いいんだね」

「ああ、だけど、あんまり長くは勘弁してくれ。オジも一人の気ままな生活に慣れたもんだから」

「わかってる、いつまでもってわけじゃないから」

久仁人とミキの五年ぶりの共同生活が始まった。ミキは朝食を用意して久仁人を職場に送り出し、夕食を用意して待っていた。不器用で手抜きも多かったが、概ね久仁人の舌に合う料理が並んだ。脱衣籠に入れた衣服はミキが洗濯機にかけ干してくれた。ミキに一人前の生活のわざが身に着いていることを実感した。

6

ミキは小学校高学年からから中学生になっていくにつれて、型にはめられるのを嫌がるようになった。連れ立って行動する女子同士のつきあいに入らず、思いを突発的に行動に移すことが多かった。緋沙江はそのようなミキの気質を好ましく思い、いいところを伸ばしていけばいいのだ、だから久仁人も見守ってあげてほしいと言った。ミキは運動神経がよく、バスケットの試合でも、運動会でも目立つ存在だったから、同学年の子どもたちから一目置かれた。勉強もクラスで最上位の方で、担任の教員からはリーダー的素質があると言われ、本人も満更ではない顔をした。

久仁人はなまこ山を毎朝ハヤテと散歩しながら、ミキが緋沙江との約束を忘れた顔でギリギリまで眠り、散歩に来もしないことを、ま、こんなものかと思っていた。気が向いたときだけハヤテとじゃれて遊んでいるのも、子どもとしては仕方のないことだ、と。ただあの子の度を越した意地の張り方とこだわりの強さは、成長とともに角が取れていくものだろうか、と不安に駆られた。ミキはいまだに自分に心を許していない、こだわりのない顔になって素直に言うことをきこうとしない、いったいどうしてなのだろう。いっしょに暮らしていながら、いつも気持がすれ違っていることのやりきれなさを、久仁人は自嘲せざるをえなかった。

緋沙江が背中の痛みを訴えだしたのはミキが中学二年の後半だった。起きて体を動かすのが億劫になるような痛みがいすわって抜けないという。久仁人は病院で検査を受けるよう繰り返し促したが、大きなダンス公演の企画責任者になっていた緋沙江は、休みをとろうとしなかった。公演が近づくといつも緋沙江は特別な生気をみなぎらせ、時間との闘いの重圧をはね返すような勁さを見せたものだった。だがこのときの緋沙江は、全身を覆う鉛のような重苦しさに耐えかねているかのように、暗い表情を垣間見せた。公演のスケジュールはなんとか乗り越えることができたが、間もなく激痛で呻き声をあげる日がやってきた。

久仁人が車で整形外科に連れていったが、検査の後、脊椎からくる痛みではない、総合病院で精密検査をすぐ受けるようにと言い渡された。緋沙江の苦しみ方が尋常ではないため、その日のうちに総合病院にかけ込んだ。検査のため入院し、三日後、ＣＴとＭＲＩの画像で肝臓癌であることがわかった。緋沙江と二人、診察室で画像を示され、進行性の癌でステージがⅣであると担当医から説明された。細かい癌が肝臓に散らばっており、手術によって切除するのは不可能であるため、ラジオ波による焼灼と抗癌剤治療を併用するとのことだった。その後肝細胞の病理検査の結果、進行のきわめて速い癌なので、治癒に至る見通しは厳しく、余命は一年以内と宣告された。

緋沙江は入退院を繰り返す闘病生活に入ったが、久仁人が制止するのにもかかわらず、わずかでも小康を得たときには、ダンス教室を維持するための指示や他団体との連絡協議をこまめに行った。次の合同公演にも自分は役割を与えられているので、引継ぎをしなければならないというのだ。緋沙江は、死に至るまでの間に自分がなすべきことをたえず念頭に浮かべ、死そのものは視野の外に置こうとするかのようであった。

癌の急速な進行は、緋沙江の体を日に日に別人のように変容させた。やせ衰えた体に黄疸が出て、眼窩が窪んでいった。久仁人は毎日、緋沙江を見舞った。病状が進んでから、緋沙江は、衰え醜くなっていく自分の姿はミキに見せたくない、娘には輝いている母親の像だけを残しておきたいと言った。久仁人も緋沙江も、ミキには、初期の癌なので必ず母は回復すると話を合わせていたので、癌に残酷に蝕まれていく様子は見せたくなかった。バスケットにも勉強にも負けず嫌いを示しているミキが、緋沙江の症状に衝撃を受け、実力を存分に伸ばせなくなることを怖れたのである。週末にバスケット部の練習と試合があることを理由に、久仁人はミキを病院に連れていこうとしなかった。

だが、ミキは、緋沙江に会わずにいることに耐えられなくなった。バスケットの練習が終わった後、夜、一人で病院に向かった。変わり果てた緋沙江の姿を見て、ミキは、半狂乱になって病棟の看護師を驚かせた。緋沙江が死んでしまう、緋沙江と久仁人がぐるになって自分を騙していた、それが許せないと喚き、病棟を騒然とさせた。

緋沙江の命が長くないことを知って帰ってきたミキは、久仁人に激しい怒りを爆発させた。

「オジの嘘つき。うちのこと、子どもだと思って舐めてんだ。ふざけんな」

「ごめんよ。ミキが心配し過ぎてバスケと勉強に集中できなくなったらかわいそうだと思ったんだ。ママとも相談して決めたことだ」

「うるさい。オジは、ママとうちの間に入り込んで勝手なことする権利なんかないんだ」

ミキは、久仁人が死まで幾ばくもない緋沙江を一人占めし、ミキを除け者にしていることに激怒していたのであった。そして、それは実際、久仁人の内心の動きを衝いた鋭い一撃であった。久仁人は、緋沙江との残りの日々を二人だけで抱きしめたいのだった。そこにミキを入れる心の広さを久仁人はもっていなかった。以後、ミキと久仁人の関係は、日を追ってぎくしゃくしたものになっていった。

中学三年の初夏、中体連の大会をもってミキのバスケット部の活動が終わった。仕事の休みをとって応援に行った久仁人の前で、ミキはポイント・ガードとして機敏な動きを見せた。ディフェンスのかわし方、意表を突いたパスの出し方、ミキにはセンスがあると思った。準決勝で平均身長で上回る強豪校に善戦したが、ミキのチームは敗れた。終了のホイッスルが鳴った後、ミキは精魂尽きてコートに崩れ落ちた。久仁人は胸に熱いものが込み上げ、ミキを称賛したい気持に駆られた。体育館を出ていくチームに駆け寄り、ミキに向かって、

「ミキ、ナイス・ファイトだったよ」

と叫んだ。ミキは、久仁人の方をちらりと見たが、一瞬顔をしかめた後、そっぽを向いて仲間とともに出て行った。

夏休み明け、どこの高校を受験するか進路希望調査の用紙を学校に出さなければならなくなった。ミキは桜が丘高校を受けたいと言った。桜が丘高校は市内で入学者の偏差値が最も高い高校で、制服のない自由な校風で知られていた。久仁人は高い目標をもって勉強するのはミキの励みにもなるだろ

うと思い、ではそこを志望校にしなさいと答えた。ミキの希望にしたがい放課後、学習塾にも行かせることにした。

秋が深まり、ミキの成績では桜が丘高校の合格は望み薄であることが明白になってきた。学校の成績と模擬試験の結果を総合すると、桜が丘高校の合格圏にはかなり遠かった。学級担任はもう一つか二つランクを落とし、堅実に合格を目指した方がよいと言い、学習塾の指導者もミキの模試の点数で桜が丘高校に合格した例はほとんどない、と言った。このころ、入院中の緋沙江の状態は悪化の一途を辿り、その命はもって三か月かほどと医師に言われていた。久仁人の精神状態は深い底に追いつめられ、かすかでも希望の光にすがろうとしていた。桜が丘高校を受けたミキが不合格の結果になるのは目に見えている。緋沙江の死に加えて、ミキの不合格の事実を受けとめるのはとても耐えられないことだと思った。第二志望の高校であれ、ミキの合格という結果は、悲痛な状況の中で小さな希望の光になるであろう。なんとしても、ミキには合格可能な高校を受けさせなければならない。

久仁人は、役所内での学校の評判、高校の教員をしている知人からの情報を聞き知り、青陵高校が桜が丘高校と同様に自由な校風で生徒の学力も高いので、ミキにふさわしいと思った。そして、ミキの成績なら合格の可能性が十分あることもわかった。病床の緋沙江に、青陵高校を受けさせたいがどうだろうと、話した。

「ミキのことを真剣に考えてくれてありがとう。やっぱり合格の喜びを三人で味わいたいわよね」

「ああ。ママも、青陵高校がいいと言ってるとミキに話すよ。ミキにはやっぱり現実的な判断をしてもらわなきゃ」

「そうね、あの子、素直にうんと言うかしら。それが心配」

「ゆっくり話すよ」

「お願いするわ。ねえ、あなた、これからミキのことをよろしく頼むわ。あんなわがままだけど、たった一人の私の子だから。一人立ちできるまで見守ってあげて」

「わかってるさ」

久仁人は緋沙江にミキのことを託され、悲壮な気分に満たされた。自分が緋沙江との結婚を選んだことのなかに、ミキの面倒を見ることが運命として含まれていたのだ、自分はその運命を背負う人間なのだ、と奮い立つ気持になった。

ミキの説得は難航を極めた。ミキは桜が丘以外は行きたくない、入学試験で大逆転する点数をとってみせると、譲らない。青陵高校にはなんの興味も関心もないし、そんな学校のために勉強する気も起こらない、と言い張った。久仁人と話すときはいつもことば少なだったミキが、拒絶のことばを言い出すと止まらなかった。久仁人は、学級担任と塾講師に連絡をとり、ミキが青陵高校を選択するのはきわめて妥当なことだと伝えられ、それを根拠に説得しようとした。

「オジはずるい。先生の力まで借りて、うちを説得しようとしてる。うちがこれからどんだけ頑張るかわかりもしないくせに。黙って、うちのしたいようにさせてくれればいいのに」

「そう思うんなら、勝手に思えばいい。この際だから本音を言うよ。ママが生きてる間に、ミキが高校に合格したことを知らせたいんだ。で、桜が丘だったらまず受からないんだ。青陵ならミキの努力次第で受かる可能性がけっこうある。だから、青陵にしてほしいんだ」

緋沙江のことを口にすると、ミキは反論のことばに詰まった。その沈黙の隙に、久仁人は青陵高校も生徒の自主性を尊重する学校だし、あそこをめざして勉強している生徒がたくさんいるんだ、とたたみかけるように話した。ミキは聞くもんかという顔をしていたが、日がたつとともに激しい反発の勢いを失っていった。

結局、ミキは青陵高校を受験校に選び、塾の指導に従いよく勉強をした。三月の半ば、緩和病棟にいる緋沙江に、久仁人とミキは連れ立って合格の知らせに行った。頬骨が浮き出るほどやつれた緋沙江は、酸素マスクを自らはずし、ミキの手を握った。

「やったね、ミキ。あなたは、ママの誇りよ」

息も絶え絶えにそこまで話した緋沙江の目尻から涙が流れた。久仁人は、朗報を緋沙江の意識のある間に届けられたことで、ミキを称賛したい気持がとめどなく溢れてきた。それから十日ほどで緋沙江は亡くなった。

7

「ねえ、オジ、ハヤテはどうしたの」

　朝食の用意をしながら、ミキは久仁人に聞いた。

「ああ、去年の夏、死んだ。急に元気がなくなったもんだから、病院に連れてったら急性腎不全て言われてさ。薬を呑ませようとしたんだが、食欲もなくなって、呑ますのも難しかった。朝起きたら冷たくなってた。ミキが、小学校二年のときにもらったんだから、十五年くらい生きたのかな」

「そうだったんだ。死ぬとき苦しそうだった？」

「いや、具合が悪くなってから死ぬまですぐだったんだ。三日前まで散歩してたんだからな。苦しむ様子をあまり見ないですんだ」

「ふーん」

「まあ、オジが一人で暮らすようになってからは、あいつと散歩するのが慰めだった。そもそも、ミキが散歩するって約束で飼い始めたんだけどな。おかしなもんさ」

「また、その話」

「まあ、言わせろよ。ハヤテは気まぐれな変わった犬だったよ。寄り道はしようとするわ、他の犬には吠えかかろうとするわ、オジでも苦労させられた。でも、あいつのおかげで早起きと散歩が習慣になってよかった」

「家のなかでは、うちにかまって、かまってって、すごくうるさかった」

「そうだったな」

ハヤテをめぐって、ミキの口が滑らかに回った。二人で向きあって朝食をとる。嵐の夜に来てから五日目、ミキはいまだに久仁人のところを訪ねてきた訳を話さない。ただ、表情からこわばりが消え、久仁人を見返す目から険しい光が消えていた。

「ねえ、オジ、もうちょっとだけ、ここにいていい？　うち、今日、バイトの面接に行ってくる。お金入ったら、宿泊代払うから」

突然の申し出に、久仁人は動転した。この子はなにを言い出すのだ、オジの顔を二度と見たくない、とにかくこの家にいるのは耐えられない、と叫んだのを忘れたのか、過去の場面が脳裏でぐるぐる回った。

「宿泊代だなんて、ばかなことを言うんじゃない。まだここに居たいんなら、いればいい。ただ、そろそろ、ミキがどういうつもりでここにきたのか、正直なところを話してくれないか」

ミキは黙ってしまう。久仁人は、もう縁を切ったと思っていたミキの出現が自分を日に日に圧迫してくるのから逃れられない。ミキがこの家を出て行った後、なにをしていたのか、どんな生活をしていたのか、知りたくてたまらない。ミキから遠ざかることに成功したと思っていた自分が、今またミキのことでじりじりさせられている。この子が目の前に存在する限り、自分は居心地が悪く、胸騒ぎがするのだ。

「オジ、うち、苗字変わった」

「えっ、どういうこと？」

「そんなこともわかんないの。深浦から早川になったってこと」

「そうか、ママのもともとの苗字に戻したってことだ」

「そう」

「でも、どうして」

「うちね、二十歳の誕生日が過ぎたときに、自分で戸籍つくったんだ。ママが死んでもうちはオジの戸籍に入ってるんだって気づいて、もう、うちとオジは赤の他人なんだし、自分の戸籍つくるんだ、って思ったの。苗字も深浦じゃない方が、気分がすっきりするじゃん。手続きが役所だけじゃなく、家裁にも行く必要があって大変だった」

「そこまでして……」

久仁人は、ミキがどれほど自分を嫌い、とことん離れていこうとしたかを思い知らされて、気持が深い淵に沈み、絶句する。

「違うよ。オジが嫌いでってことじゃなく、とにかく独立したかったの」

「うーん、今は、早川ミキなんだ。そうか」

「なに、がっかりした？　腹立った？」

「いや、ちっとも。全部、ミキが決めることだ。それでいい」

「そう、それでいいの。だから、うちとオジはきっぱり赤の他人だから、オジはうちのこといっさいかまわなくていいの」

なにをおかしなことを言う。わけも言わず泊めてくれと言ってるのはお前じゃないか、もうたくさんお前のことをかまってるじゃないか、ということばが、久仁人の胸中を溢れ出しそうになる。

「なにを言ってるもんだか」

と言うと、奇妙なことに笑いが込み上げてきた。つられてミキも表情を崩した。

「まあ、さっきの話だけど、宿泊代なんかいらんからな。それにしても、住所不定みたいな人間がアルバイトできるのか」

「なに言ってるの。ネットを探したら、いくらでも仕事見つかるから。うちは、一日限りのバイトで食いつないだこといくらでもあるから」

「そうか、でも、無理して稼がなくたっていいんだ。ここはもともとミキがいた家だ。金を払う必要なんかない」

「オジの気持はわかった。けど、これからのために稼ぐ必要はあるんだ」

ミキとは役所の書類上もまったくの赤の他人だとわかった今、久仁人はなぜ自分はミキのことを穿鑿しようとするのか、と自嘲した。災いをひき起こす前にさっさと立ち去ってほしいと願ったミキなのだから、ここを出て五年、なにをして生きてこようがどうでもいいではないか。にもかかわらず、久仁人は、ミキがどんな過酷な仕事をして生き延びてきたのか知りたくてたまらないのである。もっと立ち入って聞きたい気持を抑えて、久仁人は言った。

「アルバイトをするのも、ミキの自由さ」

次の日からミキは曜日に関係なく、連日アルバイトに行くようになった。

8

緋沙江が死んだ哀しみが癒えるいとまもなくミキは青陵高校に通い始めた。青陵高校は制服のない学校で、ミキはGパンにトレーナー、パーカーなどのわりに地味な服で登校した。

「ママが、ミキの高校生活を応援してるよ」

久仁人が言ってやると、神妙な顔をして朝早くから学校に向かった。久仁人はいつもミキの弁当のことを考えて買い物をし、他の子に見られて恥ずかしくない弁当をつくった。バスケット部に入るだろうと期待したが、練習を見に行ったものの入部しなかった。高校に入ってまで軍隊みたいに縛られる活動はしたくない、と言った。

夕食のときに久仁人は、学校の様子をミキから聞き出そうとするのだが、ミキはほとんど応じない。

宿題とテストで忙しく、のんびりできないのだ、と言う。

「なんか、青陵って全然自由じゃない。オジが言ってたのウソだ」

夏も近くなった日、ミキはぽつりと漏らした。

「どういうこと？」

やんわり聞き返した久仁人に、ミキは溜まっていた不満を叩きつけるように話し出した。

「学校の自由と自立の方針のせいで、勉強もしないで遊んでばかりの生徒が増えたんだって。それで、大学受験の成績も悪くなったので、うちたちの学年から厳しく指導することにしたらしい。宿題とテストで追いまくるのはそのためだって言われた。うちたちとカンケーないところで、そんなこと決めるなんておかしいよ」

「そうか。学校の方針が変わったのか。それは困ったな」

「困ったもなにも、青陵にしなさいって、オジが言ったんだよ」

「それはそうだが」

「宿題をやっていかないのとかテストに合格しないのは放課後残され、テストで基準以上の点数をとらなければいつまでも帰してもらえない。エンドレスの試練って言うんだって。こわくて毎日追いつめられた気分から抜けられない。こんな勉強の仕方のどこに自主性があるっていうの」

ミキの爆発した怒りはとどまることがなかった。

「同じクラスの軽音部の男子が髪を金色に染めてきたら、担任と生徒指導部の先生に、勉強の場にふさわしくない髪だから黒くして来い、ってすごい怒られたんだ。なんでなんでって、うち、思った。どんな格好をするか決めるのは、生徒でしょ。それが自主性でしょ」

「あんまり奇抜なのはちょっとな」

「オジ、学校のカタもつの？　生徒の自由に任せる学校なんでしょ。言ってることとやってることが違うのがおかしい」

「まあ、青陵の先生も、学校の成績を上げるためにいろいろ考えてるんだろうが」

久仁人は大人の事情を汲み取れという自分のことばがミキに響くはずがないと思いながら呟いた。

ミキの日常が徐々に崩れていった。朝、自分で早く起きる習慣が影をひそめ、久仁人が大きな声で呼びかけなければ起きなくなった。夜遅くまで携帯で友人と連絡を取り合っているのかもしれないが、久仁人は部屋のなかを覗くことは控えた。いくら呼んでも起きず、学校を休む日もときどき出てきた。そんなときのミキは、機嫌が極度に悪く、久仁人が話しかけるほど苛立ちを募らせ、まともな返事をしなかった。

一年生の後半に演劇部を立ち上げてからは、少し登校意欲が戻ったが、勉強は散々だった。意図的に怠けているとしか思えない成績で、放課後残される常連になり、しかも投げやりな態度が教員の心証を悪くした。学年末、進級できるかどうかの瀬戸際まで行き、久仁人は仕事を休み、教員からの説諭をミキと並んで聞かなければならなかった。

「高校生の本分はまず勉強です。深浦さんは、やればできるのに、やろうとしません。今の勉強は将来のミキさんのためのものです。今、やらないでどうする、そうでしょう」

久仁人は苦笑せざるをえなかったが、ミキは、視線を窓の外に向け少しも反応しなかった。帰り道、ミキは、

「こんな学校クソだ、やめてえ」

と久仁人にはっきり聞こえるように言った。

二年生に上がり、ミキは学校の指導に逆らう態度をあからさまにとるようになった。授業中の居眠りで度々職員室に呼び出され、叱責された。午後の授業を抜け出して繁華街を歩いているのが露見したときは、久仁人が呼び出された。

「どうしてそんなことをするんだ。学校で真面目に勉強してるって、ミキのことを信頼して送り出しているんだよ。信頼を裏切ることはするんじゃない」

久仁人は怒ってみせたが、かつて自分だって学校をさぼって街をうろついた経験はある、今どきの学校にはちょっとのさぼりを大目に見るくらいの余裕はないのかと内心思っていた。だが、生徒の将来を真剣に憂慮する教員の前でミキを擁護することばを発するわけにいかなかった。

七月の学校祭で演劇部の活動をして以後、ミキの反抗は度を増していった。夏休み明け、ミキは久仁人が知らないうちに長い髪を金色に染め、登校した。生徒指導の個室に呼び出され、すぐ髪を黒い色に戻してくること、指示に従うまでは登校させない、と厳命された。

その夜、ミキと久仁人は激しい言い合いになった。

「髪の色、ぜったい直さないから」

「でも、それじゃあ、明日も学校から帰される」

「おかしいよ。桜が丘だったら、髪を何色にしたって、べつになにも言われないんだよ。青陵の先生って、本気で服装や頭髪を厳しくしたら学校の受験成績が上がると思ってるの？　ばかみたい」

「まあ、生徒がしっかり勉強するような環境をつくろうとしてるんだろ」

「なに、それ。自分の学校の生徒はまじめな格好をさせないと遊びに走ってしまうレベルの人間ですって認めてるようなもんじゃない」

ミキは久仁人によって桜が丘高の受験を諦めさせられたことの不満を内訌させていたのだ。青陵高の教員が成績向上のために行うあれこれすべてが、ミキの自尊心を傷つけ苛立ちをかき立てていたのだ。久仁人はミキのことばの端々にそのことを感じとった。そして、もっと深いところでは、自分をこのような立場に追いやった久仁人を憎んでいるのではないか、と怖れた。それは久仁人のような不快な人間と暮らしていることへの全否定ではないのか。久仁人は、ミキの反抗が、久仁人の存在そのものの拒絶ではないかと疑いながら、足もとに広がっている暗い深淵から目を逸らそうとした。

「ミキ、人には人の立場があるんだ。青陵の先生は、受験でいい結果を出すことが生徒にとってたいせつだと考え、生活のルールを厳しくしている。そういうことだ。ミキは、たまたま、学校をそういうふうに変えていこうとしてるときに入学した。思ってた学校と違ったかもしれないが、今の学校にもいいところを見つけてがんばるしかないだろう」

「ああ、いや。その言い方。オジは、ウソつきで、詐欺師だ。学校の都合だ、先生の立場だって、なにそれ。うちはぜったい、髪直さない」

「でも、それじゃ、学校に行けない」

「カンケーない。この髪で行く」

それから連日、ミキは金色の髪で登校した。久仁人は、そんなことをしたら立場を益々悪くするだけだから家に居なさいと強く言うのだが、ミキは制止を振り切って家を出て行った。登校するたびにミキは個室に連れていかれ、説諭をされた後、下校を指示された。夜の十一時、十二時になって帰ってくるミキにどこに行っていたと尋ねても、一言も答えずまっすぐ部屋に入るばかりであった。

このまま行けば、ミキはどうなるのか。強制的に退学させられることはないだろうが、欠席超過で留年、本人も嫌気がさして自主退学、といった流れが久仁人の脳裡に浮かんだ。自分にできることはなんなのかを思案する。学校の指導は子どもの学習権を奪うものであり許容できないと教育委員会や裁判所に訴える自分を想像した。一介の公務員がなにを言う、子どものわがままもただせない甘い親の見本だと嘲笑される図が浮かんで、できるはずもないと思った。とすれば、どんな理屈でも総動員してミキを説得するほかなかった。

部屋のドアをノックしてミキの部屋に入る。ミキはベッドに寝そべり、マンガを読んでいた。

「なあ、ミキ、オジの話を聞いてくれ。もう、こうやって突っ張っててもどうにもならないだろ。ミキの友だちだって、早く学校にきてほしいって思ってるはずだ。死んだママだって、ミキのこと心配してるよ。みんな、ミキのこと応援してるさ。だから、まずここは、先生たちの言うことを聞いて、学校に戻ったらどうかな」

言い終える間もなくミキがベッドから立ち上がり、拳を握って久仁人に向かってきた。拳は久仁人の鼻を直撃した。目のなかで火花が散り、鼻の奥が押しつぶされる感触とともに、熱いものが唇に流れてきた。ミキは息を荒くして、拳を握った右腕をなおも宙に浮かせていた。久仁人は棚にあったボックスからティッシュをとり、鼻をおさえた。たちまちティッシュが赤く染まり、血が滴った。ことばはなにも出なかった。

「来るな。うちに近づいたら、また、やる」

久仁人は身震いしながらミキを睨みつけた。じんじんと熱気が下半身から這い上がってくる。返すことばをもたない自分は、ミキの細い体を抑えつけ殴ってしまうかもしれない、そう思い部屋を出た。

このとき久仁人は、ミキの奥底にあるのは、学校への反抗心ではなく久仁人への憎しみなのだと確信した。何年かけても打ち消すことのできなかったミキとのぎくしゃくした関係、それは結局のところ久仁人が忌まわしい存在でしかなかったということだ。緋沙江とミキの間に割り込んできた異物が久仁人で、異物はずっと異物のままだったのである。

それから、久仁人は赤の他人であるミキといっしょに暮らすことを自分に問い続けるようになった。あの子の面倒をみると緋沙江に約束したが、しかし、二人で暮らすこと自体がミキの成長にとって悪影響を及ぼすなら、考え直すべきではないだろうか。自分とミキがともに暮らしているという不自然な関係が、ミキの精神を不安にさせ、それが学校への反抗につながっている、これが問いへの結論であった。だが、ミキの養育を放棄して、この家から出してしまうなどということが、道義的に許されるものだろうか。自分は緋沙江との約束を踏みにじった極悪人になるではないか。

三週間、ミキは部屋に閉じこもった。久仁人は朝食と握り飯をミキの部屋の前に置いて出勤し、帰宅後も夕食をつくって戸口に置いた。食事はすべて食べられ、食器は久仁人が出かけている間と寝ている間に洗われていた。久仁人は、再びドアを開けてミキに語りかけようと何度も思いながら、ミキの反応が怖ろしくて二の足を踏んだ。いつまでもじっとしていられる子ではない、必ずなにかアクションを起こすはずだと自分に言い聞かせた。だが、ミキが沈黙を続けることに耐えられなくなり、ついにドアを開けた。

「なあ、ミキ、話を聞いてくれ。ミキは、オジのことを怒ってるんだろ。学校のやり方に反抗してるっていうより、オジに反抗してるんだ。自由に学校を選ばせてくれなかったからだろ。いや、ほんとの親でもないのに、ミキのことをわかりもしないのに、勝手に決めるから許せないんだろ。オジの存在自体がいやなんだ」

ミキは、ベッドで久仁人に背を向けマンガを読んでいた。少しも反応しない。

「わかったよ。だけど、いいかい、この家にはオジとミキの二人しかいないんだ。いくらミキが俺のことを嫌いでも、他の人間には代われないんだ。オジのせいで、ミキが学校に行かないんだったら、俺は胸が張り裂けるように辛いんだ。だから、高校に行ってほしい。いやなこと我慢して学校に行って卒業してほしいんだ。そうしたら、ミキの好きなとこに行っていい。ちゃんと資金援助してあげる。それまで、気に食わないことも自分のなかにおさえてさ、学校に行ってほしいんだ」

話しながら息が詰まり、涙声になった。ミキは手にしていたマンガ本を放り投げ、毛布で頭を隠した。


次の日、朝、玄関にミキの靴が見当らなかった。久仁人は部屋のドアを開けたがミキの姿はなかった。登校時間を過ぎたころ、学校に電話をしたが、ミキは来ていないと言う。久仁人は不安な気持で、仕事が手につかなかった。午後三時ころ、クラス担任から久仁人の携帯電話に連絡があった。

「深浦さんですね。ミキさんが、午後の授業から突然教室に入ってきて、自分の席にすわってしまったんです」

「そうだったんだ。学校に行ったんですね。それならよかった」

「いえ、よくないです。髪は金髪のまま、穴だらけのGパンです。下着の上に革ジャン羽織って、まるでパンクです。派手なメイクもしてるし、とても教室に置いておける状態ではありません」

「はあ、そうですか、ご迷惑かけます」

「授業をしていた教員が教室から出て行くように言ったところ、いやだ、自分には授業を受ける権利があると駄々をこねまして」

「それは、申しわけありません」

「はい、ちょっとしたトラブルになったんです。生徒指導部の教員が指導室に連れてきて、ミキさんを今クールダウンさせてるところです。気になるのが、ミキさん、ふらつきがありまして、なにか薬剤を摂取してるのかな、と」

「家ではとくになにも飲んでいません。とにかく、これからすぐ迎えに行きます」

久仁人は時間年休の申請をし、すぐタクシーで青陵高校に向かった。事務室の窓口で深浦だと名乗ると、学級担任が現れた。すぐ指導室に案内された。だが、ミキの姿はなかった。担任は慌てて生徒玄関に向かい、ミキの靴ロッカーを開けた。ミキの外靴はなく、久仁人が学校に向かう間に、教員の目を盗んで外へ出てしまったのは明らかだった。

ミキを指導室に入れて面談をしていた教員と学級担任から話を聞いた。ミキはなげやりと言ってもいい態度で、問いかけにはほとんど答えなかった。目の焦点が合っていないような感じで、椅子にすわっていても上体が揺れていたので、薬をたくさん飲んだのではないか、と聞いたが知らんぷりする態度を押し通した。今日のような行動は授業妨害にあたる、繰り返すと、説諭ではすまず停学等の指導処置もある行為だと厳重注意をした上、保護者が迎えに来るのを待つようにと指示した。あらましそんなことを久仁人は聞いたが、ミキを厄介者扱いをし、人としてのかかわりを避けようとする教員の態度を感じとらないわけにいかなかった。なによりも、薬の過剰摂取が疑われるミキを一人で放置しておいたのは、あまりにも不注意ではないか。

久仁人はミキの携帯に連絡を試みたが、まったく通じなかった。家に戻って帰宅を待った。夜九時まで待ってなんの連絡もないので、警察署に電話し、行方不明の子どもとして届け出をした。自暴自棄の状態なので自傷行為を起こさないか気になること、薬物の大量摂取の疑いがあること、を伝えた。

その晩、久仁人はミキに万一のことがあれば、自分はどのようにしても緋沙江に申し訳が立たない、という思いに繰り返し襲われた。そもそも、自分がミキの父親という役割を担ったことに誤りがあった。緋沙江を手に入れたいというおのれの欲望を達成するためにミキを引き受けることにしたのだ。ミキの自我が不自然に成長し、片意地なプライドを押し通すようになったのは、自分が保護者になったからに違いない。ことここに至っては、自分は保護者失格だと白旗をあげてしまいたい。そうして、この自責と不安から逃れたい。それが切なる願いだった。だが、ミキにはふらりと姿を消してしまった不誠実な実父しか係累はいないのだ。この自分がミキの世話を放棄するなどありえないことではないか。堂々巡りする無意味な悔恨にさいなまれるうちに夜が明けた。久仁人は、胸のなかで繰り返しミキを呼び、ともかく戻ってきてくれとこいねがった。

朝、八時前、秋の朝の光がなまこ山の紅葉を照らし出していた。

「あの、深浦ミキさんのお宅ですか。こちらは、チトセ空港の警察ですが」

「えっ、チトセ」

「はい、チトセ空港の警察派出所です。今朝、警邏中、ベンチで体をぶるぶる震わせて横になっている女の子がいたもんですから、旅行者としてはふつうでないなと思い声をかけました。なんでも、サッポロから歩いて来たって。びっくりして聞き返したら、千円貸してくれないか、とこう言いいました。あと千円あれば、格安の飛行機でトーキョーに行ける。自分はこれからトーキョーに行くんだと」

「え、その子、髪を金色にして革ジャンを着てますか」

「そうそう、名前は深浦ミキ」

「わかりました。うちの子です。昨日から行方不明で帰りを待ってたんです。これから車ですぐ迎えに行きます」

「いや、ちょっとね、難しい事情があるんじゃないですか。本人は父親に会いたくない、と言ってまして」

「いいえ本人がなんと言おうと、会いに行きます」

「あ、それでね……」

警察官が続けて言うのも聞かず、久仁人は電話を切った。職場に体調不良で午後から出勤すると連絡をし、すぐチトセ空港に車で向かった。ミキが学校を抜け出し、チトセに向かって歩いている様子が頭に浮かんで離れない。午後四時ころから歩き出して、着いたのは深夜を過ぎたころだろうか。夜、車の疾走する国道をミキは一人なにを思って歩いたのか。歩くことの孤独と恐怖を想像し久仁人のからだじゅうがぞくぞくした。久仁人は、ミキの行動に自分は完全に負けていると思った。

9

「深浦さん、せっかく来てくれたんだけど、娘さんは今、チトセの本署で事情を聴かれてます」

空港の派出所に着くと、電話をかけてきた警察官に言われた。

「どうしてですか。すぐあの子に会って、家に連れ帰りたいです」

「いや、複雑な事情があるようなので、きちんとした対応が必要だと本署から指示があったんです」

久仁人はすぐ本署へ向かった。生活安全課でミキは事情聴取を受けているということだったが、窓口で三十分以上待たされた。ようやく現れた白橋という中年の係官は、久仁人の全身を探るような目つきで舐め回してから口を開いた。白い肌の鋭い目つきをした男だった。

「深浦さんだね。娘さんは返せないよ」

「え、どういうことですか。私はあの子の親ですよ。身分証明書を見せますか」

「見せてもらってもね、変わらないよ。あなた、ほんとの親じゃないんでしょ」

いきなり言われて、久仁人は、こいつなにを言うと腹が立った。

「え、ミキがなにか言ったんだ」

「いろいろあって、家には帰りたくない、父親には会いたくない、と言ってる」

「ミキは亡くなった妻の連れ子です。私は父親としてあの子の養育をしてるんです」

「ああ、聞きました。ミキさんは、家に帰ったら父親に暴力を振るわれる、だから助けてほしい、と訴えてますが」

久仁人は耳を疑うことばに、心臓が高鳴り、耳の奥で血が逆巻くようだった。

「なにをばかな。私はあの子に手をあげたことは一度もない」

「まあ、冷静になりなさい、娘さんが真剣に訴えてることだから、こっちとしても無視するわけにはいかんからな。上に報告したら、サッポロの児童相談所に知らせるようにという指示なんだ。今、児相の人がこっちに向かってるから、おたくが娘さんと面会できるのは、児相の人が娘さんと会った後ってことになる」

なんてことだ、ミキは俺を陥れてでも家を出て行きたいのか、と久仁人は内心で罵りつつ、これはミキによる復讐ではないかという妄想に駆られた。

三時間も受付前のベンチで待たされてから、久仁人は生活安全課の一室に呼び出された。白橋係官に加え、サッポロ児相の山根というケースワーカーが同席した。

「ミキさんは、父親の無理解と暴力に耐えられなくなったので、トーキョーに逃げるつもりだったと言っています。父親は、行きたくない学校に力ずくで行かせようとするので、もう我慢できないとも言っています」

まだ三十代前半と思われる山根は、机上にノートを広げ、一つ一つ確かめるように言った。久仁人は、鼓動が激しくなり指先が震えた。この男は、娘に暴力を振るう継父として俺を見ているのだ。山根は、眼鏡の下の細い目で久仁人を見据え、硬い表情を崩さなかった。

「暴力をふるったことなんか一度もありません。それどころか、できるかぎり話を聞いてやろうと努力してきた。あの子によくよく聞いてみてください」

「こういったケースで、ほとんどの親御さんはそのように言います。でもたいていの場合、実際にはDVが起きている。それが現実です。で、今たしかなことは、おたくの娘さんが暴力を受けたと言っているということです」

「あの子の言うことを信じるということだ」

「いいえ、そんなことは言っていません。先ほどミキさんと面接をして、暴力を受けた疑いが生じました。ですから、私どもとしてはまずミキさんを保護しなければなりません」

「なにを言ってるんだ」

「落ち着いてください。いいですか、今日からミキさんを児相の一時保護所にお預かりして、事情を調査し確認します」

「なにを言ってるのかよくわからない。私が暴力的な父親だと決めつけて、ミキを隔離するのか」

「決めつけてはいません。調査の結果、DVの心配がないとわかれば、家に戻ることになるでしょう。でも、反対の結果ですと、別の措置を考えなければならなくなります」

久仁人は事態がいきなり思いがけない方向に転げだしたことにうろたえた。DVの嫌疑が独り歩きしているのだ。たちまち、自分が世間の非難にさらされる場面が頭を駆けめぐった。自分の世間体はそれで終わりだ。職場でも近隣でも後ろ指をさされなければならないのではないか。そんなことはなんとしても防がなければならない。ミキと対面して、あれは嘘でしたと言わせなければならない。

「おかしい。娘と私の言ってることのどっちが正しいか、娘に対面させてくれればすぐわかる。一時保護所だなんだとおかしなことを言う前に、まず娘に会わせてほしい。そうすれば、ことははっきりするんだ」

「深浦さんがなんとおっしゃろうと、会わせるわけにはいきません。ミキさんに危害が及ぼされる可能性がありますので。一時保護所にミキさんをお預かりして、必要に応じてご連絡します。安全を配慮した上で、深浦さんがミキさんと面会する機会をもつことになります」

「なにを言ってるんだ。ミキがすぐそこにいるのに、なぜ会えないんだ。私は、あの子を親として育ててきたんだ、おかしいじゃないか」

久仁人がなにを言おうと無駄であった。山根は後日連絡するの一点張りで、譲歩を引き出す糸口すらなかった。久仁人はおさまらない気持ちを抱えたまま警察を出て、署の駐車場に止めた車に乗った。昨夜から続いた苛立ちと不安が体の奥底で黒く粘り気のある塊に姿を変え、久仁人は地面に呑み込まれていきそうだった。シートを倒し目を閉じた。自分を闇のなかに連れ去り、放り出してしまおうとするものの蠢きを感じた。と、意識が途切れた。ふと目を開けたとき、フロントウィンドウ越しに、背広の男が金髪の女の子と並んで歩いているのが目に入った。シルバーの軽自動車に向かっていく。

久仁人はドアを開け、二人に向かいよろけるように走った。

「ミキ、おい、ミキだろ」

ミキは立ち止まり、振り返って久仁人を見た。泣きはらした後のように目の下が赤黒かったが、視線はしっかり久仁人をとらえていた、久仁人は激しい動悸で声が出なかった。先ほどまで問い詰めようとしていたことが頭に渦巻いていたにもかかわらず、なにもことばが出なかった。ミキは、憔悴の底に落とされたように立ち、ただ久仁人をじっと見ていた。

「深浦さん、あなた、なにをするんですか。すぐ、ミキさんから離れなさい。勝手な行動は許されません」

山根が、ミキの身を守ろうという構えで立ちはだかった。久仁人は目の前の邪魔ものをただ押しのけたい一心で山根を右に押しやり、ミキに向きあった。

「ミキ、どんな気持でチトセまで歩いてきたんだ。怖くなかったか、寒くなかったか」

久仁人は、迸り出ることばに身を任せた。

「ミキ、少しは眠れたか、ちゃんと食べたか」

ミキの表情はうつろだった。久仁人のことばに少しも反応しなかった。山根に促され、ミキは向きを変え、軽自動車に乗り込んだ。

久仁人は口のなかがひりひりと乾き、荒い息を吐いた。ミキと対面したときに久仁人のなかにいきなり噴き出したものが、ミキを問い詰めたい気持をすべておさえてしまったのだった。

ミキが一か月児童相談所の保護所に入っている間、山根からは度々連絡が入った。山根は、ミキについての調査を進めた結果、久仁人から受けた暴力のことになると話に一貫性が感じられないこと、体に傷がまったくないことがわかり、DVがあったと判定する根拠に乏しいと言った。チトセまで歩いた日、友だちからもらった睡眠薬をたくさん呑んだが、常習的に呑んでいるわけではないこともわかった。継続する面接調査でミキは家には絶対に帰りたくないと言い、もし、意思に反して家に帰されたら、今回と同じことをするだろうと話したという。

「ミキさんは、深浦さんの実子ではないんですね。それと、養子縁組をしていないので、法律上も親子関係にはないということになります」

「なにを言いたいんですか」

「ミキさんは、深浦さんといっしょにいることで、情緒的に不安定になるのだと話しています。家に帰るくらいなら一人で暮らす、そういう気持だということです」

山根はミキから聞き取ったことを、できるだけ忠実に伝えているのだと言った。だが、久仁人は、自分の存在がミキをおかしくしているという指摘は、養育者として不適格だと非難されているように感じた。非難されるようなことはなにもしていない、ミキのことを思って精一杯配慮している、と理解してほしかった。山根は、児童相談所でミキと久仁人の話し合いの場をセッティングした。

ミキが空港で保護された日から十日後に、山根立ち合いのもとで久仁人はミキと対面した。ミキは、久仁人が届けた学校の体育ジャージを着ていた。

「ミキ、オジのことが嫌いなら嫌いでそれでいい。でも、きみが一人立ちできるまで世話をするのは、オジの責任だと思ってる。だから家に帰ってきてほしい。学校のことで不満があるなら、ゆっくり先生と話したらいい。鉄砲玉みたいに飛び出すのは、もうやめにしてほしい」

「そんな話をしに来たんなら、すぐ帰って。オジと話、したくない」

「でもな、オジはきみの保護者なんだよ。大人としてきみをほっておくわけにはいかないんだ」

「いいよ、保護者やめて。オジのセケンテイとか守るために、うち生きてるわけじゃない」

どのように話しても、ミキは久仁人の言うことに耳を傾けなかった。

「やはり、おたがいに理解しあうのは難しいですね」

二人のやりとりを聞いていた山根が、良好な関係をもつのが困難なケースだと見たのは明らかだった。ミキと話しながら、久仁人は、ミキとの間にあった違和がこんなに大きくなってしまった今、自分にできることはなにもないと絶望的になっていった。

ミキと自分との関係が修復されないままミキが家に帰ってきたら、どうなるだろう。久仁人の想像はそこへ向かっていった。ミキと自分はそもそも合わないのだ、いっしょにいることがお互いにとって不幸なのだ。ミキの一挙一動が、久仁人を不快なものとして感じていることを示すのだ。久仁人は、ミキが学校に盾突き始めたときからの出来事を振り返り、地獄のような日々だったと思う。どうにも解決の道がないところに立たされ、喚き出したくなる。ミキの存在が重い。自分を果てのない深い闇に引きずり込んでいくように重い。緋沙江と出会ったときからこの子は、自分には手なずけられないいきものだった。そのいきものが、自分を息苦しく締めつけ、喘がずにはいられない苦しみを与えているのだ。どうしてこんなことになってしまったのか。緋沙江の歓心を買おうとした自分の出来心が、すべての間違いの始まりだったのか。

久仁人は懊悩した。暴力的な父親ではないと山根に言い張ったにもかかわらず、いや暴力的な父親と認定され、ミキが施設に送られ家に帰って来ない方がまだましだ、と怪しい考えが胸を去来した。そうだ、ミキが帰ってこなければいいのだ、そうすれば、自分は重荷から解放され、救われるのだ。悪魔の囁きがたえず聞こえるようになった。だが、緋沙江との約束を履行しようとする思いも強固で、バカなことを考えるな、ミキの養育を放棄するなど犬畜生の行いだ、と久仁人を戒めた。

仕事をしていても絶えずミキの存在が久仁人の精神を圧迫した。あの子さえいなければ、どんなに自分の心は楽になるだろう、もともと他人だったミキと自分が親子として一つ屋根の下に住んでいること自体がおかしいのだ、という思いが湧き出してきて止まらない。しかし、そんな思いをもつことが、自分が弱く卑小で無責任な人間であることの証明である、という囁きも聞こえる。その囁きをかき消すように、ミキを捨てて楽な場所に逃げたいという気持が、いくら抑えつけようとしてもすぐ頭を擡げた。

一時保護の期限が終わりに近づくころ、山根から呼び出しがあり、児童相談所に出向いた。

「深浦さん、児童自立援助ホームという施設があるのをご存知ですか」

「知りません」

「事情があり家庭で暮らすことのできない十五歳くらいから二十歳くらいまでの子どもが社会的に自立できるまで暮らす小規模の施設です。衣食住が保障され、安心して暮らせます。居住費は、働いて払うのが建前ですが、働けない場合は行政から支出されます」

「え、どういうことですか。その、ミキがその児童自立なんとかに入りたいと言ってるんですか」

「はい。深浦さんの場合、DVなど不適切な養育は確認されなかったので、ミキさんを自宅に帰すことを検討したのですが、一方で、本人に家庭への拒絶感がきわめて強いため、それが引き金になって今後も問題行動を起こす可能性があります。ですから、施設での養育も考慮してはどうかと」

山根は細い目で久仁人の表情をじっと窺いながら、淡々と話した。

「ミキが、本当にそこに行きたいと言ってるのか」

久仁人は反射的に上ずった声を出した。

「はい、ミキさんは家に帰りたくないので、児童自立援助ホームに行く。学校はやめる。通信教育の高校に行き、空いている時間はアルバイトをする、こういうふうに言っています」

山根の声は天啓のように久仁人のなかに差し込んできた。施設に入ることをミキが望み、児童相談所の職員も推奨しているのだ。山根のことばは、久仁人のこわばった内部をとろかすように甘く作用した。

「それがミキの本当の気持なんだ」

久仁人は投げられた餌に喰いつく魚のように、山根に反応した。

「そうです、繰り返し確認しました。ミキさんは、今後、家に帰らず、自立援助ホームで生活したいと自分の意思を示しています」

それで決まりだった。久仁人は、ミキと離れることによって自分は救われると思った。しかも、ミキは自分で家から出たいと言っているのだ、これは彼女の意思で決めたことで、久仁人が養育責任を放棄したのではないのだ、と申し訳も立った。

同意書に署名した後、ミキと面談した。山根に面談室へ連れてこられたミキは、自分からはしゃべろうとしなかった。

「どうだ、元気か」

「まあ」

「施設に入ること、ミキの意思なら、わかった。ただ、学校をやめることは、もう少しゆっくり考えたらどうかな」

「もう決めたから」

ミキの顔には、思い詰めたような険しさはなく、こだわりのとれたあどけなささえ感じられた。この子のいったいどこからあの反抗心が暴風のように湧き上がってくるのか、久仁人は不思議に思った。

ミキの自立のためには、今後、久仁人から連絡を取らない方がいいと山根から言われた。こうして久仁人は、ミキの保護者としての立場を捨て、一人の暮らしになった。最小限の情報は伝えてほしいと頼んでいたから、その後、ミキが自立援助ホームで暮らし通信教育の高校を卒業したこと、卒業後は、トーキョーに出て行ったことを知った。

久仁人は、ミキのなかで渦巻いた激しい嵐がおさまり冷静になったとき、あの子はなんと思うだろう、と考えた。家を出て行くという自分を久仁人がなにがなんでも引き留めなかったのは、ミキを見捨てたということだと思うにちがいない、結局、深浦久仁人という男は、ミキのことを心配していると言いながら、いざとなったら世間に放り出したのだ。そう思って久仁人を恨んだり、憎んだりするだろう。だが、そうだとしても、ミキと離れ離れになってしまえば、ミキの生々しい感情の動きにもう狼狽《うろた》えなくてすむのだ。ミキから遠ざかって、平穏な生活を手に入れたいと思った。その弱い気持に負け、深浦久仁人はミキを自分の手のなかから放り出した。

10

見晴らし台に立って扇状地を眺めると、地平線少し上に昇った朝日を受けて鏡のように光っているビルがあちこちにある。朝日に対し絶妙な角度で壁面を向けているビルだけが光っている。ちょうどこのタイミングにここに立たなければ見られない宝石箱のような光景だ。ハヤテの散歩を毎朝していたので、なまこ山のどの場所からどんな景色が見えるか、久仁人の体が知っていた。

「オジ、おはよう」

後ろから声をかけられ、弾かれたように振り向いた。

「なんだミキ、来てたのか」

「そう、散歩」

「珍しいこともあるもんだ」

「そうかな、うち、小さいとき、ときどきオジと散歩した」

「ああ、そうだったな」

「梅が落ちてるのをいっぱい拾って帰ったら、ママが、落ち梅なんか使えないって、やな顔したんだ」

「そんなことあったっけ」

「うん、あった。したらね、オジが、ジャムになるかもって言って、たくさん砂糖入れて煮たんだ」

「そんなことあったか」

「煮てるうちに、梅がとろとろになって、種がしぜんととれたの。すっぱいけど、ジャムになったよね」

「よく、そんなことおぼえてるな」

「ジャムって自分ちでつくれるって、はじめてわかったから」

「へええ」

ミキの屈託のない話し方に、久仁人は気持がほぐれた。

「なあ、ミキ。どうして、うちに来たんだ。そろそろ、ほんとのことを言えよ」

「いや、ただふらっと来ただけ」

「ウソを言うな。ここにきた理由を聞かないと、オジの気持が落ち着かない」

「そう。じゃあ、どうして来たか、オジが思ってることを言ってみたら」

街を眺めながら、久仁人は今なら単刀直入に言えるかもしれないと思った。

「一つは、オジのバカヤロと怒鳴りに来た。二つは、ママの残したものを探しに来た」

「ふうん」

「どうなんだ、当たったか」

「さあ。で、三つめは？」

「三つめは、金に困って、オジに借りに来た」

「わー、笑える。オジ、それ、はずれ。うちさあ、高校選ぶときに、オジに騙されたんだよね。オジは、うちのことを思ってたんじゃない、自分の安心がほしかっただけ。その後もおんなじ、オジは、うちに迷惑かけられたくないばっかし。本気でうちの味方になってくれたこと、一回もない。やなやつ」

ミキは街を向いて吐き捨てた。話している間、一度も久仁人を見なかった。

「やなやつか。そうだよな、いくらでも言ってくれ」

「ううん、時間の無駄。オジは、なに言っても通じない」

「そうか、俺を怒鳴ったりどついたりしに来たんじゃないんだ。じゃあ、ママのものをとりに来たのか」

「ちげえよ。携帯にママの写真いっぱい入ってるし、うちは記念の品大切にするような女じゃない」

「そうか。金借りにきたわけでもないから、全部はずれだ。ミキ、もういい加減、どうして来たかを言えよ」

久仁人は横を向き、ミキと目を合わせた。

「うち、逃亡者かもよ」

「なんだそりゃ」

「うん、冗談、冗談」


それから二、三日後、ミキがアルバイトから帰る前の夕方、仕事を終えた久仁人が玄関に入ろうとすると、迷彩色の丈長のジャケットを着た男がドアの前に立っていた。耳の上まで剃ったように刈り上げた髪型が、外国映画に出てくる兵士のようだった。男は、久仁人に気づくと、片手をあげ軽く頷いた。久仁人は、男の仕草にふてぶてしさを感じ、身構える気分になった。

「突然、お伺いしてすみません。私は、あまつかぜという結社の代表、蔵重という者です。こちらに、早川ミキという若い女性がいることがわかり、訪ねてきました」

「え、あまつかぜ？」

「日本の伝統を尊び、市民の安全を守る団体です」

久仁人はわけが分からず、蔵重と名乗った男の全身を目で探った。

「早川ミキがこちらにいるのであれば、会って話をしたいのですが」

「予告なしにいきなり来られても……」

「はあ。早川ミキがここにいるでしょう。だから来たんです」

男は、久仁人が言い淀む先を奪いとるように押しつけがましく言った。久仁人は何も言わず、何も聞かずで男を追い返すべきではないかと思った。かかわりになってはならない人間の匂いを感じる。何もだが、この男は久仁人がいくら突きとめようとしてもわからなかったミキの秘密を知っているのではないか。ずっと抱えていたミキについてのもどかしさを解く鍵をこの男はもっているのではないか。

久仁人は逡巡の末、男に向かって言った。

「あなたは私のことも知っているのだろうか」

「深浦久仁人さんでしょ。ミキの育ての親」

「ああ、わかってるんだ」

「そりゃ、ミキからぜんぶ聞いてますから」

「ぜんぶ」

「そう、母親が死んだ後、あなたと二人で暮らしていたこともわかってます」

この男は、これまでミキがいた世界のことを間違いなく知っている。危険な人間であるという直感がはたらいているにもかかわらず、ミキの秘密を知りたいという誘惑に負けて、久仁人は蔵重を家に招じ入れた。居間にあがった蔵重は筋肉質の体を誇示するように上体をそらして椅子に座った。久仁人はこの男は意図的に威圧感を醸し出そうしている、けっして気圧されてはならないと思った。

「あなたは、ミキを探してここに来た。それはなぜですか」

「あの子のあやまちをただし、そして、連れ戻すためです」

声の太さが真実の証だとでもいうように、蔵重の声が久仁人の耳を激しく撃った。

「えっ、えっ」

「いいですか、おとうさん。私はあの子の指導者であり、愛人なのです」

「はあ、なにを言っているのかよくわかりません」

「ことばどおりのことで、裏も表もありません」

そう言って、蔵重はミキと出会ってからのことを話し出した。


高校を出て身一つでトーキョーに出てきたミキは、劇団に所属する一方で、居酒屋の下働きをしていた。生活するのにギリギリの収入で、身なりをかまう余裕もなく、飢えた狼のようだった。蔵重がミキに出会ったのは、激しい街頭行動をしているときだった。自分たちを茫然と見つめている女の子が気になって、声をかけた。

「興味ある?」

と聞いたら、なにも返事をしない。

「話聞きたいならおいで」
と誘うと、喫茶店についてきた。蔵重は、この国がどれほどおかしい状態になっているかをミキに説明した。韓国人や朝鮮人が、外国人なのに特別扱いされ、永住を認められている。自分たちで学校をつくって、反日教育をやっている。彼らは金をしっかり稼いでいるのに、在日外国人の特権で、税金逃れをしている。そうしていざ困ったら国に泣きついて生活保護を受け、当たり前の顔をしている。日本人なら貧乏でも我慢してるのに、彼らは自分たちは抑圧された民族だと被害者面し国の金をもらっている、そういう実態を説明してやった。

ミキは自分は誰にも頼らず必死で働いてるのに、そんな保護を受けている者がいるなんて許せないと怒った。そこで、蔵重が、ミキの怒りはもっともだ、と受けとめ、世の中の真実をしっかり話してやった。だいたいこの国には、日本がかつて朝鮮を植民地にして朝鮮人に悪いことをしたから、今は、韓国人や朝鮮人を守るべきだなどと変なことを言う連中がたくさんいる。しかし、日本人は朝鮮人に悪いことなんか一つもしていない。日本が植民地にしたおかげで、朝鮮は古臭いしきたりを破って進歩することができたのだ。日本は悪いことをしたとばかりいう人間は、誠実さを装っているだけで、日本をわざとダメにしようとする反日勢力だ。彼らを裏で操っているのは、韓国人に朝鮮人、それに中国人だ。

おかしなことはまだまだある。アイヌはもう日本人と同化してしまいなんの差別もないのに、自分たちはアイヌだ、差別されているから、補償金をよこせ、生活をよくしろと騒ぎ立てる輩が北海道にいる。いったいどこを探せば差別があるか。ありもしない差別を訴えて、国の金をもらおうとする人間を許していいのか、この国は、狡く卑怯な者たちが裏で得をし、正直者がバカを見る、そういうおかしな状態に置かれているのだ。

生活保護という制度を知っているか。怠けて貧乏になった人間が、やれ体が悪い、精神状態がおかしいと役所に訴え、生活費を支給されている。支給されたらパチンコ屋と居酒屋に直行だ。額に汗して真面目に働いている人間がたくさんいる一方で、国民の税金で楽して暮らす人間がたくさんいる。朝鮮人と韓国人にそういう人間が多いのだ。自分で自分の食い扶持をなんとかするのが人間の基本だ。この国では、その基本が守られていない。真面目に働く者がばかをみる、この国はそういうおかしな状態にあるのだ。それを裏で操っているのが韓国や朝鮮、そして中国なのだ。

蔵重のことばを聞いて、ミキは、この国がおかしくなっている理由を初めてちゃんと説明してくれる大人に会った、と感激の表情で語った。今まで自分のまわりにいた大人は、みんな、世の中のルールに従うことばかり教え、世の中の間違いを教えてくれなかった。なにか、真実を知って生まれ変わったような気持だと、興奮して言った。

ミキは、実の父親がトーキョーにいるかもしれない。自分はまったく身寄りのない生活をしているが、もし父親が見つかれば心の拠り所になると話した。蔵重は、自分たちの組織は首都圏にたくさんメンバーがいるので、父親を捜す手がかりになる情報が少しでも入ってくれば、すぐ教えてやると約束した。ミキは、蔵重のことばに感激し、あまつかぜという組織への信頼を深くした。

それから、ミキはあまつかぜの集会と街頭行動にときどき参加するようになった。「チョーセン人は国に帰れ」と大きな声で叫ぶと、気分がすっきりすると言った。そのうち、いつも積極的に行動し、コリアタウンなどでも臆することなく声をあげた。蔵重の指導により、ミキはやがて街頭行動の先頭を切るようになり、「反日勢力」との罵りあいでは一歩も引かない鋼《はがね》の女になった。あまつかぜでの活動がミキの生活の中心になり、会の事務所に来て使い走りから飯炊き、ビラ貼りまでなんでもするので、年長のメンバーから存在価値を認められるようになった。二年を過ぎたときには「女行動隊長」と呼ばれ、あまつかぜの街頭行動ではミキの怒鳴り声がひときわ響くようになった。

「ミキは直情径行だから、走り出したら止められない」

久仁人は蔵重の話を一通り聞いて、呟いた。

「たしかに。愛国一途のいい女ですよ。わたしゃねえ、あの子を、会の上の方に引き上げてやろうと教育しましたよ。期待に応えてどんどん成長した。従軍慰安婦は存在したなんてことを言う変な映画が上映されるときには、あの子がメガフォンもって映画館に乗り込み、反日映画の上映をやめろと叫びました。おかげで映画は上映中止、ミキはたいしたやつになった」

蔵重は日焼けした顔を綻ばせた。

「あの子は私の言うことならなんでもその通りやる子になった。頼もしかった。蔵重命、って言ってましたよ。ハハハ」

「ミキがそんなことを」

「疑ってる？」

蔵重の口調がいきなり、険しくなり、分厚い唇が唾で濡れた。久仁人は、蔵重が暴力的なことを平気でやる種類の人間だろうというおそれを肌身に感じ、鼓動が速くなった。

「ミキは難しい子で、あの子の本当の姿はわからない」

「いいや、あの子は単純だよ。俺に認められたい一心で、ヤバい橋も簡単に渡る。だから、会のなかで、どんどん取り立ててやったんだ。それが、あいつときたら」

「どういうこと？　ミキがあなたに対してなにか気に食わないことでもした？」

久仁人が言い終える間もなく、蔵重は肩を怒らせるようにして立ち上がり、玄関に向かった。ドアを開けたミキが、中の様子がいつもと違うことに気づき、慌てて外に出ようとするところであった。

「待て、この野郎」

蔵重はミキの右手首をつかみ、怒声を発した。

「なんで、逃げるんだ。俺にどれだけ手間をかけさせんだよ」

ミキは蔵重に引っ張られるまま居間に入ってきた。

「逃げないから、手を放して」

顔色が青ざめ、唇が震えていた。オレンジの半コートを着たまま、椅子に腰を下ろした。蔵重はミキの右手を放すと、今度は、両肩をがっしり掴んでミキの上体を力ずくで自分の方に向かせた。

「この裏切り者。さんざん会に盾突いたあげく、通帳とキャッシュカードもって逃げただろ。おい。

盗ったものを返せ」

蔵重の一言一言がミキに叩きつけられるように発された。ミキの目は蔵重の勢いに抗するかのように大きく開かれていた。

「おい、答えろよ。なぜ、答えないんだ。やっぱり、お前が盗ったと認めるんだな」

蔵重はミキのコートの襟首を掴み締め上げた。ミキは顔をのけぞらせ、必死に蔵重の両手を振りほどこうとした。

「なにをするんだ。ここは私の家だ。暴力はやめろ。さもないと警察を呼ぶ」

久仁人は恐怖にひりつく喉から必死に声を絞り出した。

「警察？　どうぞ、呼んでくれ。望むところだ。こいつがやった悪事をはっきりさせられる」

ミキを締め上げた手を放し、蔵重は久仁人を睨みつけた。小馬鹿にした笑みをつくり、椅子に腰を下ろした。

「なあ、ミキ、俺の言う通りだろう。警察呼ばれて困るのはお前の方だろ」

ミキは眉間に皺を寄せ、天井を見上げた。

「ほら、見ろ。なにも言えねえだろ。いいか、黙って通帳とキャッシュカードを返せ。印鑑もな。そうしたらな、会の規定に従って懲罰は与えるが、除名はしない。本部に戻ってこい。また、俺のもとで可愛がってやる。どうだ、ふつうなら警察に突き出して逮捕してもらうとこだ。ありがたいと思え。そりゃあ、会のなかでお前を許せないとかうるさく言うやつがいるだろうが、そんなやつらは全部俺がおさえつけてやる。わかったか、ミキ。お前は、俺に言わせれば、可愛い幹部候補生だ。いいか、悔い改めて戻ってこい。ハハ、俺の顔に免じて許してやる」

ときどき舌で唇を舐めて話を止め、ミキの顔を睨んでは話を続けた。ミキは両頬を手ではさみ、身じろぎしなかった。

「お前な、俺の話が聞こえてるのか。ぐずぐずすると、この家のなかをひっくり返すぞ。俺にそんな手間をかけさせるのか」

「ミキ、やましいことがないならなにも言うな。脅しにのるな。家の物を壊したら、すぐ、警察を呼ぶ」

「ろくなこともできねえ育ての親が、えらそうな口を利くもんだ」

「なにを言うか」

久仁人は怯える気持を押し殺し、虚勢でもなんでもいいから声を張り上げてやろうと力んだ。椅子から腰を浮かし、蔵重と睨みあいになった。と、ミキが立ち上がり、二階への階段に向かった。

「あんた、あの子のこと、なんにもわかってないくせに、よく言うよ。俺は、あの子のことはなんだってわかるんだ。いいかい、見ててごらん」

二階からミキが下りてきた。蔵重の目の前のテーブルの上に、通帳とキャッシュカードに印鑑を置いた。

「返すから、もう行って」

青ざめた顔に赤みが差し、昂然とした生気がみなぎり始めているようだった。蔵重は、通帳のページを開いて凝視した後、ジャケットの胸ポケットにしまった。

「ばか、まだ、用件は終わってない。お前は、俺といっしょにトーキョーに帰るんだ。お前は会の幹部になれる器だ。俺がまた、教育してやる。あまつかぜの女行動隊長復活は、すぐのことだ」

「いやだ。二度とあんたのところには戻らない。そう決めたんだ」

「なにを言っている。お前は俺から離れられないんだよ。俺に教わったことで、早川ミキという女のなかみができてるんだからな。それにどうだ、その腹の中の子どもが、立派な父親である俺を求めてるんだ」

「あんたの子じゃない」

「じゃあ、誰の子だ」

「うちの子だ」

蔵重はひひひと押し殺した笑いを漏らし、ミキの腹を指さした。

「お前のおつむは、やっぱり、ふつうではない。お前は、俺にすっかりまいってな、俺の子がほしいと言っただろ。だから、子どもをつくってやったのだ。だから、俺とお前の子だ」

「ちがう、あんたの子じゃない」

きっぱりと、しかも動じることのない言い方に、蔵重は眉をひそめ、しばらく沈黙に沈んだ。

「お前な、まっすぐないい女だったのに、誰に吹き込まれたのか、おかしな方に崩れていったな。会に戻ってこい、俺がもう一度きちんと指導してやる。わかったか」

「いいかげんにして。帰る気持なんか、これっぽちもない。あんたにうちのことを好きにさせるなんて、もうぜったいさせない。いやなものはいや。もう通帳を返したんだから、さっさと帰ってよ」

ミキは蔵重を睨みつけ、声を上ずらせながらも、ひとことひとことを絞り出した。蔵重は小刻みに揺らしていた太腿をぐいと押さえ立ち上がった。ミキの両の二の腕をがっしりつかみ、激しく揺さぶった。

「なんだ、コソ泥がでかい口叩きやがって。いいか、お前の悪事に目をつぶってやろうというこの俺に、どの口が裂けたらそんなことが言えるんだ。さあ、言ってみろ」

「だからあんたの好きなようにされるのは、もうぜったいいやなんだ。それだけ。気が済まないなら、警察でもなんでも呼んで。その代わり、あまつかぜで見たこと聞いたことを、ぜんぶ警察でぶちまけてやる」

「てめえ、ふざけるな」

蔵重は右腕を振りあげミキに殴りかかろうとした。

「やめろ。娘に手を出すな」

久仁人は声を絞り出し、後ろから蔵重の右腕をつかんだ。振り払おうとする蔵重が力任せに肘を回した。久仁人の喉を重い衝撃が襲った。息が止まり目の前が暗くなった。床に腰を落とし、喘ぎながら蔵重の背中を見上げた。

「オジ、危ないから下がってて」

「そうだ、部外者は首を突っ込まないでくれ。これは俺とミキとの問題だ。いいか、ミキ、もう一度チャンスをやる。俺のところに戻って来い。どんなにいやと言ってもな、お前は俺に逆らえないんだ、わかってるだろ」

「殴れば言うこと聞くと思ってるんだよね。あんたたちはみんなおんなじ。力で上に立てば相手を思い通りにできるとカン違いしてるんだ。けど、うちはいくら殴られたって、いいようにはされない、言うこともきかない。さあ、殴ってみな」

ミキは蔵重の前に昂然と顔を突き出した。紅潮した顔面にみひらかれた目が潤い、まばたきしなかった。蔵重はまたも腕を振りあげた。拳を固く握り、肩を怒らせた。しばらく睨み合いが続いた。たじろぐ様子を見せないミキに、蔵重は腕を下ろし、薄笑いを浮かべた。

「ふん、ミキよ。おめえは、この男が大嫌いなんだろう。顔も見たくないから家を飛び出したって言ったろ。よりにもよってなんでこんなやつのところにいる。俺のところに早く戻ってこい」

蔵重は後ろざまに久仁人を顎で示し、吐き捨てた。

「うちの勝手だよ。あんたがうちになに言っても無駄だよ。もうあんなところに二度と帰らない。あんたの顔なんか死ぬまで見たくない」

「なに言ってやがる。蔵重命ってデレデレしてたのを忘れたのか。俺の言うことなら体張って全部やるって言ってたろうが」

「ばかだったんだよ。今は、あんたの言ってることなんかぜんぶうそっぱちってわかってる」

「おいおい、そんなに俺を怒らせたいか。いいか、二度と見られない姿になるまでぶちのめしてやる」

ミキを思い通りにすることができない蔵重は、苛立ちに駆られ暴力の衝動に身を任せる寸前だった。

「オジ、警察に電話して。この際、洗いざらいぶちまけてやる。ドロボーで逮捕されたって、うちは平気だから。こんなやつに好きにはさせない。ねえ、オジ、すぐ電話して」

ミキは立ちはだかる蔵重の胴の横から顔をのぞかせ、久仁人に強い声で迫った。

「わかった。すぐかける」

久仁人はスーツの胸ポケットから携帯電話を取り出した。

「フリだよ、フリ。殴りゃあしねえよ」

口をへの字に曲げた蔵重は、つくり笑いをしながらミキの前から一歩下がり、もったいぶった動作でテーブルに腰を下ろした。

「ふざけやがって。ミキ、おめえは、俺を裏切っただけでなく、でかい顔して居直るんだな。いいか、このままですむと思うな。あんときよりもっともっと痛い目に遭うことを覚悟しとけ」

高い位置から見下ろす蔵重に、ミキは視線を返したが、一言も発しなかった。

「ほうら、怯えてるだろ。こんな頼りない男の家にいて、どうするんだ。だからな、俺のところに帰ってこい。帰ってきて、俺の子どもを産め。それがいちばん賢い選択だ」

話しながら蔵重の声は急にミキをなだめる色を帯びた。喉の苦しみがようやくおさまった久仁人は、このカメレオンのような変転が蔵重という男の本質なのだと思った。

「俺はお前の愛人であり、指導者だ。前のように俺の言うことを素直にきけ。お前にも損得を計算する頭があるだろう。だからよく考えろ。俺だって本音はお前を痛めつけたいわけじゃない。お前に、もとのように愛国的ないい女になってもらいたい。それが俺の本心なんだよ」

ミキは蔵重のことばになんの反応も見せず、しだいに顎をそらし、視線を天井に向けた。もうなにを言おうが聞く耳をもたないという姿勢だった。

それから深夜に至るまで、蔵重は硬軟あらゆることばを尽くしてミキを翻意させようとした。ミキは帰らないの一点張りで、粘り続けた蔵重もついに諦めた。

「こんな、自己保身の塊みたいな育ての親といて、どうなる。大嫌いな親のところになんでいなきゃならない」

脇目で久仁人を繰り返し見ながら捨て台詞を吐いて、ようやく蔵重は引きあげていった。

嵐に翻弄される数時間が過ぎた。久仁人は蔵重とミキとのやりとりから見えてきた数々の事実に震撼させられ、幾度も奈落に突き落とされた。ウヨクの街宣、ヘイト、妊娠、通帳持ち逃げ、それらをすべてミキがやってきたというのか。「うち、逃亡者かもよ」とミキがふと漏らしたことばが頭をよぎる。この子は団体の金を持ち逃げして、身を隠そうとしていたのか。居場所を突き止められてあっさり通帳などを返したが、いったいどういうことなのだ。さっきまで立て続けに突きつけられた事実がみな謎めいて、久仁人の頭のなかをぐるぐる回る。

ミキがこれまでいた世界はどんなところなのか。むき出しの暴力と欲望が人間に襲いかかり引きずり回し、血みどろにすり潰していく場所ではないのか。そんなところにミキがいてなにを受けてきたのか。ミキの腹のなかには蔵重の子がいるという。ミキはあの男の愛人だったという。久仁人には生理的に受け入れがたい話だ。ミキが自分の意思で選んだこととは思えない。ミキは蹂躙されたのだという想像が走り出して止まらない。あの子は無垢のまま、暴力と欲望の世界に無防備に突き入り、傷だらけになったのではないだろうか。

緋沙江が生きていてこのことを知ったらなんと思うだろう。久仁人に託したはずのミキがあてどなくトーキョーをさ迷い、泥水をかぶり、体を傷つけたことを知ったらなんと言うだろう。緋沙江に申し開きすることばは一つもない。自分は、反抗するミキと対峙するのが怖くて、あの子を世間の大波のなかに放り出してしまったのだから。

11

なまこ山の右脇にタスキを垂らしたように細く長く続く坂を久仁人はゆっくりのぼる。斜面に植えられた桜の枝が頭上に垂れ下がってきている。旺盛に枝葉を空に広げ、根元にはあきれるほどたくさんのひこばえが伸びている。桜が可憐な花と裏腹に、貪欲な生命力をもっていることに気づかされる。

「オジ、待って」

ミキの声が後ろから追ってくる。坂道を駆けてきたのだろう、息が切れている。

「早起きしたのか」

前を向いたまま久仁人が言うと、ミキが大股で歩を進め、久仁人に並んだ。

「明るくなる前に、目が覚めた」

「興奮して眠れなかったのか」

「いいや、眠った」

「嘘を言え、あんな言い合いをしたら、誰でも興奮する」

「ううん、蔵重はいっつもあんなふう、もう慣れてる」

ミキの横顔は至って平静だった。

「オジ。あの男はどういう男だ、どうして知り合ったんだ、って聞かないの」

「ミキに聞かなくても、だいたいわかった」

「そう。それで、どう思った?」

「ひたすらびっくりさ。あいつは、レイシストだな」

「へええ、オジ、そんなことば知ってるんだ。うちらのことを攻撃するやつはみんな、お前らはレイシストだって言うよ」

久仁人は、ミキが感情に駆られることなく話している、とその口調から受けとめた。

「ミキ、オジはいっぱしの大人だよ、だからそのくらい知ってるのさ」

「レイシスト嫌い？」

「まあね。ミキが、チョーセン人、カンコク人はゴキブリだ、ゴキブリは叩き潰せと言ってるのを想像したら、ぞっとする」

「ふうん」

ミキは首を傾げ、久仁人を盗み見た。

「オジに、なんでトーキョーから逃げてきたか、話す」

「ああ」

「うちは、蔵重に大事にされてた。あの男が、世の中の見方を教えてくれた。この国を嫌いなやつが、カンコクにお詫びしろ、もっと謝れとか言って、まともな人間の足を引っ張ってる。まじめに働いてる日本人は我慢してるのに、外国人が特権もらって大きい顔をしてる。そういう世の中を変えるのが愛国の精神だ」

「それは蔵重の教えだろ、ミキは信じたのか」

「信じたから、行動に移した。そして、蔵重の女になった。蔵重が喜ぶから、うんと激しい街宣やった」

「怪我したり、警察に捕まったりしなかったか」

「いいや。けど、会のなかで吊るしあげられた」

「なんだ、それは」

「きっと、蔵重の奥さんに憎まれたんだ。お前は、反日勢力の手先だ、スパイだと言われるようになった。いくら、反日勢力の知り合いなんていない、あまつかぜ以外にどこにも行ってないと答えても、聞いてくれない。部屋に監禁されて、飲まず食わずで脅された。みんな、奥さんの味方について、汚いことばで罵ってきた」

「なんだ、それは。蔵重は助けてくれなかったのか」

「奥さんを怒らすのがいやだから、うちがなにをされても黙ってた」

「しかし、いきなり反日勢力の手先だなんて、おかしいだろ」

「あのね、会の顧問だっていう爺ちゃんが来て、従軍慰安婦の学習会をしたの。爺ちゃんがね、従軍慰安婦がかわいそうだなんて、全部ウソの話。あの女たちはみんな金儲けのため自分から慰安婦になったんだ。日本軍に強制なんかされてない。慰安所をやったのは民間の業者。慰安婦は日本の兵隊の相手をしていい気持になり、しかも金を稼いだんだ、故郷に立派な家建てた女もいる。これが真実だ。日本のどこが悪い。体売ってしっかり稼いだやつらが、どうして日本に賠償請求をできるんだ。まあ、こんなふうに言ったの」

ミキは、胸に詰まっていたものを吐き出すように早口でしゃべった。久仁人は聞き逃すまいと耳をそばだてた。

「そんとき、うちが、ほんとに自分でなりたくて慰安婦になったんですか、って爺ちゃんに聞いたの。したら、爺ちゃんが急に、お前はなにを聞いてるんだってキレたの。うちに近づいてきて、口から泡吹いてまくし立てた。女はいやだいやだと言ってても男に抱かれたらああいい気持、とよがるだろ。慰安婦になった女も、いやいやなったような顔して、ほんとは男と寝れば稼げるし、いい商売だと思ってやってたんだ、わかったか、って爺ちゃんが言ったら、みんなそうだそうだ、って声を張り上げるの」

「ミキ、そんな場で、よく質問できたな」

「だって、女はすきで体売るわけじゃないから。うちが高校のとき街でつきあってた女の子たち、体売ってた子もいたけど、家で暴力されるから逃げてたの。男と寝て、金もらって、ギリギリ生きてたんだよ。そういう友だち、いっぱいいた。だからね、爺ちゃんの話に、ちょっとむかついた」

「そうだったんだ。ミキは度胸があるな」

「どうだろ。けど、それっぽっちの質問で、うちは反日の回し者じゃないかとか、フェミニズムにかぶれてるんじゃないかとか、めっちゃ非難された。爺ちゃんは、あの女を徹底的に思想教育しろと蔵重に忠告した。それが、きっかけだったんだ。集まりがあるたびに、うちは吊るしあげられた。うちの存在が全否定される。蔵重も見て見ぬふりで、なんの助けも出してくれない。うちは、あまつかぜ以外にいくとこがなかったから、頭が変になりそうだった」

長い坂道が終わり、左奥に栗の木が見えてくる。幹の回りが四メートルはある巨木だ。硬い樹肌の太い枝が、背丈より少し上のあたりから四方に伸びている。まるで、天からくだってくるものを受けとめ支えるために立っている姿の巨木だ。ミキが小学校三年生のときだった。久仁人は緋沙江とミキといっしょに、なまこ山の下で行われている縁日を見て回った。ミキは金魚すくいに成功し大喜びだった。金魚と水の入ったビニールの袋を久仁人にもたせてなまこ山を登り、この木の下で一休みした。久仁人は携帯にかかってきた電話を受けようとして慌て、ビニール袋を落としてしまった。水とともに流れ出した金魚が、地面の上でぴくぴくと跳ねた。急いで奥にある神社の手水鉢の水をビニール袋に入れ、金魚を戻したのだが、家の水槽に放した金魚はその夜のうちに死んでしまった。頼りにならない父親になってしまったその日のことを、久仁人は今でもときどき思い出す。

久仁人は栗の木の根元に立ち、葉の間から空を透かし見た。

「で、さっきの続きだけど、うちは、しばらく来るなって言われてたけど、目立つ行動をして評価を変えてやるんだと思って街宣に出て行った。蔵重の奥さんに見つかって、邪魔だから帰れと言われた。いやだと答えたら、男たちに、近寄るなと足蹴にされた。本気で蹴られたから体が壊れるかと思った。立てなくなるほど痛めつけられた。街宣終わったら、みんなうちのことにかまわず、さあっと引き揚げていった」

栗の木の下に立ったミキは、久仁人に背を向け、幹に顔を擦りつけるようにして話した。

「ひどい話だ」

「それから、気がついたらアパートに戻ってて、ずっと引きこもってた。頭がぐらぐらして、気持悪かった。吐いて吐いて、ガリガリに痩せた。このまま、ずっと痩せてこの世界から消えてしまいたい、と思った。朝が来たのも、夜が来るのもわかんないで、どうやったら消えられるのって、自分に言ってた」

「かわいそうなミキ」

「なんか現実と妄想がぐちゃぐちゃになって、自分がどこにいるかもわからない。気がついたら、うちの世話をしてる人がいた。アパートにときどき来て、食べ物や飲み物くれるんだ」

「誰？　会のメンバー？」

久仁人の声でミキは向きを変え、栗の幹に背をもたれかけた。目を閉じ、頬を両手ではさんだ。

「会のメンバーでなければ、劇団で知り合った人間か？」

ミキは答えず、びくっと上体を震わせた。久仁人は、演劇仲間がミキを心配して訪ねてきたのだろうと思った。

「世話してくれる人が、うちがちょっと元気になってから、どうしてこんなひどい目に遭わされたのか教えてほしい、って言うの。会であったことを話したんだ。したらその人、ミキはどこも悪くない、警察に暴力行為を受けたことで訴えるべきだって。なんならいっしょについていくって。でも、それは困る、反日分子だって会で怒鳴られ、前以上に暴力を受けるからって、断った。そしたら、その人、ミキがどうして悪くないかってことをずっと説明するの。ミキは、見せしめに吊るし上げられたんだって。攻撃しても大丈夫そうな人間を見せしめにして、組織の結束を高めたんだよ、って教えてくれた。

それって、学校でばかな子たちがやってるいじめとおんなじだよね、オジ」

「ミキの味方になってくれた人がいたことに感謝する」

「話、長くなっちゃった。もうちょっとで終わるから。で、やっと、生きるか死ぬかわからない状態からちょっとずつ抜け出していった。あまつかぜからはしばらく離れようと思って、居酒屋の仕事をまた探して働き出した。でも、なんか落ち着かないんだ。うち、蔵重の考え方とか見方とかにずっぽりはまってたから、お前は反日だって、見えないどっかで笑われてるような気がして、なんかイライラしてくるんだ。それで、久し振りに、気合入れて会の事務所に行った。蔵重が一人で暇そうにしてた。なんでチョーセンのスパイだ、反日勢力の手先だなんてありもしないことを言って非難するんだ、ちゃんと説明してほしい。それに、体を売る女は喜んでやってるなんてウソだ、って大声で言ってやった」

「なんと大胆不敵な」

「したら、蔵重がにやついて、お前よく来た、ほとぼりが冷めるまでちょっと待ってろ。そのうち風向きが変わるから、また街宣に来い。やっぱり、女行動隊長はお前でなくちゃ、ってうちがひどい目に遭ったことなんか知らん顔。だから、女を道具にしか見ない会に戻る気はない、って思い切り言ってやった。したら、蔵重がめちゃくちゃ腹立てて、うちを隣りの部屋に引っ張っていった。ベッドに押し倒して、覆いかぶさってきた。これまで、どんだけ気持ちいい思いしてきたんだ、忘れたのかとか言って」

久仁人は、林のなかの鳥のさえずりも遠い路上の車の音もすべてかき消え、沈黙の世界に自分とミキが閉ざされているような気がした。なぜこの子は語るのだろう、この子はどこに行きたいのだろう。胸が震えた。

「蔵重がうちを思い通りにしてやったたって顔で横になってた。その顔にむかって、子どもできたみたい、って呟いたんだ」

「なんだって。妊娠？　蔵重の子？」

「うちの子だよ」

「蔵重以外に男とつきあってた？」

「べつに。なんか、あんとき急に、蔵重に、子どもできたって言いたくなったんだ。あの男がどんな顔するか見たくて」

腹をさすり下を向いたミキを見て、久仁人は、この子は腹の子の始末に困って自分を頼ってきたのだろうか、と思った。昨晩、蔵重とミキのやりとりに直面し、否応なくミキの妊娠という事実に向きあわされていた。しかし、おぞましいことだという気持ばかりが募り、蔵重が帰ってからも、妊娠についての問いをずっと封じていたのである。

「蔵重に責任をとってもらおうとしたのか」

「べつに。それよか、蔵重がすごいやさしい態度になって、俺の子を産め、お前のことはこれからずっと可愛がってやるって、言い寄ってきた。奥さんとはうまくいってないから、そのうち別れるかもしれない、だって。うちは、なにこいつ、気持悪い。あんたになんかなにも指図されたくないって思ったから、部屋を飛び出してきた。事務所を通ったときに、会の通帳とキャッシュカードに印鑑をもち出して逃げた。使い走りで銀行に行ったりさせられてたから、どこにあるか知ってたんだ」

昨夕から今にかけて次々と明らかになってきたミキの過去の断片が、激しく火花を散らしては結びつき、ようやく一つながりの形になった。自分なら恐ろしくてたちまち逃げてしまいそうな修羅の道をこの子は血みどろで通ってきたのだ。

「会の金を持ち逃げして、なにかに使うつもりだったのか」

「いいや。蔵重がいちばん困ることをしてやりたかったんだ。あいつ、金、金って、すごいうるさかったから、ざまあみろって思った。一円も使ってない」

「まったく、ミキときたら、信じられないことをする」

「あいつ、昨日も、まだ、力ずくでうちをなんとでもできると思ってた。子どもいないから、うちの子がほしいんだって。ばっかみたい」

「蔵重の子を産むのか？」

「うちの子だよ」

あんな男の子どもは堕ろすがいいと久仁人は内心呟きながら、家へと下る道を歩き出した。身を滅ぼすようなことを平気でやるミキに呆れるだけではない、感嘆の気持さえ湧いた。

12

なまこ山の木が色づいてきた。モミジにもいろいろな種類があり、夏場に赤黒い葉だったのが秋になって輝くような緋色になるのがあったり、一本の木のなかで黄色、オレンジ、赤と入り混じっているのがある。久仁人は、山の色と姿が日々移り変わるのが楽しみだった。ときどき、早起きしたミキが予告なく現れ、歩をともにする。

「オジ、ときどき、ひそひそ声で電話してる。うちに聞かれたらまずいこと、あるの」

「いや、仕事の電話だ。役所勤めだから、一般の人に聞かれたら困ることもある」

「うそ言うんじゃない。女と電話してる」

ミキが詰問調になったので、久仁人はぞっとする。あの晩、由里子との食事をすっぽかしてから、由里子の機嫌をうかがおうと何度か電話をしているが、うまくいかない。メールでは気持がうまく伝わらない。ミキがいなければ、もっと思い通りに行くはずなのだ。

由里子との交際がばれたら、ミキがどんな反応をするか、想像するだに怖ろしい。緋沙江が死んだ後、ミキの養育を放棄し、そして今は新しい女と楽しくやっている男。身を削るようにして生きてきたミキからすれば、許しがたい存在に違いない。

「うちは、オジがウソつくとこがいや」

「だから、仕事の電話だって」

「やめて。うちはもう子どもじゃない。大人がなにをやるか、わかってる」

「あんまり、穿鑿すると、もういっしょに暮らせないぞ」

言ってしまってから、久仁人は、あ、やばい、俺はなにを言ってるんだ、と思う。文句を言うなら出て行け、と言ってるのと同じだ。

「おい、今、なんて言った、このゴキブリ。叩きつぶしたろか」

ミキが久仁人の左腕をつかみ、怒鳴りながら揺さぶった。目を爛々と光らせて胸もとに迫ってくる。

「お前は、自分がどんなにいやな人間か、わかってないのか。いい人ぶってても、腹のなかでは逃げることしか考えてない。うちが大変だったときに、ほんとの気持聞いてくれたことなんか、一回もない。お前は、学校がたいせつ、世間がたいせつで、うちのことなんかどうでもよかったんだ。うちはママにくっついてたただのおまけ、おまけに迷惑かけられちゃたまんないから、ほっぽり出したんだ。そういう人間だから、また、うちをほっぽり出すんだ」

前を歩く散歩者がなにごとという顔で振り返る。

「ミキ、わかった、いくらでも聞くから、家で言ってくれ」

「いやだ、言わないとおかしくなる。オジは、高校も自由に受けさせなかった。うちに合わない学校だったのがわかってても、ごめんとも言わなかった。あんなクソ学校のいうことを聞けって、耳も貸してくれない。オジに比べたら、街をぶらついてるやつらの方がずっとまし。話、ちゃんと聞いてくれた。オジ、なんでうちの言うこと聞いてくれなかったんだ」

言い終えても、久仁人の腕をつかんだ手を放さず力ずくで振り回す。

「聞いてたよ、ちゃんと聞こうとしてたよ」

「テキトーな弁解ばっかり。フリしてただけ。蔵重なら、聞くときはちゃんと聞いてた」

「あんな男が」

「そうだよ、あんな男よりオジは、ずるい」

久仁人は蔵重に比べられ、無性に腹が立った。そんなに俺が嫌ならなぜうちにいる、早く出て行けばいいだろ、と応じたくてたまらなくなる。だが蔵重のところに舞い戻らせるわけにはいかないという気持が、しゃべり出そうとする口を辛うじて押しとどめる。

「わかったよ、俺はずるい小市民だ、認める。俺のずるさが、ミキを救えなかった原因だ」

「救うとか、救えないとか、カンケーない。うちは自分で決めて、ここまできたんだから、オジがどうとかすることじゃない。だから、そんなくだらないこと言うな」

怒りの突風がミキを貫き、通り過ぎた。言い終えたミキは、久仁人を突き放し、歩を先へ進めた。くるりと振り返って、口を開いた。

「女と連絡とっても気にしないから。こそこそやるな」

久仁人はミキの抱えている爆弾に火を点けてしまったと思った。怖ろしくて、話しかけられない。ミキも久仁人に面と向かって話すことがほとんどなくなった。連日、朝食をつくり、不愛想な顔でアルバイトに出ていく。久仁人はミキの妊娠が気になってならない。中絶するにはもう遅いのだろうか、ほんとうにミキは蔵重の子を産む場所を求めて家に戻ってくることを選んだのだろうか、ミキに問いただしたいのだが、再びミキを逆上させるような気がして踏み込めない。このままなし崩しにミキとの生活が続いていくのか、そう思うと不安でいたたまれなくなる。先に待っているのは、底知れぬ破滅ではないのか。

数日後、久仁人に、山木諒太という見知らぬ人間から封書の手紙が届いた。「早川ミキという者がそちらにいるなら、訪問したい」という趣旨を、堅苦しいほど丁寧な文で述べていた。夕食のときにミキに手紙のことを話した。ミキは山木という名を聞いて、明らかな動揺を示した。食べ残しの載った皿をもって台所に行こうとして、

「なんで、ここの住所、わかったんだろう」

と呟いた。

「その男も、蔵重の仲間か。ごたごたはいやだな。通帳とキャッシュカードを返したんだから、もう用はないだろうに」

「いいや、あの人はそんなのとちがう」

「じゃあ、会うのか」

「会う」

「オジも立ち会っていいだろうか」

長い沈黙の後、ミキは、久仁人がいるときに山木が来訪するよう連絡してくれと言った。


来訪した山木諒太は三十代前半、頬骨が高く奥深い眼窩が印象的だった。久仁人は、山木が自分に向ける視線が柔和であることで緊張がほどけ、不躾なくらいに山木の表情を窺った。まっすぐな鼻梁と薄い唇が、生真面目さを感じさせるだけでなく、まだ青年の匂いを残した脆さを漂わせていた。山木は真っ白なポロシャツの上にグレーの上着を羽織り、背筋を伸ばして腰掛けていた。いきなりの来訪の失礼を詫びた後、山木は向き合う久仁人とミキに話し始めた。

「ミキ、いやミキさん、どうしていきなりトーキョーから消えたんですか。どんなことでも、僕に相談してくださいって、あんなに言ってたのに。メールにもまったく返信がなくなった。あなたがどうなったか心配で、僕は頭がおかしくなりそうだった」

山木の声には切実な響きがあった。部屋の空気を鋭く切って耳に届いてくるようだった。

「ごめんなさい、あのままいたら、諒太さんもごたごたに巻き込むと思ったから、逃げました。でも、どうしてここがわかったの」

ミキが問うのに対して、山木はじっとミキの目を覗き込んだ。久仁人は、ミキが山木に使うことばが丁寧なことに驚いていた。

「ミキさん、お腹に子どもがいるんだよね」

ミキは両肩をすぼめ、身を固くした。

「どうしてわかったの」

「実はあなたの部屋に母子手帳が置いてあるのを見つけてたんだ。そのなかに、緊急連絡先のメモとして、こちらの深浦さんの名前と住所を書いた紙きれが入ってた。写メして携帯に保存してた。ミキさん、お腹の子は僕の子でしょ」

ミキは山木と目を合わせたまま、ひとことも発しなかった。

「僕は、あなたが妊娠したことを知った日からずっと、自分がどうすべきか悩んでいました。答えを出せないまま、ずっと黙ってた。狡い人間でした。いや、それだけじゃない。僕は自分に都合の悪いことは秘密にして、ずっと隠してました。言わなければならないことが二つあったんです。でも一つを言うのがギリギリだった。そう、僕が在日だってこと、祖父が韓国から渡ってきた人だってことを言うのがやっとだった。告白したらすぐにあなたはいなくなったんだ。それまでずっと在日のことを隠してたから、卑怯なやつだと思って、僕を憎んで消えたんですよね」

「まるっきりちがう。あなたが韓国人だとわかって、よかった。言ってくれなかったら、うちはずっとバカのまんまだった。だから、怒ってもないし、憎んでもない。それより、もう一つの秘密はなに？」

「僕には、妻と子がいる。それを黙ってた。申し訳ない」

山木は両手をテーブルにつけ、頭を深々と下げた。ミキは唇を一文字にひき、身じろぎしなかった。

「自分がなすべきことをギリギリまで考えて、ようやく結論を出しました、それを伝えに、ここに来ました」

「奥さんと子どももいるの、知ってました。うちが寝てるとき狙って電話してたでしょ。でも、なに話してるか、聞こえていることもあったから、全部わかってた」

「なんてことだ。僕が隠してたつもりのことを、あなたは知ってたんだ。どうして問い詰めなかったの」

「恩人だったから」

「え、ちがう。そんな言い方しないでください」

「ほんとだよ。諒太さんがいなかったら、うちはとっくに破滅してた」

二人の会話は、久仁人に理解不能なことばかりだった。一語一語に、二人の過去が絡まり火花を発しているようだった。山木とミキが、口からあらわれ出たことばの裏で、今にも血が流れ出しそうな傷口を探りあっているのではないかと思った。

「ミキさん、僕の結論を話します。妻に正直に話します、あなたのことを。離婚してあなたと暮らしたいのだ、と妻に言います。これが僕の結論です」

ミキはいきなり立ち上がり、

「ばっかだねえ、なにを言うの」

と声を発するや、顔をくしゃくしゃにして、拳を握った手でテーブルを激しく叩いた。うちに閉じ込めておこうとした感情が沸騰し、出口を求めてミキの体を揺るがしているようだった。山木は、席を立ち、ミキの後ろに回ると両肩をきつく抱いた。久仁人は、山木の全身が震えているのを見て、この男は、今、生きることの瀬戸際にいるのだと思った。

「そんなバカなこと言うなら、すぐ帰って」

ミキは涙を溢れさせながら、かすれた声で辛うじて言った。

「ギリギリまで考えて決めたことなんだ。これ以外の結論はありえない」

二人は腰を下ろし、再び向きあった。しばらく、なにも言わずにみつめあっていた。難破船から孤島に打ち上げられた人間たちのようだと久仁人は思った。嵐の後、自分たちがどこにいるかもわからず、茫然と向き合う二人。

「深浦さん、長くなりますが聞いてください」と断り、山木が話し始めた。

山木諒太は祖父が第二次大戦のさなかに朝鮮半島南部から日本本土に渡ってきた在日三世である。本名はキム・ヨンジュン。祖父がやっていた廃品回収業を引き継いだ父が金属卸の中小企業に育てた。諒太は工学系の大学を出て、建設業の中堅企業で働いている。父の会社は継がなくてよいと言われている。国籍は韓国だが、祖父のときから山木という通り名で生活してきた。親からは、自分たちは祖国にこだわりをもって暮らしてきたが、もう諒太のような世代の若者は国籍を自分で選んでよい、日本に帰化する選択を否定しない、と言われている。

諒太は、国籍について真剣に考える必要のない日本人を羨ましいと思って生きてきた。進学のときでも就職のときでも、自分の名前をどう表記するか悩まないですむのだから。だったら、日本国籍にして通り名を本名にしてしまうか。そう考えたときに、キム・ヨンジュンという名で現に日本に存在する自分が、抹消線で都合よく消せるようなものだろうか、という思いにさいなまれるようになった。

政治に関心があるわけではない、どちらかと言えば自分の小さな幸福を守りたいタイプの人間だ。友人に紹介されて会った及川かおるとは音楽の趣味が一致して話が弾み、結婚に至った。かおるは、国籍を変えなくてもよいが、通り名は続けてほしいと言い、諒太はそのようにした。国籍のことも、名前のことも波風を立てないように流れに任せてきたが、自分が韓国人であることにきちんと向き合っていないことに、小さな疼きを感じている。

ある日、諒太が仕事帰りに駅前を歩いていたとき、「ゴキブリカンコク人は、とっとと出て行け。国に帰れ」という罵声が耳をつんざいた。三十人ほどの集団がメガフォンを最大の音量にして歩いている。日の丸の鉢巻きをした男が巨大な日章旗を乱暴に振り回し、旗竿が沿道の人々に届きそうだった。「チョーセン人、カンコク人は日本の敵!」と殴り書きされたプラカードが歩道の前で揺れた。諒太は、あからさまに在日を差別し攻撃する集団を目の前にして、どうしようもないほど動揺した。この国で自分たちは特殊な人間なのか、存在すること自体を否定される民族なのか、ありえない話だった。しかし、そのように主張する人間が現に目の前にいて、聞くに耐えない侮蔑表現をとめどなく街にまき散らしている。彼らの攻撃の対象が自分であることを、諒太の体が感じとっていた。

そのことがあってから、諒太は在日を攻撃するデモや集会を見かけたときには、その場に踏みとどまることにした。カウンターと呼ばれる人々が、「帰れ」「差別やめろ」などと叫び、プラカードを奪い取ろうとして、一触即発のつかみ合いになることもあった。諒太はその罵声まじりの怒鳴りあいを目の前にして、体の底から震えた。諒太はトラブルに巻き込まれるのが怖ろしく、小さく「差別やめろ」と唱えながらただ見守るしかできなかった。

春の終わりごろ、仕事帰り、駅近くで街宣が行われているのに遭遇した。諒太は立ち止まり、様子を見守った。いつものように在日攻撃をする集団とカウンターの間での応酬が続いていた、ふと、後から街宣に参加しようと走ってきた人物の姿が目に入った。なにか言い合いのような声が聞こえたと思うと、その人物をとり囲む動きが起こり罵声がこだました。諒太は暴力的な声がした方を注視した。誰かが倒れたと思った。街宣が終了し、集団が街から引き揚げていった。人の波が消え、小公園の生垣のそばに迷彩服を着た人物が倒れていた。

「あの、大丈夫ですか」

諒太はおそるおそる声をかけた。返事がないので肩をさわり、もう一度呼んでみた。

「大丈夫、ほっといてください」

サングラスをかけ、日の丸の鉢巻きをした人物の声が女の声であることに諒太は驚いた。

「けがをしてませんか。なにか、もめごとがあったような気がするんだけど」

「かまわないで」

立ち去りがたく、諒太は女の様子を見守った。女は立とうとしたが、激痛を我慢しているかのように顔を歪め、すぐ腰を落としてしまった。

これがミキと諒太の出会いである。諒太は断るミキに肩を貸し、タクシーに乗せてミキの住まいへ送った。普通電車しか止まらない小さな駅の飲食店街の裏にミキの住まいがあった。四畳半一間に小さなキッチンとバス・トイレがついた古びたアパートは、ドアを開けると軋んだ音を立てた。折りたたみ式の簡易ベッドまでミキを連れていき、横にさせた。誰か身の回りを世話してくれる人はいるか、と聞いたが返事がない。あの団体の人で助けてくれる人はいるかと、と尋ねると激しく首を横に振った。

一人住まいの女性の部屋に長居してはいけないと思い立ち去ろうとしたら、ミキがよろけながら台所に行き、包丁をつかんで手首を切ろうとした。気づいた諒太は力づくで包丁を奪い取り、ミキの気持が落ち着くまで様子を見ることにした。ミキは錯乱状態に陥り、意味のつかめないことばを喚き出した。諒太は妻に仕事が片付かないので会社に泊まるとメールし、ミキが安心できる状態になるまで腰を据えて見守ることにした。諒太の会社は納期が近づくと泊まり込みの業務になることもよくあったので、妻が怪しむことはなかった。

「それから一週間、僕は、仕事に行っているとき以外は、ミキさんの部屋で過ごしました。その一週間はとても怖ろしい、僕の精神も壊れてしまうのではないか、と思うような毎日でした。ミキさんに世界中の絶望とか不安とか孤独とかが襲いかかってくるようで、こんな怖ろしいことに、たった一個のか弱い人間が耐えられるものだろうかと思いました。この人を一人ぼっちにしてはいけないと思い、仕事は必要最小限のことだけやって、終わったらすぐミキさんの部屋に戻りました。自分でも、あのときの嵐のような一週間が不思議でなりません。ふだんの僕だったら、ミキさんを置いて逃げたでしょう。僕になにか滅茶苦茶になってもかまわないと思わせる衝動が宿ったのかもしれません」

話し出した山木はどこまでも止まらなかった。うちに抱えたものを吐き出し、空っぽになるまでこの男は語り続けるだろうと久仁人は思った。

「それはミキが若い女だったからですか」

「否定しません。この人には透き通るような美しさがあるとはじめから思いました。でも、信じていただきたいのですが、僕は欲望の対象とするためにこの人を助けたのではありません。僕の目の前で、苦しみ、もがいている人を放っておくわけにはいかなかったのです。そんな気持になったのは、生まれて初めてのことです。世界の片隅で、こんなふうに苦境を耐えている人がいる、この人は生き延びるための道を、かすかな手がかりでいいからつかもうとしている、自分はできるかぎり寄り添わなくてはいけないと思いました。そして、目の前で起きていることを記録しなければならないという気持になりました」

山木はショルダーバッグからファイルを取り出した。

「僕はこの人の部屋にあった紙を手当たり次第に集め、今、起きていることを書き留めることにしたんです。ここにファイルしてあります。きっと僕の言うことを疑わしいと思っているでしょうから、これを読んで下さい。殴り書きで申し訳ないのですが、あの一週間にあったことを知ってもらうことができます」

山木の細い鼻梁の上にくり抜かれた二つの目が、久仁人をとらえて離さない。久仁人はファイルを受けとり、開いた。乱雑なうえに、黒く書きつぶしたところ、書き足すために矢印を入れたところが散乱し、判読しにくい。ボールペンのインクが氾濫する濁流のようだ。久仁人は読みとれそうな部分を拾い読みしていった。

〈Mは絶えず体を反転させ、一晩中眠らない。一秒一秒がおそろしい、空が硬い石になってギシギシ押してくる、と言う。震えている。こわい、こわい、擦り潰される、と絶えず呻く。手を握って、大丈夫と言ってやるが、強く振り払われる〉

〈ベッドでふいに体を起こす。頭が痛いと訴える。冷蔵庫にあった冷や飯を粥にして、スプーンで口に運んでやる。少し食べただけで、気持悪いと言う。トイレで吐く。呻き声を出しつづけ、便器を抱えてすわっている〉

〈体をかきむしる。大きな黒いタコが体に巻きつき、締めつけてくる、助けてくれ、と言う。断末魔のような呻き声。耐えられない。他の部屋に声が漏れないだろうか〉

〈仕事のため、部屋を出る。包丁、ナイフ、はさみ、危険なものはバッグに詰めてもち出す。風邪薬、

鎮痛剤も部屋に置けない〉

〈食パン一枚、バナナ四分の一やっと食べたが、すぐ吐く。トイレで吐き続ける。吐くものがなくなり、血の混じった胃液を吐く。顔も指先も青白い〉

〈やっとM、寝入り、自分も床で寝る。突然ベッドから転げ落ちてくる。朦朧としていて、なにを言っているのか聞き取れない〉

〈M、少し眠る。自分も眠るが、Mがうなされる声で目が覚める。カンコク人に殺される、助けて、を繰り返す〉

〈目を覚まし、焦点の定まらない目で自分を見る。お前はカンコク人か、殺しに来たのか、と言う。黙って手を振る〉

〈明け方、Mが体を丸めて眠っている。突然、頭を抱え、助けて、と唸る。オジ、助けてと繰り返す。カラスが、カラスが、と言う〉

〈痙攣を起こす。小刻みに手足が震える。どう対処していいかわからない。額や頬に手を当て、よしよしと言ってやる。呼吸が切迫し、苦しそうになる。放置したら手遅れになるような精神疾患の始まりではないか。症状が落ち着いたら、病院に行くことを勧めよう〉

〈病院には絶対行かないと言う。疲れているだけだ、と。しかし、食べられない、眠れないでは疲れがとれない。よくなる要素がどこにもない〉

〈着替えを手伝う。Mは腕も腰も脚も至るところ打撲で、黒紫のあざだらけだ。体を少し動かすだけ

で悲鳴をあげる。どうしてこんなむごいことをするのか。腹が立って、凶暴な感情に駆られる〉

〈顔が痩せて、目がらんらんと光っている。少し会話ができた。裏切り者だと吊るしあげられた、反日の手先だと攻撃されたと訴え、泣く〉

〈自分のことを山木さんと呼ぶ。なんで、面倒見てくれるの、おかしくない？　と言う。〉

〈少しよくなったかと思うと、突然、錯乱する。理解不明なことを喚き、止まらなくなる。一歩前進、二歩後退ではないか。自分の手に負える状態ではない、無理にでも病院に連れていくべき〉

〈ベッドから突然立ち上がり、手をつかんでくる。首にもっていき、締めて殺せ、と言う。できないと答える。そばにいるのがおそろしい。タオルを引き裂き、首に巻く。引っ張って殺してくれと言う。できるわけないと突き放す。お前は役立たずの反日だと喚き、ベッドで体をばたばたさせる〉

〈風呂に入る。いつまでも出てこないので不安になる。呼びかけても返事がない。ドアを開けてのぞく。狭いバスタブで体育座りをして茫然としていた〉

〈外から戻ると、部屋のなかが、吐いたものの匂いで充満している。胃液の匂いか。シーツ、枕、毛布に匂いがしみ込んでいる。吐くときトイレに行けなかったのか。それとも、自暴自棄か。吐いたものが髪にねばねばとからみついている。無理矢理、浴室に連れていき、シャワーで洗ってやる。マットレスの上に寝かせ、匂いのついたものをコインランドリーにもっていく。それでも、部屋の匂いが消えない。匂いが絶望をかきたてる〉

〈こわい。二人で地獄行のエレベーターに乗っているのではないか。自分もおかしくなって、この人

と落ち続けるのか〉

〈しっかり眠ってくれると安心。眠っている間にこの人の生命力が回復するように祈る〉

〈Mが眠ろうとして、寒い寒いと言う。自分の手を握ってきた。強く引かれたので自分もベッドに入り、Mを後ろから抱いて温めてやった。Mをいとおしいと思う〉

〈コンビニのおにぎり一つ、しっかり食べた。ママの話をする。ママはダンサー？〉

〈自分が仕事に出るとき、コンビニに買い物に行くとき、Mが寂しがる〉

〈M、眠ろうとすると、全身に震えが走る。足から頭へ震えが伝わっていく。震えの波がMの体を襲っている。寒い、寒いと訴える。ベッドに入り、思い切り抱きしめてやる。体と体の間で熱が生まれてくる〉

〈食べても吐かなくなった。コーヒーを飲みたいと言う。洗濯する衣類を預かり、コインランドリーに行く〉

〈気分の安定が一時間は続くようになった。あまつかぜのことを話す。Mは、愛国はいいけど、女を道具として見るのは嫌だ、と言う。自分も、そう思うと言ったらうなずいた〉

〈この人は、あまつかぜから離れ、精神の自律を取り戻さなければならない。できるか？　自分が、カウンセラーでありたい〉

〈居酒屋の仕事に行くと言う。まだ無理だと止める。こんなに休むなら首にする、と店から言ってきてるらしい〉

〈自分もMの横に寝て、ずっと話をした。落ち着いた時間だ。生死の境をさまよっていたMがこちらに帰って来たような気がする〉


　黒く渦を巻くような文字の海から、久仁人の目を射ることばが繰り返し立ち上がってくる。錯乱したミキが発したことばが生々しく、久仁人の胸のなかで、淀んだ血の塊のように沈んでいく。ミキが精神の失調をきたし暗闇をさ迷ったことの遠因は自分にあるのではないか、という思いが湧いてくる。

「深浦さん、僕はあの一週間、ミキさんと二人、悪夢を見ました、恐怖を繰り返し味わいました、閉ざされた部屋でおそろしい世界を漂流しました。ミキさんは危険なところを何回も通り抜け、そして、辛うじて穏やかなところに戻ってきました。僕はただの見守る人間から、ミキさんといっしょに歩く人間になれた気がしました。僕たちはそれから、たわいのない話を少しずつ話すようになりました。僕は自宅には戻ったけれど、アパートをしょっちゅう訪ねて、ミキさんが大丈夫かたしかめました。僕は、おかしな話ですが、自分とミキさんは、あの漂流を乗り越えた一心同体の仲間だという気がしてきたのです」

　そこまで言って、山木は、テーブルに置かれたミキの手に自分の手を重ねようとした。ミキはそれを遮り、山木の手を押し戻した。

「僕が在日であることを告白してすぐ、ミキさんはいなくなりました。そうですよね、狡いです、卑怯です。ずっと隠してたんだから。でも言えなかった。ミキさんが発作を起こしたとき、在日に対する恐怖をあらわしていたのを聞いてしまったから。ああ、これも自己弁護ですよね。僕はどんなに反発されても、ミキさんの在日に対する偏見を指摘し、その上で、自分が在日だと、すぐ言えばよかったんです。でも弱くて卑怯だから、ずっと先延ばししてた。言うまで三カ月もかかった。言ったとたんに、ミキさんはいなくなった。僕が不誠実な男であることに怒ったからです」

それまでずっと押し黙っていたミキがさかんに首を振った。

「諒太さん、全然違う。勘違いもいいところ。うちは、怒ってなんかいない。あなたが悩んで悩んで、在日だって言ってくれてよかった、感謝してる。うちは、韓国人、朝鮮人、アイヌのことをなにも知らずに、ひどいことを言ってた。人を攻撃することで自分が立派な愛国者だっていう気分になってた。サイテー。あなたが、自分のことを韓国人だと言いにくくさせているものがある。差別とか偏見だよね。この国の醜いところ。うちはそういう醜いものにまみれてたってわかった。韓国人だって名乗ったあなたが教えてくれた」

「ほんとに?」

山木が上ずった声を出した。

「ほんとだよ。うちは、あなたが自分は韓国人だって言ったことを、頭がおかしくなるくらいずっと考えてたよ、だから、ほんのちょっとまともになれたんだ」

「えっ、じゃあ、僕のことを怒ってなかったんだ。泣きたいくらいうれしい。だったら、どうして突然、トーキョーから消えたんだろ」

「うちねえ、お尋ね者になったの、だから大急ぎでトーキョーから逃げた。これはほんとの話。うちをひどい目に遭わせたあまつかぜに仕返ししたくなった。だから、会の事務所から活動資金を盗って逃げた」

「なに、わけがわからない」

「蔵重たちが困ってると思ったら、いい気分だった。でも、取り返されちゃったけどね。このオジの見てる前で」

ミキは言いながら久仁人へ顔を向け、にっと笑った。

「あなたはおかしな人だ。どうしてあんな暴力的な集団に一人で行ったりするんですか、僕に相談もなしで」

「だって、じっとしてられなくなったから」

「まさか、蔵重に会いたかったわけじゃないよね」

「あいつに支配されてた自分にけりをつけたかったの。行ってさ、あんなやつくそだ、って心底思えたから、なんかふっきれた」

含むものを感じさせないきっぱりとした口調だった。ミキは山木に対し、まっすぐに向かっているのだ、と久仁人は思った。自分の極限状況に誠実につき添ったこの男に、ミキは心を許しているのだろうか。

「ミキさん、あなたが姿を消してから、僕はあなたのあの一週間と同じくらい、苦しんだ。大げさではない、先の光がまったく見えないトンネルを進むようだった。僕が在日という少数者の存在であることをとことん、考えた。この国で、なにごともないような顔をして、平穏な幸福を守ることでいいのか、と問い続けた。そして、自分は在日だとちゃんと名乗りをあげ、差別をするやつらにはやめろ、とはっきり言おうと思ったんだ。あなたに差別主義の団体はよくないといくら口で言っても、これまでの薄っぺらな僕ではダメなんだ。そのことがよくわかった。もう一つ言う。ミキさんを思う気持が激しく自分を襲い、逃れられない。会いたくてたまらない。こうなったからには、自分に正直に行動すべきだ、と思った。ずっと、ずっと、考えた。そして思った、妻とは別れ、あなたと結婚する」

諒太の顔は青ざめ、こめかみがぴくぴく震えていた。この男はミキの魅力のとりこになり、妻とミキの間で進退窮まったのだと久仁人は思った。かわいそうに。しかし、ミキのなにが山木をこんなに夢中にしたのか、久仁人は自分の知らない世界で生きているミキの姿や表情を見てみたいと思った。

「わたしはねえ、一回死んだって思ってる。死んで生き返ったの。そういう人間は、過去を断ち切り、新しい場所で生き直すべきなの。それが今のわたし。そして、このお腹の子はあなたの子じゃない。わたしの子。だからわたしが産んで、わたしが育てる。諒太さんは奥さんと子どもをたいせつにしなければ、わたしが許さない」

「ミキさん、そんな言い方はやめてほしい。僕が苦しんでるのを助けようとしてるのかもしれないけど、逆にどん底に突き落とされるようだ」

「なに言ってるの」

「いいかい、あの地獄のような一週間をいっしょに過ごした僕たちは運命に選ばれた二人なんだ。だから離れちゃいけないんだ。あれから僕はずうっと考え続けて、そう確信している。その証拠に、あなたのお腹には僕たちの子どもがいる。どんなことがあっても、あなたと子どもを守ることは、僕の使命なんだ」

久仁人は、この男は常軌を逸していると思った。ミキと業火をくぐった経験を運命と信じ込み、燃え上がる火のなかで身を焼き尽くそうとしている、そうする以外にもう喜びを感じられなくなっている。この男は、妻や子との穏やかな幸福を投げ捨てることに、ヒロイズムさえ感じているのではないか。いや、引くに引けぬ立場に自分を追いやることで、傷つき苦しんだミキと対等な立場に立とうとしているのではないか。いずれにせよ、青年の一途さを引きずった男が、純粋であろうとするためにまともな思慮を忘れているのは、見ていて胸が痛む。

「諒太さん、あなたにはどれだけ感謝しても感謝しきれない。この世界で他に誰もいない、最高にいい人。だけど、うちは、もうあなたなしで生きていける。いや、そうしないと自分はダメになるんだ」

「なにを言う。おかしなことを言わないでくれ。僕はあなたと、そのお腹の子を守らなければならないんだ」

「だから、うちはダメになるんだって」

「ありえない。僕が守ればいい方にいく」

「守らなくていい」

ミキは絶叫した。山木はことばに詰まった。

「いいこと、この子はうちの子で、あなたの子じゃない。カン違いしないで」

腹の底から絞り出した声だった。山木にことばを返す余地を与えない迫力だった。久仁人は山木の負けだと思った。この男は、自分が苦しみ抜き誠実に考え続けた結果をさらけ出せば、ミキを動かせると思っていたに違いない。だがそれは男の勝手な誠実さなのだ。

運命の出会いを信じ、それに自分のすべてを賭けようとした山木に、久仁人は哀れみを覚えた。だが、ミキは男の気持よりも、かたくなに自分の思いを通そうとしている。そのかたくなさの正体はなんだろう。どこに根差しているものなのか。あの遠い日、チトセまで歩き続けたミキのなかで息づいていたものは、今もミキといういきものを前へと駆り立てているのであろう。

疲れた久仁人はソファに横になり毛布をかぶった。二人の言い合いはなおも果てしなく続いた。ミキの口調は決然としたまま変わりなく、山木の口調は徐々に弱くなっていった。

夜明け、這いのぼる冷気で久仁人が目を覚ましたとき、ミキはテーブルに突っ伏して眠り、山木の姿はかき消えていた。

13

なまこ山の広葉樹の葉がすべて散った。まばらに残った松の緑が山肌に浮き出ている。散歩道に落ちた枯葉が曲がり角に吹き寄せられ、足が埋もれるほどの厚さになっている。久仁人は、目を覚ましたミキを誘い、いっしょに散歩に出てきた。二人とも仕事のない日だった。見晴し台へと続くつづら折りの道をゆっくりあがる。頂上の右手に密集している木々がすっかり葉を落とし、裸の幹が乱杭歯のように突き立っている。見晴し台に着いて、久仁人は遠くの山が白くなっているのに目を奪われた。

「山の木の葉っぱが落ちて、眺めがよくなった」

「そうだね。オジ、カラスが襲ってきたのはあそこだったかな」

ミキは裸木の林を指さす。

「ああ。覚えてるのか」

「忘れられないよ。だって、数えきれないほどのカラスの大群が空を埋め尽くしてわーって襲ってきたんだから」

「空を埋め尽くしてとは大げさだな。でも、興奮したカラスがたくさん、ばさっばさっとしつこく襲ってきて、こわかったたな」

そう言いながら、苦いものが込み上げてくる。久仁人が体ごとミキに覆いかぶさってカラスから守ったあの日。ミキは久仁人に体を接触されたことを気持悪がり、その場からすぐさま駆け出したのだ。そのときからだ、久仁人がミキに全身で忌避されていることを強く意識し、ぎくしゃくした関係にさいなまれるようになったのは。この子のまとっているバリアを破って接近してはいけないのだ、不用意な接触をしないよう距離を置いてそっと見ていよう、久仁人はそういう気持に絶えずとらわれるようになった。それは、ミキという不可解ないきものへの怖れであった。

「あのとき、オジ、うちにがばってかぶさったよね。すごい力だった。あ、助かったって思った。でもそんとき、なんて言っていいかわかんなくて、急いで帰っちゃった。ただきまりわるかったの。今はね、子どものときの自分が恥ずかしい。ほんとは、なんかほわっとあったかい気持だったんだ」

ミキのことばを聞いているうちに、久仁人は足元が頼りなくなっていった。ミキとの過去がふわふわと形を失い、霧のようにあたりに漂い出していく。なんだそういうことだったのか、ミキとの間にあった障壁は、臆病な自分がつくり出した幻だったのか。この子は、緋沙江にとり入った久仁人の存在そのものを拒絶しているのだと思い、本音をぶちまけられるのが怖くて、当たらずさわらずで接してきた。だが、今、そんななさけない過去が土台から崩れていくようだった。ミキは、久仁人の体によって守られた体験をずっと記憶し、たいせつにしてきたらしい。それなのに、久仁人の過剰な思い込みが、「ミキ」という名の不可解な幻影を勝手につくり出し、おたがいが結びあうことを不可能にしてきたのである。

山木が見せた文字の渦のなかに「オジ」「助けて」「カラス」という文字が埋め込まれていた。久仁人が紙片に目を通したとき、文字が眼球を刺すように浮き出てきたのだ。

ミキとともに過ごした日々の積み重ねが蘇ってくる。これまで痛恨の出来事の連続として意識の奥に追いやっていたものが、別の光のもとで姿をあらわしてくる。あの年月は、そんなに悪い日々でもなかったのか。

横を向くと、遠くを眺めているミキの頬がすぐそばにあった。少女のときの細く鋭角的だった骨格は消え、やわらかく丸みを帯びた肌が朝日に照らされていた。久仁人は、ミキが心身の危機を辛うじて乗り越え生き延びてきたことが、かつての張りつめた余裕のない容貌を変化させたのだろうかと思った。

「カラスは、子育ての時期になると興奮しやすくなり、攻撃的になるんだ。あのとき、ミキは知らないうちにカラスの巣に近づいてたのさ」

「そうなんだね。カラスがばさばさって近づいてきて、翼で頭こすってってった。そんときの音とか風がなでる感じ、まだおぼえてる。ほんと、こわかった」

「まあ、とにかく、けがもなくてよかったのさ。ところで、ミキ」

「なに」

「お腹の子は誰の子か、自分ではわかってるんだろ」

「うちの子だよ」

「いや、だから、蔵重か山木か、どっちなんだ」

「しつこいな、うちの子だよ。この前、諒太さんの前でも言ったけど、うちは一回死んで生き返ったと本気で思ってる。だから、過去は断ち切る。この子の父親は誰でもいい、届けが必要なら、父親不明って書いて出す」

「過去は断ち切るなんてカッコいいこと言っても、昔いた家に戻って来たじゃないか、おかしいぞ」

久仁人は思い切って言ってやった。ミキの気持を探りながら話すのはもうやめにするという思いがふっと湧き、衝き動かされた。

「あはは、そうだね。おかしいよね。うちさあ、トーキョーから逃げるってなったとき、なんか、なまこ山に行きたいな、って思ったの。ほんとだよ。よく遊んだし、走り回ったしさ。あんま理由になってないか」

「ミキのやってること、まったく矛盾だらけだな。それがお前らしいのかもしれないが」

「あのね、オジ。子ども生まれて、ちゃんと働ける目途ついたら家、出て行くから、それまで居させて」

「ああ、わかった。好きなだけいればいい。お前、ここに来た理由をやっと言ったな」

「まあね」

「ミキ、子どもを産むというのは、よく考えた結果なのか。堕ろす時期を過ぎてしまったから仕方なく生むのか」

「産みたいから産むに決まってるじゃん。自分の体から、別の人間が生まれてくるんだよ。こんな面白いことないじゃん。うちは、なんか新しいことが始まるのが大好きなんだ」

強がりもあるだろうが、この子には不定形な未来に自分を賭ける大胆さと楽天性が備わっていると久仁人は思った。自分には欠けている果敢さがこの子には溢れている。懲りもせず、無防備で世間に向かっていこうとするミキを見ていると、久仁人は自分の情動が垣根を突き破って溢れ出していくのを感じた
「なあ、ミキ。たった一人で放り出して、すまなかったな。親としてなんの援助もしなかった」

「え、オジ、そんなこと言わないでよ。家を出て行ったのは、うちが決めたことだから、オジが謝ることじゃない」

「俺より、蔵重の方がずっと頼りになると思ったんだろ」

「ああ、そうだよ。うちは、トーキョーで演劇の仲間に入ったら、これだっていうものにぶつかるって思ってた。やりたいものにまっすぐ向かって自分を燃焼させることを夢見てた。けど、自分みたいな人間はトーキョーに掃いて捨てるほどいて、自分には特別な才能も魅力もないってことがわかってきた。居酒屋でぼろぼろになるまで働いて、劇団ではずっと下っ端でうろうろしてるだけ。ただその日を生きるのに必死で、夢を見ることなんか忘れてった」

「大変だったな。辛かったろう」

「まあね。蔵重に会って、話聞いて、気持が引き込まれたんだ。きみはたった一人で必死に働いてえ

らい、って言われた。そういうがんばってる人が輝く国をつくろうとしているのがあまつかぜの活動だ、って言った。この国には、がんばっていないくせに、自分たちは差別されているとか言って、権利を保障しろ、生活を保護しろと要求し、実際いい思いをしているやつらがいる。そういうおかしなところを直し、この国を本当に美しい国にするんだ、と説明された。うちは蔵重の話を聞いて、いっしょに行動するようになってから、世界の見え方が変わったんだ。おっきい声出して街を歩いたら、力がわいてきて、なんか生きてる実感がわいてきた。うれしかった」

「それで、蔵重命になったんだ」

「そう、あいつの命令することならなんでもやろうと思った。お前は、ほんとの愛国者だ、ってほめてもらったら、舞い上がりそうだった。カンコク人、チョーセン人のことをバカにしたり、攻撃したりすると、仲間が持ち上げてくれるから、いくらでもひどいことを言えた。そういう世界にずっぽり入ってた。うちの世界の中心には蔵重がいて、うちのことをしっかり守ってくれた。今、考えたら、ほんとばかみたいでなさけないけど、うちはここが自分の居場所だって確信してた」

「そういう感覚は、初めてだったのか」

「そう、うちはいっつもはみ出して生きてた。女の子らしくもないし、グループでつるむのがいやだし、でも優等生もいやだし、とにかく、しっくりくるものなんかなかった。それが、反日を攻撃する愛国者になったら、なんか無敵の気分になった。せこせこ生きてるそこらの人間がクズに見えて、なんでお前ら反日と戦わないいんだって思った。トーキョーに来てよかった、うちは今、イケてるって感じた。だから、お前は、反日のスパイだ、カンコクの手先だって吊るし上げられ、殴る蹴るされたときは、地獄に突き落とされたみたいだった。わけわかんなくなって、頭おかしくなった。自分がぼろぼろにすりつぶされてこの世界からかき消されるような気がした。もう誰にも相手にされない、まっくらなこの世の片隅でただ消滅していくだけだって気がして、ほんの一瞬でもまともでいられない。体中が震えて、止まらない。とにかく一秒一秒が怖くて、死ねば怖いのが止まると思って、死のうとした」

「ミキ、無理に言わなくていい。思い出したら、またおかしくなるんじゃないか」

「いいや、大丈夫。うちは、おかしくならない。反日だ、愛国だ、なんてみんなまやかしだってわかったから。人を酔ったような気分にさせて、突っ走らせるおまじないみたいなことば。それをわからせてくれたのが、山木諒太、ほんとの名前はキム・ヨンジュン。あの人、頭おかしくなったうちの面倒、ずっとみてくれた。おかしくない？　吐いて気持悪い匂いしてるうちの世話をずっとするんだよ。なんでこんなことするの、うちにはなんの魅力もないのに、この男、なんのつもり、って何回も思った。こいつばかか、だったらいっしょに死んでほしいって、すげえ変なこと考えた。一人で死ぬのが怖いし、寂しいからいっしょに死んでほしい、ってマジで思った。それなのに、あの人、ただ、あなたは悪くない、ってばっかり言うんだ。気持悪くてげーげーやってるそばで、あなたは悪くないって繰り返すの。ぼろぼろで惨めなうちによく言うよ。ふんて思ってるくせに、あの人が仕事に行ったり、買い物に行ったりすると、もう二度と帰ってこないんじゃないか、うちは一人置き去りにされるんじゃないかって、すごい怯えた。あの人が戻ってくるたびに、泣きそうになった。うちは、諒太さんにすがってたんだ」

「彼に奥さんや子どもがいることはすぐわかったのか」

「眠ったふりして、あの人が携帯でひそひそ話してるの聞いてた。早く奥さんのところに帰してあげなきゃいけないっていう気持になった。けど、この人がいなければ自分は終わりだっていう気がしてどうしようもない。置き去りにされたら、頭おかしくなって、頼りなくて、泣きわめきながらわけわからないところに落ちていく。それがこわい。おかしいよね。ほんとは死にたくないから、あの人に頼ったんだ。あの人をベッドに引き入れて抱かれたんだ。狡いことした」

「ミキが自分のことをこんなに話すのを初めて聞いた。話すことが嫌じゃないのか」

「嫌じゃないよ。サイテーの自分をオジに知られても平気だよ。いや、サイテーでもこうやって生きてるのが、今、嫌じゃないし、怖くないんだ。なんでかなあ、自分でもよくわかんないけど、もう大丈夫な感じがする。カッコつけて生きなくていいんだって思えたからかな」

「山木といっしょになりたいと思わないのか。あの男は、ミキとの出会いを運命だと思ったようだが」

「部屋から出かけたあの人が、ドアをがたがたって開けて入ってくる音がするたびに、うちは、ああ助かった、って泣きそうなほどうれしかった。うちは、あのがたがたに救われたんだ。今でも、ときどきあの音が聞こえる。自分をあっためてくれる人がこの世界にいるっていう気持だよね。だからね、諒太さんは、いちばんだいじな人」

「だったら、自分のものにしたいと思わないのか」

「したくない。もう、うちはあの人からどんどん離れて、自分の道を行く。それでいいんだ」

「やっぱり、ミキは、俺には理解不能なことを言う」

「そうかな。うちは、自分が生きるためにあの人を利用したの。そう、抱かれようとしたんだ。わかる？　うちねえ、傷ついた自分が治っていくっていうことは、相手の人を傷つけることと一つだとわかったの。あの人が自分の生き方に迷っておかしくなったのは、うちがつけた傷で苦しんでるってことなんだ。だから、もうこれ以上傷つけちゃいけない。あの人は、奥さんと子どものとこに戻って、少しずつ傷を治さなくちゃいけない」

ミキのことばに久仁人は揺さぶられた。自分にはとうてい語れないことばだ。おのれのすべてを否定され、この世の隅に投げ出されたところから這いずり戻ってきたミキは、体で世界を深く感じとっているのだと思った。

西の空から雲が次々と流れてくる。淡い色の青空と雲がまだらになっていく。流れゆく白と青の模様とともに、ビルを密集させた街もいっしょに動いていくような感覚に襲われる。久仁人は、腹に子を宿したミキが漂流の果てにここに辿り着いたことを、まるで遠い国からのよき知らせであるかのような、妙な気分に襲われた。ミキが、心身の地獄をくぐりぬけた後、日々を生き抜き、前へ向かおうとしている事実をただありがたいと思った。

「なにか、したいことがあるのか」

「まずは、子ども育てて、それから、ダンスを習う」

「えっ、ママがやってたから？」

「それもほんの少しあるけど、うちね、体を動かしてなんかやりたいんだ。芝居の才能はないかもしれないけど、体全部つかって表現することやってみたいんだ。そっちなら少しは才能あるかも。夢みたいなこと言ってると思うかもしんないけど、踊ることを想像したら、わくわくしてくる」

14

数日後の土曜日、久仁人は由里子を街に呼び出し、夕食をともにした。ミキがなまこ山に現れてからのことと、彼女がくぐり抜けてきた修羅場を包み隠さず話した。

「まあ、お嬢さん、信じられないような経験をしてきたのね。話を聞いていて、心が震えたわ」

「恥ずかしながら僕が養育責任を放棄した子が、ふらっと舞い戻ってきたというわけさ。あの子に殴られてもいい、首を絞められてもいいと覚悟を決めていっしょに暮らしてた。はじめはまったく謎だらけで、この子は僕をおそろしい闇の世界に連れて行くんじゃないか、って怯えた。謎が一つずつ解けていって、今は、安心できる居場所をあの子に与えてやれるだけでいいとほっとしてる。まあ、なんとも、ありがたいことだよね」

「深浦さんて、いいふりこきのダメ男だったのね」

由里子は久仁人の長い話に対し、同情抜きで断言した。いつもなら自分の気持を引き立てることばで慰めてくれる由里子が示した反応に、久仁人は動揺した。

「だって、あなたはミキさんの外側をただぐるぐる回ってるだけだったんでしょ。勝手に、この子はこう思ってるだろうと推測して。でも、全然、ミキさんのなかには踏み込もうとしない、そういうことしてたのよね」

「それは、そうだけど、手厳しいな」

「話を聞いていて、ちょっとイライラしたわ。見守るって言えばきれいに聞こえるけど、ほんとはミキさんに怯えて近寄れなかったのよ。そういうことでしょ」

「その通りだけど、実際に一つ屋根で暮らした僕の気持も想像してほしいな。たえず、緊張して、ぴりぴりしてたんだ。それだけじゃない、あの子は五年ぶりに突然帰ってきて、とんでもない嵐をもたらしたんだ。ただただ揉みくちゃにされてた。でも嵐がやっと過ぎ去った。それからだ、本音で話せるようになったのは。気の遠くなるような長い回り道だったよ」

「なんでも本音で話せるの」

「まあね。あなたのことも、今日会うことも、ちゃんとミキに話してから来た。もう、ドキドキものだったけどね」

「で、お嬢さん、なんて言ったの」

「どうぞ、ご自由に、ってさ」

由里子の懸念を消し去ろうとして軽く言った。だが、由里子は考えに沈む表情になり、しばらく無言を続けた。久仁人は、ミキの了解を得たことをまず知ってもらい、これまでと同じように男女の関係を続けることを由里子に諒解してもらうつもりだった。由里子といっしょに暮らしたい気持はあったが、それはミキが自立して出ていくまで待つしかないと思っていた。だが、それがいつになるか当てのない話だったから、そんなあやふやなことを由里子が受け入れてくれるか、不安いっぱいであった。だから、いっしょになろうと、切り出せないのであった。

今日の由里子にはいつも見せるゆとりや包容力が感じられなかった。ミキという新たな人間の登場で、由里子が久仁人とのつきあいを煩わしく思い出したのではないか、久仁人の想像は悪い方を駆けめぐった。

「ちゃんと私のことを話してから来たのね。それは嬉しく思うわ。ところで、あなた、赤ちゃんがいる生活って、どんなかわかる？　お嬢さんを助けてあげられる？」

「残念ながら、まるでわからないよ。でも、なんとかするしかないと思ってる」

由里子は眉根を寄せ、久仁人の顔をじっと見た。今日の機嫌の悪い由里子は、痛いところをどんどん突いてくる。俺の無責任さ、いい加減さを非難し、もう愛想が尽きたと言うのだろうか、と久仁人は思った。厳しいことばが出てくるのを予感して身を固くした。

「深浦さん、私、ミキさんのこと応援したくなったの。会わせてもらっていいかしら。まっすぐ世の中にぶつかっていくような生き方に、胸が熱くなったわ。私だって、昔、子どもを産んだ人間よ。一人で苦労して息子を育てたのは知ってるでしょ。だから、あなたより、ずっと手助けできるはずよ。ミキさんがいいと言ってくれれば、会ってお話ししたいわ」

意を決したように由里子は言った。胸につかえていたものを一気に吐き出したようだった。話し終えた由里子にいつもの穏やかさが戻ってきた。

突然の申し出に久仁人は戸惑ったが、由里子がミキを応援したいということばに偽りはないと思った。由里子の勢いに押し切られるように、ミキに会わせることを受け入れた。

冬がやってきて、なまこ山はすっかり雪に覆われた。白い斜面から黒い裸木の曲がりくねった枝が突き出し、奇妙な模様になっている。切通しに沿って植えられたトウヒが、雪の重みで怪物の手足のように長い枝を垂らしている。由里子は、切通しにできた踏み跡の道をちゃんと歩いて来られるだろうか、と久仁人はキッチンの窓から山を眺めながら思う。地下鉄駅からの近道は、山の裾野を通っていると教えたのだが、人がすれ違うのにも難儀する細い雪道に困惑するかもしれない。

喫茶店でミキと話をした由里子は、ミキをすっかり気に入り、今日、家を訪ねてくることがばたばたと決まった。久仁人は午後からミキと台所に立ち、由里子を迎える料理をつくっている。ミキは、豚バラ肉の塊を大きめに切ったものを大鍋に放り込み、大根やねぎ、生姜に醤油を入れて煮ている。今は、ゆで卵をつくり、皮をむいて鍋に入れようとしている。ミキのつくる料理はいつも大胆な自己流だ。劇団の下っ端のときや、あまつかぜの使い走りをしているときに、大人数の料理をつくることに慣れた。大鍋に材料をぶち込んでおけば、自然とおいしくなるし、他の雑用と並行してできるから都合がいい。それがミキの流儀になった。

このごろ、ミキはアルバイトの回数を減らし、迫り出してきた腹をかばいながら、家で食事をつくることが多くなった。ミキのつくるものには、どれも、体が歓迎する滋味が出ていると久仁人が言うと、ミキは素直に喜んだ。

久仁人がつくろうとしているのは、春雨サラダと酢豚である。春雨は久仁人の好物である。春雨が、キュウリ、ハム、トマトといっしょに、ごま油の利いた中華味で和えられているのを想像するだけで、口のなかに唾が湧いてくる。酢豚はつくるのが面白い。角切りした豚肉に生姜醤油で下味をつけ、片栗粉をまぶして揚げる。人参、筍、椎茸、玉ねぎ、ピーマン、パプリカを炒め、甘酸っぱい餡にからめ、揚げた豚肉を加える。鍋のなかに赤、緑、こげ茶、茶、ベージュの色彩が入り乱れる。台所で製作するモダンアートだ。この過程を体験できるのがたまらない。由里子がどんな顔をして食べるかも、楽しみだ。

「オジ。由里子さん、料理どんなのが好きか、たしかめた?」

「いいや。好き嫌いなんて聞いてない」

「ふうん。うちら、てきとうになんかつくってるけど、こんなんでいいのかな」

「いんじゃやないか。料理は人をあらわすって言うだろう、まあ、来てもらって、いっしょに飯食ったら、だいたいのことはわかるさ。それで、いいんだよ」

「でもさ、由里子さんて、けっこう情にもろいっていうか、損得なしでいきなり決めちゃう人だよね。だって、オジと結婚するかどうかはとりあえず置いといて、この家で暮し、うちの出産と育児のサポートをします、って言ったんだよ。喫茶店でうちといろいろ話した最後にね、いきなりそんなこと言うからびっくりしちゃった」

「俺もさ。あの人は、だいたいは穏やかなんだ。ミキのような瞬間湯沸かし器とは違うからな」

「なにその、オヤジことば」

「うるさいな。とにかく、今回、こんなふうになって、なにか信じられない気がする」

「オジは、あの人がここに住んでくれることになったらうれしいんでしょ」

久仁人は豚肉に片栗粉をまぶす手を止め、横に立つミキを見た。ミキは殻を剥いたゆで卵を山盛りにしたボールを片手にもち、鍋の蓋をとった。

「ああ、素直にうれしいよ。なにしろ出産の経験者だからな」

「いや、そういうことじゃなくて、好きな人といっしょに暮らすってこと」

「そりゃ、まあ、俺にとってはありがたいことだ。でも、ママのこと考えたらな、どう言ったらいいものか」

「あのね、オジ。ママやうちのことを理由にして、あやふやな言い方するのやめて」

卵が勢いよく鍋に放り込まれ、茶色のつゆがガス台に飛び散った。ミキは長い木べらを鍋に差し込み、卵を奥の方に押し込んだ。久仁人は窓の外に堆く積もった雪山に向かって、呟くように声を発した。

「俺は、由里子さんとここでやっていくのがうれしい。自分にとって新しい出発だと思う」

「そうだよ、それでいいんだ。けど、なんだこんな男か、って出て行かれたら終わりだよ。あの人、けっこうきつい女かも」

「お前も平気で俺をおちょくるようになったな。もっと言え。俺は不格好な自分をさらしてやっていく。それで愛想を尽かされたら本望だ」

「ほら、あれ、由里子さんじゃない。迎えに行ったら」

なまこ山の切通しに街灯がともっている。踏み跡道に、グレーの長いコートを着た人影が浮かんだ。寒空に帽子もかぶらず、手に紙袋を提げている。背筋を伸ばし肩を張った姿勢は由里子だった。久仁人は由里子の姿を見るや鼓動が速まり、切通しまで駆けて行こう、由里子がまだなまこ山にいる間に落ち合い、踏み跡道をいっしょに歩いて、家へ案内するのがいいと思った。

あとがき

本書刊行にいたる物語は、八年前、詩人で映画監督の福間健二さんがたまたま「アジアのヴィーナス」に目をとめたことから始まる。その経緯をあとがきに代えて記す。

『逍遥通信』という個人文芸誌をわずか三百冊で発行したのが二〇一六年の夏のこと。中篇「アジアのヴィーナス」の他は、外岡秀俊と久間十義によるエッセイだけを収めた百ページほどの小冊子だった。身近な友人の他に、日頃敬愛している少数の文学者に送った。

ある日、福間健二さんから封書が届いた。開けてみると、三、四通のハガキが出てきた。いずれも私宛に出されたものだが、宛先をまちがって書いたため返送されたハガキだった。読んでみると、興奮気味に「アジアのヴィーナス」がよかったこと、映画化できないか考えたことが記されていた。後に妻の恵子さんから知らされたが、福間さんは宛名書き間違いの常習犯らしい。

福間さんの評価によって私は勇気づけられ、長篇の『ンブフルの丘』、『人生の成就』へと歩を進めることができた。それとともに、当時北海道を舞台にした映画づくりを準備していた福間健二・恵子夫妻とじかにお話しする機会を得た。この映画は残念ながら実現しなかったのだが、夫妻は映画への情熱を『パラダイス・ロスト』という新たな企画に振り向けた。

『パラダイス・ロスト』の札幌上映会のために精力的に動いたのが、造形・映像制作ユニットReguReguの小磯卓也さん、小磯カヨさんである。小磯夫妻は福間作品の熱烈なファンで、映画の上映に加えて「福間健二展」を開催した。私は小磯夫妻の人形と映像の世界にふれ、この世にはなんと面白い人たちがいるものだろうと思った。その後、『逍遥通信』に、「アナタニサマ」という、人形写真と掌篇小説をコラボレーションしたReguRegu作品を掲載することとなった。

あるとき小磯卓也さんと話をしていて、「澤田さんの本をつくらせてください」という申し出を受けた。私は、反射的に「小磯さん夫妻ならどんな面白いことをやるだろう」と思った。雑誌に掲載したまま眠らせておいた作品にしっかり手を入れ、昨年発表した「なまこ山」とあわせて単行本化してみようと思った。

その結果出来あがったのが、本書である。廃材など多種多様な素材から人形をつくりあげるReguReguの力量が如何なく発揮された装丁をお楽しみいただきたい。帯に素敵な推薦文を寄せて下さった映画プロデューサー福間恵子さんからは、編集にあたり貴重なアドヴァイスをいただいた。この本は、小磯卓也・小磯カヨ・福間恵子三人のみなさんと私の合作だと思っている。

福間健二さんからいただいたハガキから始まった人のつながりが、めぐりめぐって『アジアのヴィーナス』という一冊の本に結実した。その縁をありがたいと思う。昨年四月に急逝した健二さんに手にとってもらうことができないのが残念でならない。

「天都山まで」と「金色の川」の転載をご快諾いただいた同人誌『季節』の吉井よう子さんにお礼を申し上げる。また、『逍遥通信』各号から本作までずっと伴走して下さった中西印刷・出版の濱岡純さんにこれまでのご苦労に感謝申し上げる。

初出一覧

アジアのヴィーナス……『逍遥通信』第1号（二〇一六年八月五日）
天都山まで……『季節』第7号（二〇一六年三月三一日）
金色の川……『季節』第8号（二〇一八年六月二五日）
なまこ山……『逍遥通信』第9号（二〇二四年五月三〇日）

初出四作に加筆・推敲し本著に収録。

アジアのヴィーナス

発　　行――二〇二五年一月十六日　初版第一刷
著　　者――澤田展人
カバーデザイン――ReguRegu（小磯卓也・小磯カヨ）
発 行 者――林下英二
発 行 所――中西出版株式会社
〒〇〇七－〇八二三
札幌市東区東雁来三条一丁目一－三四
電　　話――（011）七八五－〇七三七
F A X――（011）七八一－七五一六
印 刷 所――中西印刷株式会社
製 本 所――石田製本株式会社

ISBN978-4-89115-444-8